[苏]亚历山大·别利亚耶夫 著
杨朵 曹漩 武晓霞 译

世界科幻名著经典书系

跃入虚空

Прыжок в ничто

科学普及出版社
·北 京·

图书在版编目（CIP）数据

跃入虚空 /（苏）亚历山大·别利亚耶夫著；杨朵，曹漩，武晓霞译. -- 北京：科学普及出版社，2025. 7.（世界科幻名著经典书系）. -- ISBN 978-7-110-10998-4

Ⅰ. I512.45

中国国家版本馆 CIP 数据核字第 20252FY534 号

策划编辑	王卫英
责任编辑	刘　畅
封面绘图	周　舟
封面设计	北京中科星河文化传媒有限公司
正文设计	中文天地
责任校对	张晓莉
责任印制	徐　飞

出　　版	科学普及出版社
发　　行	中国科学技术出版社有限公司
地　　址	北京市海淀区中关村南大街 16 号
邮　　编	100081
发行电话	010-62173865
传　　真	010-62173081
网　　址	http://www.cspbooks.com.cn

开　　本	880mm × 1230mm　1/32
字　　数	255 千字
印　　张	12.25
版　　次	2025 年 7 月第 1 版
印　　次	2025 年 7 月第 1 次印刷
印　　刷	北京长宁印刷有限公司
书　　号	ISBN 978-7-110-10998-4
定　　价	65.80 元

总　序

穿越时空的对话：科幻文学与人类未来

科幻文学是人类文明进程的镜像与未来预言的先驱

自古以来，人类对未知的探索便如星辰般璀璨不息，从古希腊神话中代达罗斯的飞翔之梦，到东方哲学家庄子笔下鲲鹏展翅的逍遥游……古今中外那林林总总的寄寓了人类美好理想和希望的神话、传说，历来都被视作文学创作想象力最丰富的源泉。这种探索精神跨越时空，同样也是科幻文学萌芽的肥沃土壤。

随着工业革命的轰鸣，科幻文学正式登上历史舞台，成为人类文明进程中一面独特的镜子，不仅映照出现实世界的科技变迁，更以其非凡的想象力，预见了未来的诸多可能。我们今天所生活的世界，实际上正是诸多科幻作家在100多年前就着力描述过的世界。

英国科幻作家玛丽·雪莱在1818年出版的《弗兰肯斯坦》，被视为现代意义的第一部科幻小说。小说中，一个名叫弗兰肯斯坦的青年科学家，幻想通过创造自己的生物来理解生命，最终却又被自己所创造的“怪物”所害。这部科幻开山之作不仅开启了人类对生物科技与伦理道德的深刻反思，也揭示了人类创造生命的复杂情感——既渴望，又恐惧。书中关于科技发展及其对社会影响的描述，令人不禁想到了一个进退维谷的人类代表站在新时代的十字路口时所可能具有的种种复杂心态。200多年来，这种尖锐的冲突在人类与技术进步之间一直没有停止。

《弗兰肯斯坦》问世数十年后，法国科幻作家儒勒·凡尔纳和英国科幻作家乔治·威尔斯也相继推出了他们风格迥异的科幻作品——著名的有如《从地球到月球》《地心游记》《海底两万里》，还有《隐身人》《时间机器》《世界大战》等。大半个世纪过后，钟情于“时间旅行”“时间悖论”的日本科幻作家广濑正创作的科幻小说《负零》，则以精巧的情节安排构建了一个完美的时间闭环。

这些作品中关于未来科技进步以及未来世界的描述，向读者展现出了一个现实与想象相结合的迷人世界，进一步拓宽了人类的认知边界。它们不仅是对当时科技发展的艺术再现，更是对未来科技文明走向的敏锐洞察，如同预言书般，预示了从移动通信到太空探索的诸多科技成就。

科幻文学是时空交织下的文明反思与探索

科幻文学不仅仅是对科技发展的简单描绘，它更深刻地触及了人类文明的本质与未来走向。在时间维度上，英国作家阿道司·赫胥黎的《美丽新世界》与乔治·奥威尔的《1984》分别以技术专制与极权主义为背景，提出了对人性自由与社会伦理的深刻警示，促使我们在科技进步的同时，不断审视与守护人性的尊严与价值。

这类科幻作品有的尽管显得离奇乃至危言耸听，但也不无思想启迪意义：先进的科技一旦被毫无人性之人滥用就有可能导致灾难，同时也预示了利用科学反人类的潜在危险。苏联科幻作家亚历山大·别利亚耶夫的多部科幻作品都揭示了“社会的丑恶歪曲了科学的目的”这一主题，他善于在矛盾与冲突中展开情节，人物刻画十分鲜明，并富于思想性。如《跃入虚空》通过荒诞的生态想象和阶级对立叙事，批判了资本主义的腐朽本质。

在空间维度上，科幻文学则更深入地引领我们跨越星际，探索宇宙的奥秘与生命的多样性。英国哲学家奥拉夫·斯塔普尔顿出版于 1937 年的科幻小说《造星主》，以其宏大的宇宙观与深刻的哲学思考，不仅丰富了人类的宇宙认知，更引发了关于生命意义等终极命题的广泛讨论。这些作品不仅是对未知世界的想象之旅，更是对人类文明本质的深刻追问。

科幻文学的人文价值与社会影响

科幻文学的价值不仅体现在其艺术魅力与想象力上，更在于它对科技发展伦理困境的敏锐洞察与深刻反思。从克隆技术到人工智能，从基因编辑到意识上传，科幻作品总是能提前预见并探讨这些新兴科技可能带来的伦理挑战，引导我们未雨绸缪，思考科技发展的合理边界。

此外，科幻文学对人类社会的影响日益深远。它不仅塑造了大众的科学认知，影响了科技创新的方向，更在潜移默化中改变着世界的思维方式。从科幻迷到科技巨头，从文学爱好者到政策制定者，科幻文学以其独特的魅力，激发了人们对未来的无限憧憬与深刻思考。

因此，科幻文学不仅是人类想象力的盛宴，更是人类文明进程的镜像与未来走向的预言。在科技日新月异的今天，科幻文学将继续以其独特的视角与深刻的洞察力，引领我们探索人类文明的无限可能，思考我们将成为怎样的文明，以及我们将走向怎样的未来。

如果说科学技术是社会变革的工具，那么科幻小说则是变革的文学。而且正是科幻小说以其严谨的推理式想象手法，为人类开拓了广阔的视野和思维空间，并预见到未来发展的方向。

100 多年来，科幻作家们在创作实践中已经形成了某种深刻的社会责任感，他们认为自己肩负着一种使命，那就是通过自己的作品，为今天的人们探寻人类所可能趋向的前途与未来，同时能够清醒而又明智地趋利避害。本套“世界科幻名著经典书系”陆续推出的作品，都具备这样的特质：它们既以时空为经纬丈量未来图景，又以人物为镜鉴穿透人性幽微；既以科技为基构筑文明高塔，又以思想为盾警惕技术异化的暗涌。

站在新时代的门槛上，我们不妨向自己发问：假如失去科学幻想，这世界将会怎样？

尹传红

中国科普作家协会副理事长

作者献词

谨以本作品向康斯坦丁·爱德华多维奇·齐奥尔科夫斯基[①]致以最诚挚的敬意。

亚历山大·别利亚耶夫

① 齐奥尔科夫斯基（1857—1935），苏联宇航先驱和火箭动力学家，现代宇宙航行学的奠基人，被称为航天之父。——译注

目　录

第一部分　救援者股份公司

第二部分　失重世界

第三部分　新世界

第一部分
救援者股份公司

第一章　知识多，麻烦大！怎么办？快逃吧！

灿德尔猛地把图纸推到一旁，从桌边站了起来，绕着办公室踱步。他从琴盒里取出小提琴，拉了起来。几根纤细修长的手指在指板上翩然舞动，可这位琴手演奏的旋律却一点儿也不欢快。

“有什么事儿让头儿发愁啦？”隔壁房间的温克勒听着这首即兴演奏的曲子，心里想道，“哎哟！多么愁苦啊！琴声如泣如诉啊……”

哀怨变成了愤慨，又转为强烈的抗议，声音越来越大，愈发坚定。突然间，一个尚未奏完的和弦戛然而止。

“一定没错，灿德尔碰上了什么不寻常的事情啦！”温克勒边琢磨，边用鸭嘴笔描画着曲线。

从办公室里隐约传来了灿德尔急促的脚步声，由于他双脚踩在了地毯上，这声音被削弱了很多。

“温克勒，过来一下！”

温克勒走进办公室时，灿德尔已经在办公桌后坐了下来。

“请坐。”

温克勒在灿德尔对面坐了下来。他们一言不发地对视了一分钟，似乎都想要从彼此那张早已熟悉的面孔上读出点儿什么新的东西来。

灿德尔的左脸颊上有一道轻微的疤痕，那是他在学生时代玩击剑留下的印记。工程师灿德尔有着一双充满幻想的大眼睛，那张像画家一样的脸，在此刻显得比往常更加苍白。

“温克勒，我们一起工作多少年了？”

“12 年啦，灿德尔先生。”

“是啊，12 年了，年头可不少啦……您曾是个好助手，温克勒，我的左膀右臂，我的朋友……”

“我还活得好好的呢，灿德尔先生……”

灿德尔皱起了眉头：“我们得分别了。”

温克勒急忙把手伸到上衣口袋里拿出烟斗，填满烟草，抽了起来。

“这是为什么……怎么这么突然？”

“我要走了，我要离开祖国很长一段时间，也许永远不回来了。”

“是因为莫希干人[1]？”温克勒简短地问道。

“是的，是他们……您认为我有被监禁的危险吗，温克勒？糟糕透了，比这更糟的是，他们不是带着剑，而是带着礼物来的。”

“是得提防‘带着礼物的达那厄人’[2]。”温克勒点了点头说道，“这究竟是一份什么礼物呢？”

“他们愿意不计前嫌，忘掉我不纯正的血统，”灿德尔痛苦地说，“要把我的研究室还给我，还要给我丰厚的报酬。”

“从……军事部门的经费里开支吗？”

“您猜对了，温克勒。他们指派我——您懂他们的‘指派’意味着什么吗？派我到军事部门工作……研究用无线电控制的平流层火箭炸弹。您听说过这种东西吗？国内许多地区已经建起了发射这种火箭的设施。从这些发射点发射的爆炸火箭和毒气火箭，可以在几分钟内摧毁巴黎、布鲁塞尔、布拉格和华沙。但他们觉得还远远不够，他们需要的是射程高达数千千米的‘无炮发射炮弹’。不仅伦敦、罗马、那不勒斯、马德里、莫斯科、列宁格勒，甚至纽约和华盛顿都是他们新型毁灭武器的靶子。邻国的首都、工业城市、港口、机场，连带所

① 莫希干人，濒临消失的美洲原住民部落，因美国作家库珀的小说《最后的莫希干人》而闻名。该词现常用来形容某个濒临消亡的团体残余。在本书中，该词用于指代资产阶级的统治者。——译注

② 达那厄人，传说中使用木马计夺取特洛伊城的希腊部落，由此产生了一个词语“达那厄人的礼物”，意指受礼者必然遭遇不幸。——译注

有的人口，在几分钟内被毁灭殆尽。让孩子们窒息，让父母们粉身碎骨，这是为了什么？他们指派我就是为了做这些事情，温克勒。我的导师齐奥尔科夫斯基料到了会如此吗？我毕生致力于喷气式发动机、火箭和星际航行的研究，是想要这样的结果吗？”

由于激动，灿德尔高高的额头上冒出了细密的汗珠。

“您是怎么回答他们的？”

灿德尔耸了耸肩：“如果我说‘不行’，那后果也就可想而知了。如果我说‘考虑一下’，那我现在最好的下场就是被捕……”

“这么说，那您是答应了？”

“为了能马上逃走，我今晚就飞往瑞士。温克勒，我请您帮我收拾好我的文件和图纸。二号文件夹‘短笛火箭’，七号，九号……”

“那这些怎么处理？”温克勒朝着一堆火箭图纸点头示意，问道。

“看来没办法了，”灿德尔回答道，“您认识布洛顿勋爵吗？对他来说，坐火箭飞往平流层不过是运动员的一次例行娱乐活动而已。而现在他对这件事也不再像之前那样热情了，他几天前来电报说今天会到，可您看，他没来。而且这位亨利先生的财务状况好像也不太乐观。顺便说一句，他们已经注意到我和这个外国人的‘反常关系’了。”

温克勒抽了一口烟斗：“您到了瑞士准备做些什么呢？”

“拉拉提琴、做做美梦呗。”灿德尔苦笑道，“我在国外有一笔小存款。”

“要是钱花光了呢？难不成要拉着小提琴，挨家挨户乞讨度日吗？‘好心的市民们，发发慈悲施舍给享誉世界的灿德尔一分钱吧……’这倒是一幅与我们时代相映成趣的画面哟。”

灿德尔把纤细的手指攥得咯吱作响，这些话压得他更加抬不起头了。

“但是到底该怎么办呢，温克勒？”他低声问道。

“应该想个法子，灿德尔先生。整个世界都处于大动荡的前夜，都在为战争做准备，现在世界各地都把火箭研究看作军事要务。”温克勒吐了几口烟，继续说道，“在瑞士会有不少游客，游客们要坐车，而车需要修理。我们可以开一家修车店。”

“我们？……还有谁？”

“我们嘛，您和我呀。灿德尔的姓氏不适合做修车店的招牌，用我自己的姓氏来开店吧，‘温克勒修车店’。我看中了一个聪明能干的小伙子，叫汉斯，您就继续您的科学研究，而我呢，会给您和汉斯打下手。我们会过上好日子的。修理汽车、自行车和煤油炉。当然，这听起来没有您的星际奏鸣曲那么富有诗意，但更实际些。”

“温克勒，”灿德尔站起来伸出手，激动地说道，“患难见真情，您的真心实意……”

温克勒紧紧握住灿德尔的手，微笑着打断了他的真情流露：“这可不关什么真心不真心的事，灿德尔先生，我不过是在权衡利弊，可没有任何私心。我这样解释，您应该就不会觉得亏欠我了吧？”

前厅响起了门铃声。

温克勒走了出去，不一会儿，一个30多岁、身穿灰色旅行装的瘦高男子出现在办公室门口。

“可以进来吗？”

“亨利先生！”灿德尔喊道，“见到您可太好了！”

“您好！亲爱的灿德尔。很抱歉这么晚才来，我被事情给耽搁了。所有的生意说到底都是为了钱。”他笑了，“钱！世界上所有发动机的燃料，甚至不排除心脏这台‘发动机’。没有钱，就没有办法飞向星空，对不对？”

布洛顿的一举一动都潇洒自如，他舒舒服服地坐到圈椅里，把一只脚往另一条腿上一搭，接着从侧衣口袋里掏出一个镶嵌白金花字和皇冠图案的玳瑁烟盒，他像变戏法一样灵活地在双手之间来回摆弄着烟盒，然后抽出一根细长的埃及烟卷，点燃，吸了起来。冲鼻的烟雾混合着浓郁的法国香水味，布洛顿身上散发着一种无忧无虑的养尊处优的气息。

“欢呼吧，灿德尔！我给您带来了充足的燃料。我自己都不知道，通往星空的路要经过教堂的祭坛呢。”

“什么祭坛？”

布洛顿又笑了，但没有回答这个问题。

“我想，现在我们有足够的钱来造完第一艘平流层火箭了。”

灿德尔的脸上出现了红晕：“我很高兴，但我们不会在这里建造火箭了，今天晚上我就要飞往瑞士了。”

“没有和‘莫希干人’谈妥吗？”

灿德尔点了点头。

“去瑞士？……这或许更好，您在那儿可以更加安心地工作。我会给您一张里昂信贷银行贷款的支票，到时候把您的地址给我。我明天早上 5 点飞往伦敦。您的工作进展得如何了？”

灿德尔展开图纸，开始讲解。布洛顿心不在焉地听了几分钟，装作一副听懂了的样子，向灿德尔道了谢，留下支票后又讲了一些最新的体育新闻就离开了。

灿德尔把温克勒叫了过来，给他看了看支票。

“布洛顿勋爵显然已经拿到了‘未婚妻名下’的嫁妆。”温克勒微笑着说道。

“什么叫‘未婚妻名下’？”

“不久前,《泰晤士报》刊登了布洛顿勋爵与埃伦·欣顿小姐的订婚公告，埃伦小姐是百万富翁欣顿夫人的侄女和唯一的继承人。看来，布洛顿已经从她们那里搞到一大摞支票了。”

“怪不得他说通往星空的路要经过祭坛！”灿德尔恍然大悟。

“好了，这下咱们不用开修车店了，得去满足布洛顿那爱出风头的竞技心理了。这样更好，走吧，灿德尔先生，现在我们有工作要做了，但愿……”

“但愿什么？”

“但愿您能安全离开。您制订好离开的计划了吗？还没有？

那我得再帮帮您。”

于是，他们弯腰俯视着一幅国家地图，那上面绘制的曾经是他们的祖国。

第二章　欣顿夫人“雅友”多，还请读者来定夺！泰晤士河淘金沙？方法总比困难多

“都上齐了吗？给主教大人准备的本尼迪克丁酒呢？给亨利先生的雪莉白兰地呢？白葡萄酒呢？奶酪呢？蛋糕呢？还有蜂蜜呢？主教大人喜欢蜂蜜——隐士都好这一口。怎么能没有蜂蜜呢？”欣顿夫人摇了摇铃。

门外走进来一位红脸庞的苏格兰姑娘玛丽，她身着一袭灰色连衣裙，腰间围着一条浆过的围裙，头戴白色蕾丝发饰，从发饰下散落出几缕栗色的头发。玛丽手上端着一个装有蜂蜜的小水晶瓶。

“您怎么又忘记上蜂蜜了，玛丽？”

玛丽一声不吭地把小瓶了放在桌了上，默默地走了出去。

欣顿目送她出去，又将目光移到了侄女那张苍白的脸庞上。

“你为什么把头发剪短了，埃伦？”

女孩抬起那留着长指甲、涂满鲜红指甲油的纤细白皙的手指，摸了摸垂向脸颊边的齐整的浅灰色卷发，声音低哑地说道：“为了亨利先生……”

“可不是嘛！”老夫人不高兴地说，“给我圣餐布[①]，再拿本书过来。”

欣顿夫人已经花了5个月的时间，用真丝和金线在献给教堂祭坛的圣餐布上绣花朵和小天使了。约伯·韦勒曾在这所教堂里担任主教，他还是她的忏悔神父、老朋友和顾问。

“现在几点了？”

“差5分钟5点了，夫人。”

“读吧，埃伦。”

侄女随手翻开一卷狄更斯的小说：“到那时，他们才感受到了真挚友情和彼此友善的幸福感，这是最为纯粹、无瑕的幸福源泉……”

“海德公园里好像又有群众集会了。”欣顿夫人打断了侄女的阅读，留心听了起来。她摇了摇头，重重地叹了口气，以至于那件淡紫色丝绸连衣裙下硕大的胸部一晃荡，抵到了她的双下巴上。

随后，欣顿夫人狠狠地将针扎进了小天使的眼睛，陷入了沉思。

---

① 圣餐布，在教会仪式中用于覆盖圣餐器皿的布。——原注

她与时间无望地抗争了多少年啊！一开始是和肥胖身体上每一磅新增加的分量抗争，后来是和脸上每一道新出现的皱纹较劲——她前后送走了三任丈夫，但也稳稳地收获了三份家产，再后来她又开始和那些闯入政治、社会和私人生活的新事物作斗争，甚至包括埃伦那“时髦短发和不成体统的装束”。

欣顿夫人认为维多利亚女王时期的英格兰才能称得上是黄金时代，她与维多利亚女王有些神似，于是便费尽心思地模仿。

欣顿夫人把她在伦敦西区海德公园旁的老式住宅打造成了一座堡垒，“我的房子，我的堡垒”，她想在这里抵御时间的进攻。20 世纪被挡在她家门槛外，这里所有的一切，从笨重的家具到古老的生活方式和礼仪，都还是她祖父辈留下的那一套。

就算是在夏天，欣顿夫人也会把双层玻璃窗关得严严实实，甚至还叫人拉下那幅厚重的窗帘，免得看到海德公园里熙攘的人群——那里是人们集会的首选地。即便如此，那些说话声、歌声、吵闹声，有时甚至还有干巴巴的枪声，还是能穿透厚厚的墙壁。在她的第二任丈夫留下的几家罐头厂里，工人们罢工了，于是她不得不一次次地跟那些主事的头儿们进行不愉快的交谈。在她喝下午茶时，本来是要对那些令人厌恶的政治话题避而不谈的。可也就是在一次次规规矩矩的茶话会上，往往会爆发激烈的政治争论。

时间进击着，精准无误地包围了这座隐藏在栅栏后、荫蔽在几棵老栗子树和榆树下的老宅子。

时间伴随着街道上的喧嚣、不安的谈话声和骇人的消息破门而入，无论是老仆还是厚墙，甚至那双层玻璃窗和窗帘，都无法抵挡时间的步步紧逼。

欣顿夫人成了真正的被迫害者，而这个迫害者、敌人、凶手就是时间……

“继续读吧，埃伦。”

但书是读不下去了。5点的钟声缓缓敲响，声音喑哑得仿佛是从遥远的钟塔上传来的一般。

一位身着缀着金银绦带灰色制服的老仆悄无声息地出现在门口，他用低沉而苍老的声音恭恭敬敬地通报说：“捷克尔大夫到了。”

欣顿夫人皱起了眉头。每逢星期四这个喝下午茶的日子，家庭大夫应该在4点45分到，以便能够在客人到来之前结束夜诊。今天大夫迟到了整整15分钟。

“请他进来吧。”

门后先是探出来一颗留着短发、两鬓斑白的脑袋，接着大夫那套着扣子紧系的黑色常礼服的身子才小心翼翼地全露出来。这是一件普通的常礼服，而不是传统的晚礼服！欣顿夫人之所以能够原谅捷克尔有违礼数的着装，不过因为他是一个“圈外人”，又是一个外国人和一名出色的大夫，是“时代的牺牲品和难民”。在自己的祖国——德国，捷克尔与那种披着“真正古人精神”外衣的“新时代精神”格格不入。

捷克尔的脸上洋溢着慌张而又喜悦的神色，他佯装镇定地从门口走到了那张帝王宝座般的圈椅前，恭恭敬敬地向欣顿夫人鞠了一躬，然后像托着无价珍宝一样，轻手轻脚地托住病人肥厚的手，摸索着脉搏。

“我听说大夫都是最守时的，尤其是德国的大夫。”欣顿夫人慢声慢气地说道。

“……66……67……”捷克尔一边看着怀表的秒针，一边数着脉搏跳动的次数，“脉搏正常。很抱歉，夫人，我家里有事耽搁了。我妻子……生孩子了，生了个男孩。”捷克尔的眼里闪烁着喜悦的光芒。

“恭喜您！”欣顿夫人说道，“是大夫给接生的吧？这样说来，那您的妻子岂不是有两个大夫伺候着呢？我的肝病可是差点儿就发作了……反正，我是一直都搞不懂医德到底是怎么回事。”

捷克尔不安地倒换着双脚，想到刚出生的儿子，他强压着内心的愤怒：他要担起做父亲的新义务、新责任……

捷克尔问了病人几个问题后就想离开，但是欣顿夫人已经准备好要耍耍女人惯有的伎俩。

“大夫，我想您不会拒绝留下来和我们一起喝下午茶吧？我的老朋友都来了。”她用好客的女主人的口吻面带微笑地说道。

捷克尔轻轻叹了口气，鞠了一躬，然后不情愿地坐回到椅子上，像是坐到了一口热锅上。大家都一声不吭了。

为了打破这难堪的沉默，被女主人居心叵测的好客之道俘虏的大夫开口说话了：“我在报纸上看到一位知名作家在伦敦经济学院发表了一篇演讲，他对听众说了这样一番话：‘在座的大多数年轻人将被杀死，还有一些人会因毒气窒息而死，而剩下的人将会活活饿死。世界灾难即将来临，文明正在消亡，并且没有任何出路。唯一的办法就是建造一艘像诺亚方舟一样的方舟……’”

欣顿夫人把刺绣放到了膝盖上。她脸色苍白，眼中闪烁着怒火：“求您放过您病人脆弱的神经吧，捷克尔先生！”

一个仆人走了进来：“马歇·德特朗男爵大人和商业家斯托尔迈尔先生到。”

欣顿夫人一扫脸上的不悦，转而露出一副殷勤好客的表情。

法国银行家德特朗走了进来，他有着不光彩的过去，曾经大发战争财，用钱买了个男爵的头衔。他有 40 多岁，但看上去已经老态龙钟了。和他一起进来的是一个肩膀宽阔、身材结实的老头儿，长着一张屠夫特有的红脸庞。

男爵蹒跚地走到圈椅旁，吻了女主人的手后，结结巴巴地说：“请允许我，哎……哎……哎……介……介……介绍一下我的合……合伙人和朋友斯托……斯托……斯托……”

“斯托尔迈尔！”胖子大吼一声，向吓得一哆嗦的女主人伸去那只长着肥胖手指的手。

“主教大人到！”男仆大声通报道。

约伯·韦勒主教走了进来，他身材魁梧、面色红润，看上去十分健康，他那双炯炯有神的眼睛和丰润的嘴唇都带着笑意。

紧随主教而来的是哲学教授施尼列尔。他先是困惑地环顾了一下四周，像走错了地方似的，接着又像个认出熟人面孔的小孩一样笑了笑，伸出双手，朝欣顿夫人走去。

相互问候后，大家在茶桌旁就座。这时，门外响起了汽车喇叭声。欣顿夫人不满地皱了皱眉："比谁来得都晚！"而埃伦的脸微微一红，她听出了那是布洛顿的汽车的喇叭声。

两分钟后，亨利·布洛顿勋爵已经走进了客厅，他穿着黑色晚礼服，搭配一件时兴的马甲，打着领带，戴着一副亮晶晶的单片眼镜。他身上喷满了香水，脸上刮得干干净净。

"我没迟到吧？您好，姑妈！"他这样称呼她的远房亲戚欣顿夫人。

大家刚刚坐定，欣顿夫人就立刻谈起了她最喜欢的话题，什么道德沦丧啊，年轻人的放荡啊，什么现代的"闺阁禁书"啊，还有不尊重长辈和权威的没大没小的风气啊。

"告诉我，亲爱的男爵，"她对银行家说道，"我听说您来我们这里是为了淘走英国的黄金？您是不是想把我们黄金池抽干啊？"

银行家面露难色："嘿……嘿……嘿，我这个马力的抽水机可不行啊，夫人。要……要……要是能行的话我倒……倒是会去抽干大西洋。"

欣顿夫人并不乐意在家里接待这个暴发户，但她在自己的法律顾问兼业务经理斯米格尔斯的坚持下，还是对他表现出友好的态度，因为斯米格尔斯正在与这位银行家做几笔大买卖。

作为一个好客的女主人，欣顿夫人也没冷落了这位老哲学家。

“您家那位可爱的女儿在哪里呢，施尼列尔先生？”

“啊？什么？”教授像是刚刚睡醒般问道，“艾米丽？对了，去看足球赛了！什么赛来着？是足球！啊？”他又陷入了一贯的沉思。

“真遗憾。”欣顿夫人拉长了声音说道，但其实她心里还是很高兴的，她更喜欢和男人们待在一起，况且艾米丽的很多行为她都看不惯。

“捷克尔大夫给我讲了一些可怕的事情，”她瞥了捷克尔一眼，继续对大家说道，“内容是我们知名作家对文明末日的预言。难道这真的有可能吗？”

捷克尔如坐针毡，他想起了妻子和刚出生的儿子，无时无刻不想站起来，鞠个躬，然后溜之大吉，但他又迟迟下不了决心。

施尼列尔听到了自己喜欢的话题，立刻从一位冥想参道的哲学教授变身为热情洋溢的演说家。

“文明的末日！”他大喊一声，眼里闪着亮光，并继续提高语调叫嚷道，“没错，文明正在消亡！它注定要灭亡，它正在被机器这个钢铁怪物摧毁。大地的主人沦为了机器的奴隶，我们所有人都无一例外受到它的强迫，不管我们有没有意识到，也不管我们愿不愿意，都得沿着它的道路走下去。机器文明将会战胜我们，它驾驶着那辆呼啸狂奔的战车，将我们一路拖行，直至死亡……人类精心培育了这些疯狂而危险的怪物，一觉醒来，竟发现自己已经被这群钢铁巨兽组成的新种族包围统治。”

施尼列尔已经不是在讲话，而是挥舞着干瘪的拳头在大喊大叫:“必须把科学的嚼子再勒紧点儿，阻碍它的发展，压制技术，扼制发明，否则文明和我们自身都必将遭受灭顶之灾……请再给我来一杯茶，如果可以的话，最好浓一点儿的。”他突然就停止了这场演说。

埃伦默默地倒了一杯茶，同时不动声色地瞥了一眼她的未婚夫。但这位准新郎对甜酒更感兴趣，他正可劲儿地给主教倒酒，主教红光满面地享受着这世俗之乐。

哲学家施尼列尔除了饮恨，还能对“技术的赞助者和工业化的狂热者”有什么感情！“他们强迫机器为自己服务，让机器用它们的齿轮撕裂人类，碾碎现代文化！”

当激烈的争吵稍稍平息后，欣顿夫人又控制了话语权。

“我最近捐了 20 万英镑来反抗他们，但这肯定是远远不够的。我们每个人都必须认识到，趁现在还来得及，自愿舍弃一部分财产，总比将来分文不剩好。”

“我也读了关于‘诺亚方舟’的文章，我认为作者非常及时地提出了一个至关重要的问题。”亨利一边用手指绕着单片眼镜上的链条，一边说道，“当革命在一系列国家取得胜利时，失败者们虽然进行了抵抗，但还是退出了舞台，他们唯一的出路就是设法逃命。但逃到哪里去呢？地球上还有能幸免于难的国家吗？是时候考虑一下这个问题了。”

“不要误解我的话，”亨利勋爵继续说道，“我的意思不是要不战而降、乱了阵脚和丧失取胜的信心，我们将竭尽全力与暴徒殊死一搏。但在我看来，能否取胜还是个问题，现在我们得考虑一下把我们的资金投入什么事业中更为安全，更有保障。或许有一天我们顾不上考虑资本，而只能考虑自己了，这一天来得可能比许多人想象得要快。”

“人们将会像热锅上的蚂蚁一样乱作一团。”施尼列尔这位“先知”又来劲了，“他们将从一个国家逃到另一个国家，然而无论到哪里都会遇到吞噬一切的火焰，就像命运一样无可避免，无论是守卫、铁栅栏还是厚墙，都无法使你们幸免于难。一切都将毁灭，一切都将化为灰烬，我们也将灭亡。”施尼列尔再次嘶吼道，“这是谁的罪过呢？是机器！是他们！请再给我来一杯茶，如果可以的话，最好浓一点儿的。”

“罢工已经开始，这最终将导致革命。”银行家反驳道。

“愿我们躲过这场灾难吧！”主教喊道，立刻变得愁眉不展，并在胸前画了一个十字，“现在确实是到了考虑什么……方舟的时候了，那些遵守教规的人，我们文明和文化的精英，在上帝的帮助下得到庇护，就像在诺亚时代一样，上帝不就亲自给了我们这样的启示吗？”

“建造一艘像‘泰坦尼克号’那样配备最新技术的现代方舟吗？”亨利讽刺地问，“接下来呢？您要把它开到哪里去呢？去南边的海域吗？去一个连地图上都找不到的、消失在大洋上的荒岛吗？简直是天方夜谭，世界地图上再也没有‘空白点’了。几乎没有这样的荒岛了，即便有的话，它们也很快就会被发现。‘方舟’的建造和起航也不可能悄无声息地进行。他们将追上我们，像碾碎一只蚂蚁一样，将我们同方舟一起碾碎。还有，在哪里才能顺利把它建成呢？”

现场鸦雀无声。

“真的无路可走了吗？”欣顿夫人问道。

“怎么会呢？出路是有的，而且我觉得出路还不坏呢！”亨利平静地回答道，“就比如您，哲学教授先生，一直在抨击技术，从您的角度来看，您当然是对的。然而，正是这些技术能够给我们指明出路，开辟一条逃生之路。我们将让技术帮我们最后一个忙，之后我并不反对将它摧毁，完全悉听尊便，教授。”

大家都全神贯注地听着。亨利对自己这番话产生的效果很满意，稍作停顿后，又继续不紧不慢地说下去：“方舟拯救不了我们这个阶层和圈子里的所有人，只能拯救一小部分经过挑选的人……‘自救者必将得救’，《圣经》里好像是这么说的吧，大人？所以方舟可以建造，也必须建造。但是这艘方舟要非常特别，要能带我们远离这个动荡不安的星球，唉，就算是暂避避风头，等危险过去也好。或许不行的话……就永远离开……”

听众们失望地靠在椅背上，而主教则把亨利的话当作使大家摆脱阴郁思绪的花招，于是卸下严肃的面具，变得容光焕发，充满好意地哈哈大笑起来。

“妙极了！一艘在以太海洋上乘风破浪的‘方舟’！绝无仅有啊！”

“是啊，在以太海洋上乘风破浪。”亨利一本正经地回答道。

“只有亨利才能想出这么好的点子！”欣顿夫人假装恭维地

对他说道。

“我脑子里确实没有多少存货，姑妈。我承认我不太懂工程学。但先生们，你们知道，最近我和我的工程师朋友，一位伟大的星际航行理论家和天才设计师列奥·灿德尔一起迷上了平流层飞行。我刚从他那里来……要是你们了解他的工作、他的成就的话……”

“这是痴心妄想！”

“纯属幻想！”

“我们在那里要怎么呼吸？”

“我们吃什么呢？吃以太吗？”

“我们将被宇宙的寒冷冻僵。”

“他这是想提前把我们送上天堂！”

“您自己飞吗？”

感慨声、玩笑声、欢笑声此起彼伏。

“女士们，先生们，”亨利按捺不住地说，“你们的问题和感慨——说得好听一点儿——只能证明你们对这个问题完全一无所知。我敢确定，要是你们……”

但已经没有人听他说话了，紧张的情绪得到了宣泄，大家开心了起来。就连施尼列尔也从自己忧郁的冥思中苏醒过来，并且发现这个世界上除浓茶和可怕的机器外，还有装在精巧瓶子里的令人陶醉的液体。而主教的脸比平时更红了，笑得更大声了，竟有几分失了他身为神职人员应有的庄重。

欣顿夫人感到很满意，她看亨利的眼光已经变得慈祥，不管是有意还是无意，他都帮了她一个忙。

“先生们，我们别再想那些令人发愁的事了。”她说，“上帝是仁慈的，我们的人民是明智的，政权掌握在可靠的人手里，我希望我们不必依靠飞船或者其他逃生方法来逃命。男爵，您为何不尝尝这款甜酒呢？”

亨利为他星际航行宣传的失败而感到懊恼，他本来还指望着能搞到一些支票来支持灿德尔继续搞实验。

欣顿夫人觉得她就像一位经验丰富的船长，已经成功地把船从最猛烈的风暴中带领了出来。可突然，新的风暴来临了，整晚都沉默不语的斯托尔迈尔突然用他那雷鸣般的声音喊了起来。

“可我向您保证，先生，”他对布洛顿说，“在南部海域还有很多未被发现的岛屿。我对太平洋很熟悉，在它的东南部远离主要航线的地方，现在仍然可以找到一处安静的避难所，一个没有在任何地图上标出的岛屿……我是一个商人，一个务实的人，不会轻易就惊慌失措和歇斯底里，但是对现实视而不见是愚蠢的，我们生活在火山口上。没错，我们正在以可怕的速度……”欣顿夫人突然打了个寒战，“……走向深渊。我不会一一列举最近发生的事件，大家都很清楚，我们得为最坏的情况做好准备了。没错。”他每说一个“没错”，都像打了一声惊雷，“我说的不是要像斯多葛派的假模假样。男爵是对的，应该在战斗的同时准备好退路，趁我们的手脚还没被束缚，趁手头还有资本。”

“得建一艘巨轮，一艘长达 300 米，排水量为 8.5 万吨到 10 万吨的‘诺亚方舟’。它将达到高度的机械化，将来自特权阶级的年轻船员的雇佣量降到最低。没错！战争和革命会持续多久？四五年？我们可以储备 6 到 8 年的食物，更不用说我们还能在僻静的小岛上靠捕鱼和狩猎来补充食物储备。到那时我们就静观其变，这样即使不能保住资本，也能保住性命。我建议，立即组织一家公司建造‘诺亚方舟’。自然，这个公司的成员必须经过严格的挑选，并且整个计划将在绝对保密的情况下进行。要知道我的项目和您的项目并不冲突，先生。”斯托尔迈尔将红红的脸庞转向布洛顿，用那双凸出来的龙虾眼盯着他，“我同意这种看法，我们的浮岛最终还是会被我们的敌人发现。在星际航行方面，很遗憾，我一窍不通，但如果这能成真的话，为什么我们不做好最坏的打算，实现最后一跃，从地球跃入虚空呢？先生，您不会拒绝把您的发明家介绍给我吧？如果他能使我相信星际航行不是幻想，我会第一个入股。”

“您……您不会真的相……相信星际航行，还要为此投……投资吧？”在他们从欣顿夫人家回来的途中，马歇向斯托尔迈尔问道。

“我相信！没错！”斯托尔迈尔扯开嗓子喊道，“我们都是商人，男爵，我可以坦诚地和您说，”他低声继续道，“我对实现星际航行的信念，就像相信泰晤士河中有金矿那样坚定。没错！您听我说，如果泰晤士河是在离伦敦数千千米之外的异国他乡流淌，那么就会有成千上万的人相信河里有金矿。您还记得我在新西兰的‘银矿’和我的‘澳大利亚石油’吗？我靠它们赚了几百万，可它们只存在于股东们的想象中。现在您明白了吗？在泰晤士河里也可能有让我们致富的金矿。”

汽车像驶过一座圆木架成的桥一样颠簸起来。司机回头瞅了一眼，原来是斯托尔迈尔先生在笑。

“形势确实非常严峻。”他把声音压得更低，继续平静地说道，“您很清楚我们正在经历的一切，每天都有新的自杀消息传来。史密斯、米尔顿才自杀不久……紧接着就是斯卡法斯，现在又是西登斯、阿宾格顿……这简直是一场流行病。以前也有过可怕的危机，但很少有人自杀。为什么呢？因为人们相信危机过后会再次迎来繁荣时期，而现在这种信念已经没有了。谁一旦破产，就意味着永远破产了。我说的没错吧？”

“您……”

“这就是现状，这就是人们的情绪。革命和破产像死亡一样不可避免，威胁着我们所有人。毁灭在所难免！”

斯托尔迈尔停下来缓了口气。

“就好比一个神经紧张、身心俱疲、绝望透顶的人准备举枪自尽，这时我们的代理人走到他身边说：‘我们可以拯救您，我们会为您提供一个安静的避难所，您的敌人找不到那儿去，在那里您可以和亲近的人一起，在熟悉的舒适环境中度过余生。是的，您将为此花掉数百万，但这些钱明天又能值多少呢？明天一觉醒来，您说不定就成了一个穷光蛋了，并且没有任何的

退路、逃生之路和救赎之路……’

“难不成会有很多人拒绝我们的提议吗？就拿欣顿夫人来说吧，这完全就是一只煮熟的鸭子。最近要是再来上那么两三次政治危机，这个钱袋子里的英镑就会源源不断地流入我们的手中，数都数不过来。我们要造‘诺亚方舟’，我们要建造星际飞船，建它个几十艘，管它们能不能飞起来。我们将领导这项工作，把控巨额资金。这项工作要秘密进行，财务报告也无须公开透明。要知道，只有那些完全没有商业嗅觉的人，才看不出这个公司有多赚钱。我想，现在您能完全明白在泰晤士河上发现金矿是什么意思了吧？”

马歇·德特朗因为激动而呼哧呼哧地喘了很久，硬生生地憋出一句：“您……您说的可太对了！”

就这样，在伦敦一个雾气弥漫的傍晚，在一辆豪华轿车的漆黑车厢里，一家新的股份公司在短促而有力的握手中诞生了。

第三章　实验基地选在赤道，谈谈赤道哪里好

汉斯·芬格尔站在驾驶舱的舷窗旁，他卷曲的金发和脸庞被阳光照得通红。他一边用嘴吹着欢快的进行曲，一边手舞足蹈地打着拍子。芬格尔正在享受第一次坐平流层飞机的欣喜。

“人生就是一场无比有趣的电影，时间和事件就像这架平流层飞机一样飞驰……”汉斯的进行曲吹得越来越快。要是生活这部电影能够放得更快些该多好啊！让时间快马加鞭，让所有的时针转得比秒针更快，让撕掉的日历像秋风扫过的落叶一样洒落，让太阳也像彗星般划过天空……

汉斯突然一个踉跄，头撞在了墙上，大叫了一声。或许他也像某个乌托邦故事里的英雄一样，获得了创造奇迹的能力？……太阳像一个足球，在天空中划过一道弧线，消失在了

舷窗后方。

汉斯揉了揉后脑勺，坐在暄软的沙发上，笑了起来。

“当然，那是平流层飞机来了个急转弯。是啊，当速度调到第三档时，一定得抓牢了。”

汉斯陷入了沉思。

选举、罢工、街头游行……汉斯事事都要四处奔波，赶着参加：从屋顶上撒非法传单，把传单塞到公用电话亭的号码簿里，在房屋的墙壁上和路过的面包车上刻上反资产阶级统治的字样，就像他的数百名同志一样，在“莫希干人”的眼皮底下为地下报纸收集新闻片，为儿童放飞写有宣言的气球，晚上在教堂尖塔上悬挂红色横幅，出售印有传单的戏剧节目单，发明了几十种宣传方式；他躲避迫害，四处藏匿，乔装打扮，还会做出让敌人面色发青、让工人开怀大笑、让政客气急败坏的事情……

汉斯接受了温克勒的召唤，负责帮助灿德尔逃亡……他和灿德尔换上阔气的“英式西装”，坐上软卧包厢，紧接着又马不停蹄地换乘汽车前往瑞士边境，跨越国境线。两人不分昼夜，风雨兼程，四处奔走，只为寻找温克勒此前写信打过招呼的同志。这一路上，他们几经漂泊，跋涉渡河……还需要时刻保持高度的警觉，因为稍有不慎就可能陷入枪火交战之中。

在瑞士沃韦城郊区附近的山区，一间木屋静静地坐落在云杉、落叶松和高山雪松之间。山里白雪皑皑，空气清冽甘甜，弥漫着松针的气味。他们在作坊里开展工作，按照图纸制作星际飞船模型，不停地学习，与微积分作战。闲暇时，他们就去滑雪、游山玩水……布洛顿带来了大新闻，说有人要订购一艘大型星际客机。他们三个便动身前往神秘莫测的斯托尔迈尔城……

汉斯又有了新活儿，负责在欧洲和美国的多个城市采购和接收高级钢材。一直旅行倒也很有趣，只不过“采购员”的工作不合汉斯的胃口。他一封信接着一封信地向温克勒大倒苦水，最后温克勒终于“动容”了，他飞到欧洲，好亲自做些采购，顺便捎上汉斯。

现在他们正飞向神秘的斯托尔迈尔城，布洛顿也来了，他将首次乘坐单座火箭升入平流层。这份殊荣他当仁不让。

汉斯看着窗外，这个海拔的天空呈现出灰暗的青石板色，太阳白得刺眼。

下面是什么呢？海面仿佛深蓝色的盾牌向下凹陷，它上面有一个耀眼的圆圈，这是太阳的倒影。

多么壮丽神奇的飞行啊！多么惊世骇俗的一跃！从欧洲西海岸向西南方向，横跨大西洋到达南美洲。这架平流层飞机从大陆的一边飞到另一边，横跨亚马孙河流域，飞过安第斯山脉，在太平洋沿岸上绕了一个大半圆后，现在又从西南方飞回安第斯山脉。喏，远处地平线上锯齿形的山峰若隐若现……

嗬！汉斯又吹起了进行曲。

“怎么又吹起来了？”隔壁舱室的温克勒问道。

“我们飞得多好啊！”汉斯答道，向温克勒走去。

“飞机上最好别那么吹口哨！”温克勒说。他坐在桌边，一边看着笔记本上的东西，一边大口抽着那只和他形影不离的烟斗。

“只有在水里的时候我才不吹口哨，”汉斯回答道，“但是在飞机上，我想怎么吹就怎么吹。”

“那效果和在水中一样，马达声会盖过哨声。”

“这倒没错。”汉斯表示赞同，“可这里安静得很，和气球里一样，甚至连轰鸣声也听不到。”

“我们飞得比声音还快，当然听不到。”

“每秒 400 米。我们正在减速下降，高度只有 15 千米。”

“可是这里的温度应该比地表低得多，而声速会随着温度的降低而减小……”

温克勒肯定地点了点头。

“……0 摄氏度时声速是每秒 331.4 米。此刻引擎可能已经熄火了。”

“升限是多少？”

“20 千米至 22 千米。如果不追求创纪录的话，这是最合适的高度。”

“蚊子都能飞这么高。两三百千米都不值一提！五六百千米才是真的高呢！”第三位乘客说道。

亨利·布洛顿抽着埃及香烟，走近温克勒的椅子。勋爵身着一套浅褐色的保暖运动宇航服，虽然这样的“工作服”并没有什么必要，要知道平流层飞机的机舱中有电暖和清洁的空气，这里温暖、舒适又惬意，简直就像是在普尔曼式车厢的包厢里一样。

“当然了，在我们面前，那些创造普通飞机飞行高度纪录的人简直要自惭形秽。对于这些‘桑德斯－瓦尔基利亚女神’式、‘法尔曼－超级哈利法’式和‘容克’式飞机来说，飞行至12千米到15千米已经是极限高度。平流层的研究者飞得更高一点，不过他们是坐热气球升空。这可是我不久前在《泰晤士报》上看到的。”

布洛顿找到自己感兴趣的话题，开始无休止地说起高度纪录，谈论可能挑战他桂冠的对手，计算起像他这样的纪录创造者的胜算。

“您要是踏上星际旅行，那还不得一下子把自己的对手都打趴下。”温克勒说。

布洛顿没听懂其中的讥讽：“那是自然，只不过……恐怕《泰晤士报》不会报道，而我的那些手下败将们也无从知晓这个新纪录。”他闷闷不乐地回答道。

平流层飞机在减速下降，地平线上的山脉拔地而起，昏暗的天空渐渐变白、变蓝，星星一颗一颗地熄灭，仿佛黎明时分一样。

远处的山脚下，郁郁葱葱的热带植被就像一片翠绿的海洋。

“安第斯山脉是科迪勒拉山脉在南美洲的延伸。”温克勒说，“接下来是低地沙漠，再往后就到落基山脉了，还有厄瓜多尔共和国。”

“太神奇了，真的很难适应。速度可真快呀，简直是对空间的征服！”芬格尔感叹道，再一次感受着整个飞行过程。

欧洲就像是一张巨大的地图，右边是亚速尔群岛，左边是佛得角群岛，即使用最清晰的海洋望远镜也只能勉强将它们分辨出来……亚马孙盆地及其支流就像树的枝干……他们在大洋上空一脚“刹车”，又画了一个半圆，南美洲海岸再次映入眼帘，不过已经是西岸了。

“嗬，这是个学地理的好法子，这法子比用课本和地图都好。”亨利说，“就是速度和乌龟一样。宇宙飞行就完全是另一码事了！”

“宇宙飞行！龟速！”温克勒模仿布洛顿的语气说道，“每秒12到18千米的宇宙飞行速度算得了什么？地球每秒能飞30千米。还有星云呢！它们的飞行速度非常快。”

“那是多少呢？”布洛顿问道。

“一般平均速度大概为每秒1000千米，但也有例外。根据最新数据，大熊星座24号的速度是每秒1.17万千米。狮子座1号的速度是每秒2万千米。”

“好家伙，我就喜欢这种速度。不过，亲爱的温克勒先生，您也别见笑，这些事我不在行，但是我们的朋友灿德尔告诉我，当我们完美掌握放射性能量时，就能达到光速。”

“唉，即使以光速飞行，到最近的恒星也得4年零4个月，而到宇宙空间中那些算是‘邻居’的恒星也要10到15年。只有几十颗恒星离我们很近，其余的则需要数百或数千年才能到达。当您在无边无际的太空荒漠中航行上数月、数年甚至数十年后，任何时间概念都会消失。”

“离太阳最近的恒星是哪颗？”布洛顿问道。

“半人马座阿尔法星，距离总长度大约40万亿千米。”

“得飞4年半多一点儿，也不算多久嘛。”

沉默片刻后，亨利勋爵又谈到地球上的事：“为什么我们非得选这个鸟不拉屎的地方起飞？”

“就是看中了这里荒无人烟。这不是正如您那个‘草台’公司‘诺亚方舟’的股东们所愿吗？一切工作将秘密进行。”

“可是地球上荒凉的地方多了去了，就好比南极，那里没人会干扰我们，甚至连那些无孔不入的记者都钻不进去。为什么偏得选这里？我很好奇，究竟是什么让你们做出这样的选择。”

“我自有用意。”温克勒严肃地回答道，“这里具备最有利的起飞条件。您肯定也知道，当火箭从地球上起飞时，必须冲破大气层和地球引力这两层障碍。两极的引力最大，赤道的引力最小，因为地球有点向赤道的方向压扁，并且两极的离心力最小，赤道的离心力最大，所以在赤道上的地球引力障碍是最小的。”

“重量上有差别吗？”

“在赤道上，物体的重量比在极地上轻0.5%。”

“才这么一点儿？”布洛顿失望地说。

“对啊，就这么点。由于离心力的作用和地球在赤道处的‘凸起’，物体在这里要比在极地轻0.5%。听起来微不足道，但就算只减少这么点重量对火箭来说也是至关重要的——可以大大节省燃料啊。因此，对我们这一行来说，即使 0.5% 也不是小数字。”

“得嘞，赤道就赤道吧，我同意了。不过为什么非得是赤道上的这个点呢？”

“要回答您这个问题，我们得谈谈另一种阻力，也就是大气层。我们肉眼是看不到空气的，但对高速移动的物体来说，它们几乎是不可逾越的障碍。运动速度越快，阻力就越大。在极快的速度下，空气的阻力几乎和实物的阻力一样大，这可是名副其实的钢壳。流星——就是我们说的从天而降的石头——以宇宙速度运动，撞入大气层后，较小的流星在空气阻力的作用下受热气化，变成了最细小的尘埃。这也是我们在飞行过程中必须面对的障碍。若真像儒勒·凡尔纳笔下的主人公们那样，乘坐炮弹从大炮中发射升空，只怕在开炮的一瞬间就会被炮弹的加速度产生的巨大冲击力压扁在炮弹底部，粉身碎骨了。为了避免这种悲剧，我们应该逐步提升火箭的速度，必须选择地球上大气层最薄的地方。空气的相对密度取决于压力、温度和湿度，而这些同时又都取决于海拔。海拔越高，大气层越薄，越容易突破，所需的燃料也就越少。在 6 千米的高空，空气密度约为海平面上的一半。现在，我希望您已经清楚，星际飞船应尽可能从高的地方起飞，最好是从某座山上起飞。那么我们需要选择什么地方呢？当然是赤道和其上最高海拔的地方。拿一个地球仪，把它转一圈，您就能看到赤道穿过哪些山地。苏门答腊岛、加里曼丹岛，以及南美洲的科迪勒拉山系——安第斯山脉，那些地方有海拔超过 4 千米的高山。也许有朝一日苏门答腊岛和加里曼丹岛会像安第斯山脉一样成为定期星际旅行的发射场，但是这些岛屿已经人满为患了：石油、煤炭、热带香料、水果，以及其他诱人的东西吸引了大量的资金和人口，这些岛屿已经成为一些大国的殖民地。此外，苏门答腊岛和加里曼丹岛离制造火箭零部件的工厂和车间相对较远，运输费用昂贵，因此就只剩下安第斯山脉了。这里有我们，或者说有您所需要的一切：赤道、高山、沙漠、荒芜。这里的地形也非常适合，飞行将沿着一个向东倾斜12度的斜坡进行，也就是说，与地球自转的方向一致。这是为了利用地球自转'免费'增加的速度，将这一速度加到火箭的速度上。您看到了吧，如果选得好，地球的自转也可以为我们所用。在安第斯山脉和落基山脉之间有一个山谷，在前者与山谷的交汇处，可以搭建一个火箭发射平台，火箭一旦加速，就会冲出悬崖，离开地球。好啦，现在所有的'为什么'都解决了吧？”

布洛顿点了点头。

“谢谢您！我全明白了。您别嫌我蠢，我以前没有机会学习这些高深的知识。”

“我们光顾着说话，差点耽误了着陆。”温克勒说，“从这里已经可以看到我们此行的目的地——斯托尔迈尔城了。以防万一，请大家系好安全带，这里的平流层机场还没完全竣工呢。”

芬格尔默默地听从了这一建议，但布洛顿却一边系安全带，一边扮作一副过来人的样子漫不经心地说道：“简直是多此举！”

第四章　飞船小小，家当多多，带点什么，还需斟酌

今天是最后一天了……

埃伦碰掉了几朵采摘下来的玫瑰，却浑然不觉。姑妈吩咐她收拾行李上路。“你可以带走 1 公担[①]的东西，多一点儿都不行。”姑妈说，“可以带走那些你喜欢的和你认为用得上的东西。”

埃伦沿着宽阔的白色石阶，从花园那头走进欣顿夫人的乡间城堡。门上的家族徽章和灰石雕刻的狮子已历经 400 年的风雨沧桑。400 年来，这些狮子露出锋利的獠牙，守护着城堡的安宁，不过现在只能把它们扔在这儿了，有道是泥菩萨过江嘛！

冬日的温室花园里，大理石水池中喷泉潺潺、鸟鸣啾啾，

① 公担：量词，表示重量的单位。1 公担等于 100 千克。——译注

还有人造石窟、绿树丛中的小瀑布、棕榈树，以及各种各样的仙人掌。其中，兰花是她祖父的稀罕物，当时兰花在英国时兴起来，人们不惜重金购买，几株来自异域的兰花都有着一段奇遇。为了挖到它们，勇敢的猎人深入中非和南美的荒野丛林，同野人厮杀，与野兽撕咬，有人死于疟疾，有人因蛇毒丧命，有人被架在篝火上烤熟，进了食人族的肚皮，还有的人中了毒箭毙命。当这些鲜血淋漓的稀奇植物犹如天外来客般造访大不列颠的首都时，新一轮的抢夺又开始了，那些贵族势利眼们不惜一切代价想把最独特、最美丽的花朵请入家宅。她的祖父买到的兰花艳压群芳，别的国家的人都纷至沓来，一睹风采。这座温室花费了他多少心血和财力啊！

花房外是一条画廊，入口和出口处都有威武的骑士把守，只不过如今也只是徒有其表，他们再也不能挥舞宝剑来保卫城堡，也不能为捍卫荣誉背水一战了……

琳琅满目的画架和画厅里，有鲁斯达尔和罗塞蒂的作品、佛拉芒派的作品，还有荷兰画家、西班牙画家和意大利画家的大作。要不从这里面带点东西走？拿上一幅静谧的荷兰风景画？……还是算了吧！

餐厅里的古董瓷器、水晶和威尼斯彩色玻璃容器成堆成堆地摞着，难道这些易碎的宝贝也能带上火箭？

图书馆里的书也都抛到一边去吧！她讨厌看书……

埃伦沿着狭窄阴暗的走廊走到衣帽间，这里散发着樟脑丸的味道。衣柜里的衣服活脱脱就是一部服装史，埃伦拉开柜门，向里面张望，丝绸、天鹅绒、厚重的锦缎、金丝刺绣、珍珠，应有尽有……不过这些衣服可真大！像是已经灭绝的巨人穿过的。埃伦走到自己的衣橱，那里放着顶级裁缝为她缝制的衣服。就拿……嗯……这件灰色丝绸连衣裙吧？或者带上这件黑色的周末礼服？这件铁灰色的舞会礼服呢？拿它干什么用呢？还想参加晚会、上剧院？……这些东西在“那边”都用不上……

埃伦在家里晃悠了好几个钟头，东西是拿一件忘一件，然后又接着转悠，最后才明白，原来自己没什么宝贝玩意儿。

那她为什么渴望继承遗产呢？就连她自己都搞不清其中的缘由。她忧伤地走进欣顿夫人的房里。姑妈正坐在红木书桌后面，用称药的天平称钻石，像极了放高利贷的人在收人家的黄金作抵押。

埃伦看到姑母的所作所为后，突然觉得自己恨她、鄙视她。这种感觉早就潜伏在心里，今天终于显露出来了。

“收拾好了吗？”欣顿夫人问道。

“什么也没挑。”她回答道，然后在姑妈后面的壁炉旁坐了下来。

“为什么不挑？”

“我不知道该挑些什么。”

“你不知道吗？”

“我不知道！”埃伦的回答非常刺耳，“没有一件东西能让我提起兴趣，吸引我的注意。”

“我怎么挑你就怎么挑吧。等这一阵风气过去，我们会回来的，这一点我倒是十分坚信。当然，留下的东西肯定会丢得一件不剩了。说实话，我已经吩咐人藏了些珠宝，城堡地窖里有几间密室，谁都不会怀疑到那上面去。还有一些可以封在库房里，园子里埋一点儿，井里放一点儿。难道还能指望仆人？我们只能指望自己能带走的东西。要是用心挑，一公担足够了。必须拿那些既轻巧便利又昂贵的东西。瞧我是怎么挑的！”欣顿夫人用一根胖手指指了指桌子上的一堆贵重物品。

“我没有您那个本事！”埃伦说。

“那就学着点儿。你好歹挑了些衣服、内衣吧？”

“亨利说带着多余，斯托尔迈尔城制造了专门的火箭服。那里很暖和，穿多了反而不卫生。”

“好一群卫生学家！你告诉亨利，要是他们穿得下流，我就不上飞船。去带几件衣服，内衣多拿点，帽子、套鞋、雨伞也都带上。”

“要套鞋和伞干吗？”

“他们不是打算把我们扔到某个彗星上吗……”

“是在行星上登陆，姑妈。”

“别打岔！要是那边下雨，路上泥泞呢？”

“亨利劝我带冬天的衣服，我们可能要在一个气候寒冷的星球上着陆。”

“就算不在那样的星球着陆也得带几件暖和的衣服啊！我不抗冻。”

“过会儿还要谈这个问题呢。”

“你倒是提醒了我。客房备下了吗？预计有多少人？”

“约莫 20 个，吩咐过了。”

“午餐呢？”

“都安排好了，姑妈。”

眼下不是接待客人的时候，但这也不是普通的应酬。前来赴约的都是即将参加飞行的乘客，他们是来商量大事的。到现在，“诺亚方舟”在哪个星球着陆都还没决定，所有人就盼着几位著名的天文学家赴宴。大家花了大价钱请他们出主意，封口费也没少给，除了飞行乘客，不能让任何人知道“诺亚方舟”的存在。

到底出了什么事，才会如此迫切地需要天文学呢？天文学中的时间都是以 10 亿年为单位计算，从地球的视角看，那里的一切都按部就班。行星亘古不变地沿着轨道运动，彗星同样也不会偏离轨道，继续周期性地出现……难道是航天员在等待一位和哈雷彗星一样的稀客，还是想伺机观察日全食？不，不是彗星和日食耗费了他们的时间。天文学原本是研究遥远苍穹的科学，却与地上的事也紧密相连，那些数学泰斗和飞行器行家都被动员起来研究超级飞机和大炮。资本主义“最后的莫西干人”疯狂备战，给敌人们准备导弹、平流层战斗机、超远程大炮等诸如此类的“惊喜”，而科学家们则狂热地完成委托给他们的繁重任务……

然而，在为那些兽性大发、渴望厮杀和毁灭的人工作的同时，这些科学家同样也想为那些力求自保的人添上最后一把薪。

最终，在一番讨价还价后，他们欣然接受了这场有利可图的交易。

当欣顿夫人忙着称量家里的祖传之宝时，哲学家施尼列尔也在自己的书房里称东西，不过他的天平很大，不是以克拉计，而是以几十千克计。他面前摆着一堆书，他的藏书远远不止一公担，这些书实在太重了，他决定取其精华。古典哲学家里，柏拉图的著作毫无疑问要带，亚里士多德的书籍再考虑考虑，现代哲学家里——康德、叔本华、斯宾格勒和柏格森的论著毫无疑问也要带上，康德这老头儿的书也太沉了！要不就不带了？还是带着吧，到了“那边”用得上。

施尼列尔像往常一样有条不紊地忙活着。首先，他分别标出了每位哲学家的“哲学分量”，然后标出书的“物理”重量，仔细地记在纸上。

办公室的门开了一条缝，有人从缝里往里看。

“爸爸，您没在忙吧？”艾米丽走进房里问道。

艾米丽从来不在爸爸忙的时候进他的书房，而现在是做祷告的时间。哲学家的女儿很激动，脸颊红扑扑的，施尼列尔透过眼镜瞅了一眼女儿，简短地问道：“去运动啦？”

“这回没有，我去见奥托了。”

奥托·恩斯特中尉是艾米丽的未婚夫。

“然后呢？”施尼列尔边掂量着笛卡尔哲学的分量，边问道。

“和他聊天了……”

“看得出，非常热烈吧。”

“对啊，我让他也参加飞行，他回答说这在他看来是逃兵行为。他说：‘我必须留在这里，不成功，便成仁！’奥托劝我和他一块儿留下来。”

笛卡尔的书在施尼列尔手中颤抖了一下。

“那你究竟是怎么回答他的？”他竭力掩饰心中的不安，问道。

“我告诉他我会跟您走，爸爸。”

施尼列尔皱了皱眉头来掩饰住内心的喜悦：“那奥托怎么说？”

“奥托说您用不着走……怎么，您想把这些书都带走？不会是打算给火星人或金星人上哲学课吧，爸爸？”

“如果他们真的存在而智力又足够发达，那我为什么不给他们介绍介绍地球上的哲学家呢？”施尼列尔回答道，“而且我必须得走，我既不是逃兵，也不是孬种，我承担着神圣的职责——保护地球上的智慧成果，守护真正的哲学，人类文化的千年遗产。现在它们，”他指着书本说道，“都面临着可怕的危险。有谁知道亚历山大图书馆里的一场大火烧毁了多少思想结晶呢？现在，一场世界大火即将来临。”施尼列尔斜眼看了一下壁炉，说道，“人类将回归野蛮，最终灭亡，机器会消灭他们。在整个世界范围内你明白吗？整个太阳系、整个宇宙！只有我们的‘诺亚方舟’还保存着人类天才的宝藏。如果注定无法返回地球，我们就会降落在某个星球上，为新的人类和真正的文化奠定基础——没有机器，没有政治。”施尼列尔挺起胸膛，活像圣经里的先知，“在那里，在新的地球上，”他举起一根手指，继续说道，“我们将需要这些书籍，它们将成为我们的经书，我将向人们传授真理。”

施尼列尔，这位书斋学者，虽然是个光说不练的假把式，但直到生命的最后一刻他都效忠于自己的圈层。诚然，这位哲学家跟资本主义也有一笔账要算，那就是机器，但他的哲学的特殊之处恰恰在于他想解决一个“化圆为方”的难题，实现一个没有技术和机器的资本主义。他的哲学诞生于无法解决的矛盾之中，混乱不堪，但这种哲学又是成功的，因为满足了“莫希干人”的社会需求，并许下了一条摆脱困境的“出路”。施尼列尔本人几乎将自己视为救世主，他的使命是将资本主义从绞索中拯救出来，并带领它走向万里无云、永恒繁荣的应许之地。他当真把自己视为地球思想精华的守护者，守护那些为他的阶级提供意识形态合理性辩护的哲学，义无反顾地服务于这一思想。正是因为这个思想，他才决定踏上这段非同寻常的冒险旅程，也正是为了这个思想，他，一个机器的狂热反对者，才决定借助机器，任由自己被机器支配，将自己这条“人类之中最有价值的”生命托付给机器，乘坐机器逃离机器。他深深地、痛苦地感受到了这种矛盾，可又看不到其他出路。

“如果我们还会回到地球上呢？”

“这样的话，就有必要将书籍放在一个安全的地方，还有什么比‘方舟’更安全的呢？在你的奥托和他的战友消灭‘他们’之前，‘他们’就会毁掉这些书，而我会把宝藏重新带回地球。

我会带着这些智慧训诫的石碑从天而降，像摩西一样将它们交给人们。我要以此来点亮那些蒙尘的人类意识！”他庄严地举起了自己的一本哲学论文集，“为了全人类，我必须保全自己！”他郑重其事地结束了对话，然后用跟平常一样的口吻问道，“你收拾好了吗？”

“还没有。我就去收拾。”艾米丽说。她亲了亲父亲的脸颊，回到自己的房间，打开旅行箱，花了一分钟就把一个排球、几个网球、一副球拍、两把手枪、几个弹夹、一套泳衣、一套运动服、一把夏威夷吉他、一个小旅行包、两件连衣裙、内衣、一台装好胶卷的相机都塞进了包里。总之都是一些她平时去度假村“旅行”时所要带的东西，也是去疗养时要带的东西。

约伯·韦勒主教也准备启程了，他将飞往一个未知的星球，但还是惴惴不安，不甘心接受这个想法。

那是一个周六，他正安安静静地坐在自己住了20年的舒适公寓里，埋头准备主日布道时，女管家通报说有人找他。他以为是有人要请他去主持圣礼，便告诉管家让客人进来。

进来的是一个毛毛躁躁的身材矮小的人。

“很荣幸能向您自我介绍，我是亨利·平奇，诺亚方舟股份公司的代表，公司董事长塞缪尔·斯托尔迈尔先生的私人秘书。”

“这是个慈善团体吗？”主教问道。他早就将在欣顿夫人客厅里的谈话忘得一干二净了。

“不完全是，”平奇回答说，他坐在圈椅里，不停地扭动着身体，“尽管在某种程度上，可以把它算作慈善团体，拯救人们脱离可怕的死亡，这难道不算是慈善事业吗？主教大人，您得飞走了，越快越好。”

“飞到哪里？”韦勒问。

“飞到天上。”

主教不由自主地往椅背上一靠。这究竟是什么？一个荒唐的玩笑，还是疯子的呓语？

“我不太明白您的意思。”

“我以为您已经为这个提议做了充分的准备。”平奇回答道，继续在椅子上不停地扭动着身体，“欣顿夫人说……”

主教这下全都想起来了。难道这一切不都是在开玩笑吗？

“我没有打算飞到天上去！根本没有这种打算！”主教说道，那语气好像是有人怂恿他去赴死一样，“我得飞走？您知道，这可跟我的身份不符。”

平奇耸了耸肩：“我相信，这不会有损于您的身份尊严，已经有过很多先例……比如，先知以利亚就曾飞到天上了。在当时，我想，先知也就等同于现在的主教。”

“是的，但是……那是上帝的旨意……”

“可这是欣顿夫人的旨意啊。”

“我非常尊敬欣顿夫人，她是我牧群里最好的羔羊。可我的羊不止她这一只，我不能抛下我的羊群给豺狼吃掉。”

“那如果是牧群自己要抛下您呢？”

主教叹了口气：“我同意您的观点，现在来教堂的人的确越来越少了，但正如圣经所说，‘因为无论在哪里，有两三个人奉我的名聚会，我就在他们中间’。”

“将会有 20 个人乘坐‘方舟’，当我们登陆火星或金星时，您将担任使徒的角色，向火星人宣讲基督的教义，或用福音之光启迪金星居民。想想看，您将是第一个向太阳系其他行星传播基督教的人！也许，正是上帝亲自选中了您来完成这项使命呢。”

“全能的主啊！如果您觉得有必要这样做的话，可以换一种方式啊。不过我们不要再讨论这个太过重大的神学问题了。”主教回答道。

“好吧，”平奇继续说道，“我们就假定您不会加入这次飞行，尽管欣顿夫人迫切希望您能来，您不在她也根本不会飞。‘灵魂的大夫，’她说，‘和肉体的大夫一样重要，谁能给我以忠告，指引我走上从善之道？谁来主持埃伦小姐与亨利·布洛顿勋爵的婚礼？谁来为新生儿施洗？如果我死了，谁来主持我的葬礼？’假如您对这些都无动于衷，执意要留下，那么您的结局如何？只怕是殉难吧……”

“我已准备好接过这顶殉教的荆冠，”主教举目望天，自顾自地小声说道，“不过，‘愿我能逃过此劫’。”

“留在这里，尤其是对您这种身份的人来说，”平奇还不死心，“十分危险。现在外面局势紧张，革命就是眼皮子底下的事，我们不能视而不见。”平奇滑到了椅子的另一边，用信任的语气继续道，“欣顿夫人从上面得到最可靠的消息，说政权随时可能倒台垮台。我们已经无力回天，不能再耽搁了。”

主教感觉到自己的额头上沁满了汗珠，一股凉气从宽阔的后背掠过。

“豁出去了。”他说。

平奇鞠了一躬便离开了。

主教满脑子只有传教这一件事。他不相信有什么火星人的存在，但到了新的行星上，他将是地球移民中真正的教皇，基督的代理人。要是没了基督教，甚至没了宗教，社会还不得乱了套？到时候他和欣顿夫人那帮“羔羊”们的特权地位还能维系得了？然而，他下定决心逃亡不单是因为“使徒的崇高使命”，主教对迅速发展的势态的惶恐一点儿不亚于施尼列尔等人，革命一旦胜利，他这个身份绝对没有好果子吃。不行，得跑，得跑……他开始颇费心思地从自己那相当丰富的藏书里挑选起神学书来，他已经挑选了几本放在桌上。就在这时候，电话响了。

“很抱歉，打扰了，喂！对！还是我，平奇。我忘了给您提个醒了，如果您决定要飞走，那就得赶紧收拾东西了，带上您最需要的东西，但总重量不能超过 100 千克，这是我们总工程师的吩咐，‘诺亚方舟’里的所有东西都要过秤，多 1 克也不行。”

主教悻悻地挂了电话。

不能超过 100 千克，这可难办了！毕竟，除了书，还有很多别的东西要带呢。他想了想自己的一些习惯。约伯·韦勒是个在吃的方面很讲究的人，可“方舟”上能给什么吃的呢？以防万一，有必要带点儿吃的。主教尤其喜欢和珍藏优质葡萄酒和贵重的甜酒，它们是非带不可了。他的肠胃和自己那只最好的“羔羊”——欣顿夫人一样有点失调，得时不时吃点泻药，主要是得喝矿泉水，怎么也得带上一箱萨尔茨布伦嫩矿泉水。

主教垂头丧气地看着那些摊在桌上和摆在书架上的书，光是它们就超重了，只能捡那些最最重要的挑。他叫来女管家，吩咐她去储藏室把酒、罐头、饼干、黄油、炼乳拿来，并让她当着自己的面过秤。女管家哭了起来：难不成主教真的把她当作贼一样防着？但她心里却高兴得很：她偷听到这个家伙已经下定决心要远走高飞了，把一切都抛下让其听天由命，自然不会再去计较这些家务琐事了。

主教书桌上的那一座书籍“冰山”慢慢地消融了。他先是把《圣经》的注疏一类推到了一边，然后又决定扔下普世会议[①]的史书，一些美味的食物和几件厚实的棉袄又把神父的几部大作挤回了书架。

当主教忙活完毕的时候，已经是后半夜了。一个大箱子被塞得满满当当的，最上面放着一本由英国圣经协会出版的袖珍《圣经》和一本小祈祷书。

那些圣徒们——好像不要这些书也可以……

救援者股份公司里那些机灵的经理发展了一批又一批的金主客户，黄金源源不断地流入商人的口袋，他们可不会拒绝在这场拯救事业上大捞一笔。

---

① 基督教高级主教会议。——译注

世界各地都在为启程做着准备。

……常常是到了凌晨时刻，城市才把疲惫了一天的眼睛半眯起来。橱窗和咖啡馆的大窗户里灯光都熄灭了，玻璃上只留下了映射出的路灯光亮，外面的汽车也都消停下来了。

就在这时，一辆闪闪发光的窄长型豪华轿车铆足了油门在城里飞驰，直奔中央银行大楼，那里存放着大资本家们的金银珠宝。

豪华轿车里坐着马歇·德特朗，他倚靠在座位的靠背上，手里紧紧握着一个小黄色皮箱。

显然，这个时间银行已经关门了，但是里面有人在恭候这位金融大王。还没等轿车悄无声息地驶到跟前，银行的侧门就开了，马歇急忙下车，几乎是跑着来到了门口，一溜烟儿地钻进了大厅。大厅里，一个穿戴整齐、秃头上还留着几缕摇摇欲坠的卷发、长着鹰钩鼻子的大胖子，毕恭毕敬地迎接这位银行家，他轻声细语地说道:“您请！”

在武装警卫的陪同下，他们沿着一条长长的走廊一路走下去。

他们下到了地库，途经了一座人类有史以来建造的最大的堡垒。从古至今，还没有一个法老会想到要在金字塔深处设计出这样一间固若金汤的墓室。地下金库的穹顶上处处都有磨砂电灯照明。

他们乘坐升降机又下了两层，来到一扇巨大的钢门前。在银行方面看来，用这种门来保护秘密财宝通常是绰绰有余的。然而这还只是堡垒入口，门后延伸着一条不长的隧道，隧道的尽头矗立着一座钢塔，钢塔把隧道堵得死死的，地下室三层有一个巨大的拱顶，由 4 米多厚的钢筋混凝土墙壁建成。

“这座塔有 14 吨重，”旁边的人解释道，“是由一个特殊的电动装置驱动的。”

电梯把这些夜行客送到了最底层。这里简直就是一座迷宫，由无数的大厅、通道、墙上的暗盒和伪装得十分巧妙的金库组成。

他们走路的声音在一间间空荡的大厅里引起了此起彼伏的回响，其中一个大厅里存放着黄金、宝石和有价证券，马歇这些年搜刮聚敛来的财富都集中存放在这些保险箱里。

迷宫的上面是一个地下暗湖。万不得已时，湖水会将整个地下室淹没。

这座世界上最坚不可摧的堡垒并非垒造而成，而是从这座城市地底下的一整块花岗岩中开凿出来的，光是凿岩工程就足足耗时 5 年。妄图撬门而入的盗窃大军，即使耗费毕生的精力也会徒劳无功。当然，所有这些特殊措施并不仅仅是为了防那些小毛贼，假如有敌人占领了城市，他们也一定会挖空心思去寻找黄金。可即使他们用最现代的手段来对堡垒实施爆破，那也得忙活上好几个月①。

---

① 对这家银行的描述并非作者虚构，例如在巴黎就有一家类似的银行（法国国家银行）。——原注

在行长助手的示意下，警卫打开了一扇钢门，里面是一个由钢筋混凝土建造的小房间，墙边放着好几个保险箱。马歇转动着密码盘上事先设定好的号码，用自己的钥匙打开其中一个箱子。

陪同的人显出一副羞答答的样子，仿佛他们面前的银行家是一位即将入浴的少女：他刚要提起自己的箱子，他们就诚惶诚恐地退出了门外，一直杵在那里，直到银行家从皮箱里掏出所有宝贝，再把它们都放进保险箱里。欣顿夫人都没有见过那么大的钻石和金锭，个个都是十足赤金。

安置好这些宝贝后，银行家关上了箱子，向陪同的人表示感谢，随即离开了银行。

不过他要做的琐事可不止这一件，在准备离开地球之际，比起自己那件不同寻常的行李，更让他放心不下的是那些留在地球上的东西。

银行家甚至信不过这座超级堡垒。它果真能防得住贼？能防住。它能抵挡得了敌人的进攻？能挡住。可它扛得住革命吗？……对银行家来说，敌人攻城万万不及革命来袭和丧失财宝那么吓人，到那个时候，什么铜墙铁壁和地下密室都保不住银行家们的宝贝。于是，他决定把自己最值钱的宝贝分别藏在两个地方。

他还得跟自己推心置腹的密友里博一起去一趟安道尔，一个坐落在西班牙旁边的小共和国。这个小国的面积只有425平方千米，拥有6个居民点，这里四面环山，险峻难行，只有一条好路穿过西班牙边境，马歇早就相中了欧洲的这个犄角旮旯。几年前，他在安道尔比利牛斯山脉附近一片荒无人烟的地方置办了一块废弃的荒地，他把自己的大部分财宝都秘密地藏在这里的一条峡谷里了，几个铁箱子被深埋在不同的地方，再用几块石头压在上面。

哪怕只保存下来一个箱子，他就能在返回地球后东山再起，要知道到那个时候，照男爵的看法，革命早就被镇压下去啦。

现在马歇·德特朗可以安心飞走啦。

塞缪尔·斯托尔迈尔在为启程做准备时那叫一个手忙脚乱。

不过，我们得先提两嘴，他怎么就一步步成为“诺亚方舟”的一个新拥护者，并且很快捋清楚“股份公司”的大小事宜的管理思路，还被推选为了董事长。建立“方舟”舰队来搭救其他国家资本家的倡议就是他第一个提出来的。

想当年，塞缪尔·斯托尔迈尔也是世界上的富豪之一，手上不仅有 85 家股份公司的股份，还是另外 60 家公司的董事长，更别说其他了。有人说，他的“腰包里揣着半个欧洲”。斯托尔迈尔权势滔天，其名下的集团算得上是真正的“国中之国”，他名下的公司为不同国家的 1500 多万人提供天然气、电力和煤炭，数百万个小股东的利益也都牢牢攥在他的手上。

“最难的是挣到第一桶金。”斯托尔迈尔在记者面前讲述自己发家致富的故事时常常如此说道，“接下来那就是探囊取物了。”

这种易如反掌的来钱方式就是发行股票。

然而，经济危机把他这个巨人也打趴下了。无论印刷机不断吐出多少新的股票，都只不过是让斯托尔迈尔和他的同行们再多苟延残喘一阵，甚至连军火订单也无力回天。

于是他决定，最好还是先藏一笔巨款，然后“飞”为上计，人间蒸发。

他突然对古代世界产生了兴趣，便经由巴黎跑到雅典研究起希腊的古典艺术了。凑巧的是，希腊并没有和他的祖国签署罪犯引渡条约。

斯托尔迈尔和他的兄弟逃之夭夭这件事，在英国国内引发了轩然大波，政府要求希腊交出斯托尔迈。于是他在希腊锒铛入狱，可关押他的单人牢房布置得比贵族酒店的沙龙还要豪华。

然而在第二天早上，当斯托尔迈尔还在床上伸懒腰时，典狱长和一位雅典律师走进了他的牢房，极为礼貌诚恳地为这场“误会”表示歉意，并宣布他现在自由了。这要感谢一位给斯托尔迈尔的企业投资的希腊百万富翁。

吃一堑长一智。斯托尔迈尔牢牢抓住了“诺亚方舟”这根救命稻草，他的嗅觉告诉他，这一次又可以大捞一笔。难道上天唯独断了斯托尔迈尔的后路？于是，他又恢复一贯的作风，一边精神抖擞地忙活“诺亚方舟”的生意，并且一下子就把生意做得有声有色，一边还马不停蹄地解决之前生意上留下来的烂摊子。

促使他离开地球的，不仅仅是伴随革命而来的破产。斯托尔迈尔之前干的那些坏事——贿赂、造假，没准儿还有更见不得人的勾当，保不住就要浮出水面，这种情况下落个破产都得烧高香了。但是如果自己的小命都不保，破产又算得了什么呢？对他来说离开地球是最好的出路。

在飞离地球之前，斯托尔迈尔决定一把火烧了自己的豪宅，演一出金蝉脱壳的好戏。这样一来，许多揭他老底的文件都会被烧毁，他一“死”，所有的事情也就一笔勾销了。现在他所做的一切都是为了达到这个目的。

斯托尔迈尔必须不惜一切代价撑到最后一天，装出自己家大业大的样子。他不能像马歇那样，将大部分黄金储备从周转金中抽调出来，不过他还是备下了满满一大箱黄金，但他可不是想要把它留在地球上。自从革命的危险变得真真切切后，他就认为地球不再是个足够安全的地方了。

于是他问灿德尔，能不能用他的黄金来打造火箭的外壳，哪怕只是一部分也行。灿德尔说不可能，他解释道，金比银还软，并且在温度达到 1062 摄氏度的情况下就会熔化，而铁的熔点是 1500 摄氏度。火箭在大气层中飞行时，其表面的温度会升高。

“这是在冒险，我们会在黄金火箭中化为灰烬，或在着陆时被压成肉饼。火箭外壳需要用最坚固、最耐温的特殊钢材。”

斯托尔迈尔大失所望，甚至有些气恼，他这辈子还是头一次听别人说黄金要比钢铁贱。

“那做成火箭的内部零件怎么样？”

“这倒是有可能，尽管不太合适：金子太沉，会增加自重。如果您非要坚持的话，也许可以用它来制造输气管和水管。”

“您是说做成下水管道？”斯托尔迈尔问道，他对这种亵渎“金牛犊”的态度火冒三丈。

“或者做厕所也行，”灿德尔平静地回答，“在天上，黄金的价钱可就另当别论了。”

最后大家一致同意，“诺亚方舟”上的管道和部分设备将由黄金制成。

第五章　地图无名处，举世无双城

平流层飞机倾向一边，刹那间，芬格尔看到了群山中的一片平坦地段和坐落在上面的斯托尔迈尔城。

这座城看起来非常奇特，在城市的中央广场上矗立着一个巨大的马蹄形建筑，建筑的半圆形基座固定在地面上，世界上任何一座大教堂、任何一幢摩天大楼都不能与它的高度相媲美。

在马蹄形建筑周围，还有一些风格颇为奇异的设施。有球形的建筑物，还有巨大的圆柱体，有的侧卧在旁边，有的竖立在底座上。其中一个圆球是玻璃制成的，芬格尔觉得它好像是在旋转。另一个球则是黑乎乎的。平躺着的圆柱体，或者说“大蓄油罐”，它的表面一半也是黑色的，毫无光泽，另一半则像白银一般，被打磨得闪闪发亮。一些奇特的旋转台、小吊桥和铁轨一闪而过。

下一刻，平流层飞机调整姿态，平飞起来，平台也随之消失。芬格尔伸长脖子，从窗外往下看。

“你在欣赏底下的游艺园吗？”温克勒微笑着问道。

飞机又稍稍倾斜了一阵，于是汉斯眼前又出现了几间松木小屋，小屋后是一排排长长的双层工人宿舍，每排看上去都一模一样，再往远一些就是一片帐篷了。一条向悬崖的方向缓缓升起的路堤横穿城市，在城市的边缘可以看到工厂的建筑和冒着浓烟的烟囱。窄轨铁路线从四面八方延伸着穿过城市，货车往来穿梭。路堤上人头攒动，像蚂蚁一样黑压压的一片，路堤两旁有好多台挖掘机，它们的悬臂不断地来回移动。

“难不成是要在这里修建一座游艺园吗？”芬格尔本来想问一嘴，但没来得及开口，平流层飞机就开始急速降落，触到地面后又弹了一下，滑行了一段时间后猛地停了下来。

“我们到了。”汉斯说道。

旅客们迅速穿上毛皮大衣，戴上帽子。平流层飞机的密封门开启了，寒冷的空气扑面而来。

一个身着皮袄、体形微胖的人迈着小碎步快速地跑到平流层飞机前。这是副经理柯林斯。

“你们早到了10分钟。”他打着招呼说道，“我听到你们的平流层飞机发出巨大的噼啪声，就急忙赶了过来。怎么，您受伤了吗，先生？我看您脑门儿上有血啊。”

“区区小伤而已。”布洛顿回答道，“只是撞到门上磕了一下而已，用不着去看大夫。但如果您能给我搞来一块上好的牛排，那我简直感激不尽了。我的肚子饿得好像几天几夜没吃东西似的，明明早上出发前还实实在在饱餐了一顿呢。”

“根据相对论，物体运动得越快，时间对它来说就流逝得越慢，看来这真不是瞎说。”柯林斯笑着说。

“我想，这会儿亨利·布洛顿爵士恐怕顾不上相对论，他更想要来份热格罗格酒和牛排。”温克勒说道。

“灿德尔先生最近过得怎么样呀？”布洛顿问道。

“他被叫到欣顿夫人那儿开会去了，应该很快就会回来。”柯林斯回答道。

布洛顿和柯林斯朝前走去，温克勒和芬格尔和他们拉开一段距离，跟在后面。

“我领你去看看咱们住的地方。”温克勒说，“我觉得，咱们做邻居对你来说是最方便的。”

“那是自然。”芬格尔回答道。

他们相互搀扶着走在斯托尔迈尔城的一条大街上。现在城里还顾不上完善市政设施，没有人行道，地面的积雪也结了一层冰壳，行人经常摔跤。

这座城市的全部活动都只为实现一个宏伟的目标。寒冷的山地空气中充斥着隆隆声、嘈杂声、喊叫声、汽笛声……挖掘机发出震耳欲聋的轰鸣声，小型电力机车在窄轨铁路上来来往往，尖锐的笛声此起彼伏，小矿车在转弯处也纷纷鸣笛。空中索道车的影子顺着地面缓慢爬行。时不时一声巨响震得空气直发抖，好像是在开山炸石。锯木厂的电锯扯着“嗓子”，发出单调的声音。空气中弥漫着松脂和汽油燃烧过的废气味。远处的某个地方，风钻正在噼啪作响。

到处都能听到工人们粗重的声音，他们说着五花八门的语言，他们肩上扛着重物，从四面八方穿过街道，让整个城市充满了喧闹和活力。在这片山区平台上，不同的时代、不同的民族仿佛来了个大杂烩，这里既有最新技术制造的电铲和蒸汽铲，还有埃及法老时代驮运重物的两脚“驮兽”。

“人力在这里肯定比机器便宜、划算得多。”芬格尔一边细细地打量着工人们，一边想道。

在这里哪国人都有！既有黄面孔的东亚人，也有黑人，巧克力色皮肤的马来人，以及古铜色皮肤的印度人。

人群中还有一些白人面孔，不过他们多是工头。

尽管城里处处都覆盖着白雪，山里的风又冷得刺骨，但工人们穿得都很单薄，许多人甚至衣不蔽体。

“活脱脱一个苦难重地！”芬格尔说。

“可不是吗，一个充满苦难的地方。”温克勒答道，“他们都是公司经理用极低的价格雇来的，而且合同一签就是好几年。这些人给什么要什么，只要不挨饿和失业就行，可没想到在这里他们连奴隶都不如。离开这里的退路都被切断了，四周全是难以跨越的雪山、暴风雪、一眼望不到底的悬崖，以及荒无人烟、寸草不生的沙漠，它们牢牢看守着这群饥饿的工人，比任何警卫都有用。他们中有个别人尝试过逃跑，却几乎都死于非命。在这里罢工往往要遭到严厉镇压，但还是时有发生。”

芬格尔不知嘟囔了一句什么。温克勒看了他一眼，拍了拍他的肩膀继续说道：“我看你宣传鼓动的瘾又上来了。对啊，这里的环境很适宜，只需稍微周旋，这个火药桶就得炸开花。只是，”他意味深长地接着说道，“汉斯啊！耐心和勇气对于革命者来说一样重要，要等待时机。这里就是我们的住处啦。”

他们走进了一间用没有刨过的山松木搭建的小房子。

温克勒房间的墙壁上铺着胶合板，角落里立着一个铁灶，房间里摆着一张餐桌和一张书桌，书桌上放着电话和台灯，还有几把椅子、一张床、一个洗脸盆和一个小橱柜，这就是他房里所有的家具陈设了。床边的墙上挂着一块彩色地毯，地板上铺着一张熊皮，使这个简陋的房间显得没那么寒酸。

“你难道还不累吗？”

“不啊，我不累。”芬格尔边脱衣服边答道，“我想尽快熟悉这座城市，然后……”

“想打听最近的消息吗？”

温克勒从储物柜里拿出电饭锅、几个罐头、面包和几只盘子，然后便开始做饭。

“那你就听着吧，斯托尔迈尔城正在建造第一枚大火箭，可供20位乘客乘坐，之后还将陆续建造其他火箭。为了成功说服那些不信邪、犹豫不决且摇摆不定的大富翁们，已经有人造好了一艘名为‘短笛’的单人小火箭。布洛顿将在股东们的眼皮子底下进行试飞，为此他专程飞来了这里，他可不想把这项荣誉拱手让人。勋爵唯独不缺轻率的勇气，这是那些资产阶级纪录保持者们所特有的品质。火箭将完成一次小小的飞行，只需到达平流层，新的纪录就达成了。等火箭落回太平洋表面，我们得在那里把它打捞上来。首次飞行的成功与否将对今后的很多事情起到决定性作用。如果布洛顿在结束飞行后，仍然能毫发无损地出现在这些金融大亨们面前，那么滚滚而来的黄金流恐怕将源源不断。”

“你自己呢，温克勒，你也相信靠这种特殊的方法能拯救资本主义上层阶级吗？”

“就让他们折腾呗。”

“然后……你要为他们效力？”

“我不单单要助纣为虐，还要把你也拉下水，共谋‘反革命罪’。是的，没错。你不仅要在工地上忙活，还要跟我们都恨之入骨的勋爵们一块儿飞行。当然，这一切都建立在飞行能顺利进行的前提下。汉斯，你别激动，冷静地听我说完，你要说什么我一清二楚。当然，我们可以不费吹灰之力就把他们的这出好戏给搅黄，我们可以组织起义，可以在火箭升空前把它炸掉，但这样一来，我们又能从中得到什么呢？我们并不能彻底打消他们的想法，他们仍然可以继续飞，只不过是在别的地方，在没有我们参与的情况下。那时就更糟了，星舰是个危险的玩意儿，它不仅可以用于丢人现眼的逃亡，还可以用于进攻呢。说到底，我们毕竟不是他们头头儿肚子里的蛔虫，还没有完全搞清楚他们在想什么。他们想在最后决战的关键时刻用飞船扔炸弹，这一点毋庸置疑，他们在殖民地打仗和镇压叛乱的时候就是这么干的。不，如果你和我都在火箭上，那就要安全和有用得多了，到时候，我们怎么着也能把他们中的一些人好好收拾一顿。”

“如果事情真的如此，那么我们接下来要做的工作将更有趣，更有意义，而不仅仅是伺候这帮打算溜之大吉的资本家们，那么……”

“这难道不是一项十分有趣的任务吗？”温克勒打断了他，“但你必须干活，还得拼死拼活地干。毕竟这些星际飞船等到世界革命之后，就归我们支配了，难道不是吗？既然如此，那我们为什么现在就要炸毁这些火箭呢？不，我们要造，为我们自己造。超高速运输工具将获得巨大且广泛的意义，我们首先就需要平流层飞机，然后就是星际飞船。得嘞，饭做好了！我再往猪肉里打个鸡蛋吧。吃吧，要填饱肚子，好好长点儿力气。”

汉斯年轻力壮，又饿得厉害，食欲大开，于是大快朵颐地吃着猪肉、炒鸡蛋和茄汁豌豆。温克勒微笑着，亲切地看着他吃。

“灿德尔知不知道他现在为之效力的那些人的真正目的是什么？”芬格尔在稍稍止住饿意后问道。

“该怎么说呢？既然‘诺亚方舟’不追求军事目标，那么天真的和平主义者灿德尔工程师也就心满意足了，他对股东们的其他事务根本不感兴趣。公司给了他机会和巨大的物质支持，他做梦都没想到过自己能在这么大的舞台上施展拳脚，这对他来说是头等重要的。他也的确可以做成很多事情，灿德尔——一位才华横溢的理论家，一位伟大的设计师，一位难得的谦卑人士。‘我只是我伟大的导师齐奥尔科夫斯基的学生而已。是他点燃了火焰，我只不过是在人类的梦想还没有实现之前往里面添把柴火而已。’——他这样评价自己。我敢这么说，灿德尔虽然现在‘不问政事’，但他属于那群可以和我们友好合作的技术知识分子中最优秀的一员，这些知识分子在东方曾经很配合工作，这就是为什么你和我要帮助灿德尔逃跑。怎么样，你吃饱了吗？走吧，我领你去看看游艺园。”

“我从没想过，斯托尔迈尔城还有游艺园。是不是还有电影院、歌舞厅、酒馆和那些……嗯……‘红灯区’？”

“商人离了这些行当怎么能行？它们可是从工人口袋里榨取工资的好地方。但这里唯一特别的只有游艺园……而且，与其他娱乐设施不同，它甚至是免费的。这里的人们都很喜欢它，说句公道话，它也实至名归，园子里非常有意思，也很有教育意义。我就不再故弄玄虚了，游艺园不是带有游玩项目的游乐园，而是一座实验城，在这里，可以人为模拟和研究火箭从起飞到降落期间，参与者所处的各种环境条件：例如飞行的加速和减速、重力增加和失重等。但是很遗憾，我实在是脱不开身，不能陪你一起去，不过你自己也可以摸索清楚。喏，给你一张游艺园的‘入场券’，这张入场券就是通行证，有了它，里面的人什么都会给你看，还会给你讲解清楚呢。”

第六章　天文学家助力地球事业，金星是否需要雨伞和胶鞋

救援者股份公司的董事们、那些即将参与第一枚火箭飞行的人员，聚集在欣顿夫人的乡间别墅里，讨论有关即将到来的航行的重要事宜。

在预备会议上，科学家们没有达成完全一致的意见。

全体会议在一个挂着欣顿家族祖先们画像的大厅里举行。要是那些漆黑画布上冷眼旁观的骄傲骑士们能听到会议的谈话内容，他们大概率会从镀金的画框中夺框而出，撒腿就跑，对于他们而言，这完全是些稀奇古怪、难以置信的疯言疯语。

宾客们围坐在一张椭圆形长桌旁，桌面铺着一张伊丽莎白时期的白色桌布，桌上摆放着蓝底金纹的古董茶具、上插彩色蜡烛的青铜高脚烛台、插有玫瑰的花瓶和镀金高脚盘。门口处

站着几个身着灰色制服的仆人，他们神情严肃，活像一尊尊雕像。

“请亚伯拉罕·金布鲁克爵士教授发言！”担任这次非常会议主席的斯托尔迈尔大声宣布道。

这位英国天文学家年纪不算大，身材却已经发福变形了，他身着燕尾服，看起来像个外交官。他缓缓起身，浅浅一笑，用好奇的目光环视了一周在场的所有人。无论是国际天文大会还是贵族沙龙，他都能因材施教，变着法儿地向不同场合的听众们宣讲同一个内容。“说话要看听众，”他常在自己的朋友圈里边笑边说，“可不是每句话都能入得了那些戴着珠宝耳坠的耳朵里的。”

“女士们，先生们！”金布鲁克话音落下，停顿了一下，再次察言观色了一番，“我们肩负的使命任务重大，这要求我们必须格外谨慎。我必须坦率地说，我们现有的关于人类能否在其他星球上生存的科学知识还很不完整，非常有限。我的一些科学同事们推测，太阳系中有两颗行星适合人类生存，分别是火星和金星。遗憾的是，在这一点上我无法做到和他们一样笃定。火星接收到的光和热只有地球所接收到的一半，假如在火星上登陆，那么映入你们眼中的太阳就像一个小小的圆盘，你们会觉得火星上的白昼就像地球的黄昏。你们会饱受寒冷之苦，也会觉得干渴难挨，因为在火星上几乎没有水，你们将在无尽的寒冷中，游荡于贫瘠的沙漠大陆和干涸的海洋洼地。不过，我怀疑诸位到时候是否还有能力游荡。火星上的氧气非常稀薄，你们会因缺氧而窒息。

“如果大家还想对火星上的生活条件有更清楚的了解，就让我来给你们举个例子吧。地球上目前已知的最高峰珠穆朗玛峰的海拔为 8848.86 米[①]，我们的英国登山家们可是世界上最优秀的登山家，他们也只能攀登到 8604 米的高度，从来没有探险队登上过山顶。冰雪覆盖的陡峭山崖、凛冽的山风、刺骨的严寒——这些都还可以克服。但独独是缺氧这个问题，令队员们寸步难行啊。他们喘不上气，由于气压降低，他们的耳朵里不断地流出鲜血，一举一动都异常痛苦。

“那么一个人在两座珠穆朗玛峰加起来的高度上——也就是海拔 16 千米——会有什么感觉？地球上并不存在这样的高山。但是曾有人尝试在开放式平流层气球吊舱中上升到这种高度，勇敢的航空探险者在 10 千米或 12 千米的高度就已经窒息而亡。在火星上，空气的稀薄程度和地球上 16 千米高的地方相差不大，也差不多冷，甚至还要更冷。如果你们降落在火星上，那么等待你们的恐怕将是一场可怕的厄运。”

“我绝不飞到火星去！”欣顿夫人毅然决然地说道。

“那就只剩下金星了。”天文学家继续说道，“金星比地球距离太阳更近。然而在金星上，我的先生们、女士们，连一丁点儿氧气都没有……”

---

① 世界最高峰珠穆朗玛峰（海拔 8848.86 米），又称埃佛勒斯峰或萨加玛塔峰，于 1953 年 5 月 29 日被新西兰登山家埃德蒙·希拉里和尼泊尔夏尔巴人丹增·诺尔盖首次成功登顶。——原注

“这一点还有待证明！”另一位天文学家头也不抬地说道。

“一会儿让我尊敬的同事吉尔伯特教授阐述一下他的理论。”金布鲁克镜片上的反光朝持不同意见者的方向一闪而过，他继续说道，“我想强调的是，根据最新的科学数据显示，在金星的大气层中没有发现氧气的痕迹。任何敢于在金星上着陆的人，都会落得和困在真空玻璃罩里的老鼠一样的下场。”

“这个比方打得不太恰当。就算是金星上没有氧气，可空气还是有的。”吉尔伯特又说。

“无论是上述哪种情况，结果都是窒息而死。”金布鲁克驳斥道。

欣顿夫人把杯子一推。

“我也不会飞去金星。”

“好吧。那其他星球呢？”斯托尔迈尔问道。

“至于其他的星球更是提都不要提了。在水星上，您会被高温活活烤熟，而其他行星又太冷了，它们距离太阳这一热量来源太过遥远。”

“简而言之，我们是无处可以着陆了？”斯托尔迈尔问道。

“您说得对。放眼整个太阳系，甚至是整个宇宙，适合人类生存的只有地球。”

“这和《圣经》里讲的完全对上了！”主教惊叹，“《圣经》曰，上帝创造地球，给了人类栖息之所，又造出日月星辰来照亮地球。我连想都不敢想其他星球上会存在生命，也不能接受有智慧生物生活在那里。这会把我的信仰弄得乌烟瘴气。难不成上帝创造了不止一个亚当，还在不同的星球上创造了成千上万个亚当吗？是只有地球上的亚当堕落，还是其他星球上的亚当都跟着堕落？这样一来，圣子就得奔波于不同的星球赎原罪，一次又一次地转世成人，死去后又再次复活？简直是荒谬至极的邪门歪理！就算我们可以在另一个星球上生存，尽管这根本不可能，我们是否有权利弃地球于不顾呢？圣经上可是说得明明白白：‘你本是尘土，仍要归于尘土。’说的是地球，不是什么火星！咱们的遗骸就该在地球上入土为安！”

“我哪儿也不去了！”欣顿夫人说。

斯托尔迈尔焦躁不安，在椅子上如坐针毡。主教的这番话可能对公司的业务带来不利的影响。金布鲁克教授的话更坏事。谁承想他会耍这种花招？钱算是白给了！再加上主教这一通不合时宜的布道……

“您说完了吗，金布鲁克教授？接下来该轮到我们请吉尔伯特教授发言了。”

吉尔伯特把他那张朝着桌子的脸抬了起来。教授白发苍苍，长着一个大鼻头，鼻子下耷拉着两撮小胡子，一双眼睛炯炯有神，流露出满满的嘲弄的神情。天文学家吉尔伯特开始发言，出乎大家意料的是，他的声音竟然又尖又细。

“简直就像一只金丝雀在叫！”艾米丽心想。

“吾爱吾师，但吾更爱真理。”吉尔伯特用这么一句拉丁谚语打头，“我虽然十分尊重我的同事金布鲁克教授，但恕我直言，他错了，而且是错上加错。他谈到应该保持谨慎和承担责任。我们这帮科学家只有一个责任，那就是对真理负责。谨慎和勇敢永远是一对水火不容的姊妹。但是‘紧迫局势’这位严母却能使她们相安无事。金布鲁克教授的言外之意难道不是在说，当今地球的气候非常有利于在座的各位女士和先生们的健康和长寿吗？他不是觉得现在地球的大气层比金星的大气层更适宜居住吗？而尊敬的在座诸位究竟在哪里才会有窒息而亡的风险呢？显而易见，当箭在弦上的时候，谨慎本身就会不自觉地使人变得大胆，逼着他去背水一战。

“话又说回来，难不成这样做的风险果真那么大？金布鲁克教授属实有点言过其实了。我是不敢和主教大人争论的。当然，他说的很对，如果其他星球上也有人居住，将会给上帝带来许多麻烦。但咱们自己的麻烦事已经够多了，所以我们还是暂时先独善其身吧！”

斯托尔迈尔长舒了一口气。

“没错，我敢肯定，金布鲁克先生确实是耸人听闻，歪曲真理了。我这位可敬的同僚忽略了一个非常重要的情况，即不同行星的大气层密度不同。地球的大气层将一半以上的太阳光反射到天空，火星的大气层则几乎反射了全部太阳光。正因如此，火星上的温度要比地球上低得多，最近关于火星的测量结果和火星上覆盖面积相当大的极地冰层也证实了这一点。金星的大气层也几乎将所有的太阳光都反射回天空，因此金星的温度也只比地球略高一点儿。火星上气候寒冷，但地球上也不乏气温极低的地方。诸位回想一下人们在南极营救伯德的事吧。救援队乘坐着履带式拖拉机在南极的冰层中搜寻，当时的气温低至零下 71 摄氏度。这可比平流层的温度高不了多少，这根本不叫事儿。他们没有被严寒吓倒，还成功挽救了一条生命。火星上的氧气含量是有点少，在不习惯的情况下人会感到呼吸更加困难。但是金布鲁克教授有一点没有提到，那就是在火星上机体的消耗会相对减少很多，因为在那里我们的体重几乎只有地球上的 1/3。在火星上，平奇先生用一只手就能轻而易举地举起自己的赞助人，也就是尊敬的斯托尔迈尔先生。各位会感到自己的身体异常轻盈，无论是走路，还是举重，你们的肌肉也只需用地球上 1/3 的力。这也就意味着，机体对氧气的需求量会更低。因此，我毫不怀疑火星上有植被存在。也就是说，甚至还有可能存在动物和人，尽管它们可能与地球上的人和动物完全不同。”

“火星上的人究竟会是什么样的呢？”艾米丽充满好奇。

“根据火星上的自然条件，我可以大胆地向大家描述一下火星人的长相。由于这种生物在火星上承受的‘引力’是地球上的 1/3，所以他们的身高就有可能比地球生物高出 3 倍。由于同样的原因，他们的肌肉也可能要小得多，大腿和胳膊可能更细。火星上缺少氧气肯定会导致他们的胸腔体积增大。甚至在地球上，正如测量结果所显示的，高山地区居民的胸腔要比山谷低地居民的宽得多。火星比地球更古老，因此火星居民的大脑应该更发达，脑壳的体积也会更大。火星上光照不足，这可能会导致他们视觉器官的增大。要知道，地球上有一些深海鱼类，它们的眼睛就非常大。声音在稀薄的空气中传播情况较差，这种情况则决定了他们的听觉器官也很发达。”

“他们的个子高高的，细胳膊细腿，胸如大桶，硕大的脑袋，长着大大的眼睛和耳朵……啧！”艾米丽惊叹道。

“世界上的一切都是有条件制约的，小姐！”金布鲁克先生回答道，“相信我，连您，甚至连您这样的美人，”他殷勤地补充道，“可能也不会让火星上的美男子怦然心动。保准没错！在火星上生活还有一个好处，女性朋友会特别喜欢。那儿的一年的时间几乎比地球上长出一倍，即使您在地球上已经40岁了，但根据火星上的算法，也可以毫不昧良心地说自己才20岁。”

“那到时我看上去是20岁还是40岁呢？”

“您这个问题可把我给问住了，我怕会伤了您的心，但我猜大概会像40岁吧。不过，也许那里的生命进程会放慢一些。”

“我想，在火星生活也没那么糟糕，就是稍微冷点呗……”

“但是不影响生存。”

“埃伦，你把貂皮大衣也收拾好了吧？”欣顿夫人打断道。

“那火星人不会杀了我们吧？”艾米丽又问道。欣顿夫人已经是面露不满地瞅了瞅她。

“这倒不会。”吉尔伯特笑着回答说，“他们顶多是会把您抓到博物馆里，当作稀有标本展出。”

“至于金星嘛，”他接着说，“我刚刚已经说过了，金星上不具备类似于地球上的居住环境，那儿的气候可能不太宜人。我不知道火星上的亚当有没有堕落，但在金星上，那里的人大概已经让咱们的上帝大为光火了。”

“您何出此言呢？”主教十分好奇地问道。

“约翰·弥尔顿曾在自己的史诗《失乐园》和《复乐园》中借天使之口让世人确信，亚当在堕落之前，咱们地球的地轴与地球黄道面是垂直的，所以在地球上气候宜人、四季如春。作为对亚当犯罪堕落的惩罚，地轴发生了倾斜，地球的气候也随之恶化。由于金星的自转轴倾斜度比地球的地轴的倾斜度还要大[①]，所以我们可以得出结论：金星人比我们的祖先更令上帝恼怒。

“尊敬的金布鲁克教授声称，金星上根本没有氧气，他之所以这样说，是因为根据光谱分析没有发现氧气的踪迹。这是不正确的。密歇根大学物理学家阿瑟·阿德尔发现，和地球上比起来，光是金星高层大气中的二氧化碳浓度就已经非常之高了。既然有二氧化碳存在，那就应该有氧气。金星就像一个巨大的温室，那上面的生活方式应该比我们地球上更激烈紧张。”

“那金星上有动物吗？”平奇问道。

“既然有氧气，温度和湿度又合适，怎么会没有动物呢？”

“那金星上的水源又是什么情况呢？”主教问道。

吉尔伯特狡猾地笑了笑：“这取决于您要用它们来做什么。古代的基尔彻神父曾经想知道金星上的水是否能用来进行洗礼仪式。不过遗憾的是，关于这一问题，我不能给出一个确切的回答，但是在其他方面，我相信金星上的水与地球上的水并没

① 根据现有研究，金星的自转轴倾角约为 177.4°，远超地球的 23.44°。——译注

有什么差别。”

“我不同意我这位可敬的同僚的看法。”金布鲁克没有征得会议主席同意的情况下便开始插话。斯托尔迈尔试图制止他，但金布鲁克并没有住口。幸运的是，在争论正酣的时候，金布鲁克完全忘记了面前还有听众这一回事，满嘴都是各种专业术语，除了那些专门研究这些问题的专家，谁也听不懂。

两位科学家之间的唇枪舌剑进入了白热化阶段。而灿德尔早就听得不耐烦了，他插话道：“我想请您二位尽快给我们拿出个决定性方案来。到底是去金星，还是去火星，或者干脆哪一个都不行？”

“这对您来说有什么区别吗？”斯托尔迈尔问，他看不惯有人在他主持会议的时候擅自插话。

“区别很大。”灿德尔回答说，“如果我们决定飞往金星，那么火箭的最小初速必须达到每秒 11.4 千米；可如果我们将要飞往火星，则必须达到每秒 11.6 千米。飞往火星至少需要 192 个昼夜，飞往金星则需要 97 个昼夜。到时候所有计算结果都会相应地发生改变。”

“可是，我还没谈到第三种可能的情况呢。”吉尔伯特说道，“这种情况就是……诸位根本就用不着在任何地方着陆。如果你们真的能够建立起尊敬的列奥·灿德尔向我讲述的那种物质循环系统，就可以用它来无限期地获得食物，那么这个方案就将是最好的出路。在火箭舱内，各位可以随心所欲地人工设定出里维埃拉海岸度假区那样的气候和不同的照明风格，甚至每个舱室的风格都可以根据个人的品位来进行设定。你们也可以尝试先在某个星球上着陆，如果那里的环境不适合生活，再飞走就行。总之，届时诸位将掌握着形势的主动权，而不必再受制于地球和太空的自然条件。”

显然，这个提议倒是符合所有人的心意。

灿德尔咧嘴一笑，请求发言。斯托尔迈尔眼神犀利地看了看他，接着郑重其事地宣布道：“现在让我们有请灿德尔工程师发言。”

“刚才的讨论，”灿德尔开始说道，“在我看来都是事后诸葛。你们打算在不远的将来起飞，于是对我百般催促，让我赶紧完工。要是我设计出来的火箭只适合在金星上着陆，而你们给我的任务却是飞往火星，或者干脆不着陆，就在太空里游荡，那我该怎么办呢？火箭是不能改造的，必须从头开始造一艘新的。”

“可您不是已经设计了几种不同类型的火箭了吗？”

“从图纸设计到工程结束不是一两个月就能搞定的。现在我们只有一艘已经造好，或者说基本完工的火箭。如果你们想即刻飞走，那就不得不乘坐这艘火箭了。”

斯托尔迈尔的脸涨得通红：“换句话说，就是您还没有经过我们的同意，就擅作主张决定了飞行路线，还为此造好了火箭？”

“要不然我还能怎么做？难道你们认为我会在这次会议上听到什么新东西吗？早在设计第一张图纸之前，我就不得不专心致志地研究今天各位提出来的所有问题。那些所有最新的天文学文献和成就，哪个是我没读过，没研究过的呢？最后，你们给我的任务却是飞往金星。”

“如果是这样，那我就不明白为什么要请我们到这儿来了。”金布鲁克相当尖锐地问道。

“嗨……就当是给即将踏上飞行旅途的各位乘客们普及一下天文方面的知识吧。”灿德尔笑着说，“当然，还不止如此。我无法把全部的责任都揽到自己身上。无论我们再怎么小心谨慎，采取怎样的预防措施，我们的路途仍然是有风险的。”

斯托尔迈尔开始愤怒地用手指敲起桌子来。好个灿德尔，说话简直没个分寸！谢天谢地，幸亏公司的其他股东没有听到他的发言，否则他们一定都会被吓跑了不可。

一听到“风险”这个字眼，欣顿夫人和埃伦不由得浑身一颤。灿德尔察觉到了这一点，马上开始安抚两位女士。

“要知道，就算坐火车去旅行也是有风险的。”他说道，“我倒不认为坐火箭飞行会有更大的风险。但如果在行星上着陆的话，那自然会有许多意想不到的事情在等着我们。我非常感谢金布鲁克教授，您给各位打了个预防针，指出了在那些星球上可能存在的不便之处。在天文学方面，比起我来，在座诸位当然更相信您的权威。”

“那您到底想让我们在哪里着陆呢？真是见鬼。各位女士，我一着急就开始胡言乱语，还请诸位多多包涵。”斯托尔迈尔说道。

大家都绷紧了神经，想听听灿德尔会说些什么。

“无处可着陆。我认为，不着陆对我们反倒最有利，也是最安全的法子。”

“跃……跃入虚空？”马歇用苦涩腔调讽刺地问道，可惜没有人听出来他话里的讽刺之意。

“正因如此，我才努力设计了这样一艘星际飞船，在上面配备了物质循环系统。火箭上将会安装一个长达500米的温室，它可以为我们提供可食用的植物和呼吸所需的氧气。”

“就只吃草莓吗？”艾米丽问道，“这我同意。”

“至于那些喜欢吃得饱饱的乘客，我们将会带上3个月或5个月的食品。如果我能顺利地完成这项即将竣工的发明，到那时，仅仅靠携带的3个月的储备，就足够让我们过二三十年的地球时光了，更不用说还有温室的供给啦。”

“您的意思是说，我们在火箭里只需要吃一丁点儿东西就能饱？”

“我可不会减少哪怕1克的口粮。”

“也就是说，您打算再现福音书里记载的用5条鱼和3块面包填饱5000个人肚皮的奇迹吗？”

“没错，如果您要这么说的话，那确实是一个奇迹。”

“但这个奇迹的奥妙何在呢？”

“妙就妙在我们可以把火箭里的时间‘拉长’，就和拉皮筋是一个道理。到时候可就真的是天上一天，地下一年啦。”

斯托尔迈尔的眼睛瞪得大大的，圆溜溜的眼珠几乎要从眼眶里跳出来了。真是够了，难不成这个灿德尔疯了吗？！

“您，看起来……有点……”

“我看起来疯了，是吗？”灿德尔替斯托尔迈尔将这句难以启齿的话说了出来。

“我明白灿德尔先生的想法。”吉尔伯特挠了挠脑门说道，“我们确实可以减缓时间的流逝，这个法子就是加快物体的运动速度。但是，灿德尔先生，要使地球上的时间和火箭中的时间产生如此大的差异，那就得以接近于光速的速度运动啦。”

灿德尔点了点头。

“我没有说自己已经把这个难题攻克了，但是我觉得成功已经指日可待了。”他回答道。

“使用辐射能？还是无线电波？或者是原子内能量？”人们的问题接二连三地朝灿德尔涌来。

“这暂时还是个秘密。”他回答道，“如果我真能驾驭这么巨大的速度，那么我们就能访问不止一个星球，亲眼看看那里是否可能存在生命。”

“可不是嘛！”金布鲁克叫道，脸上挂满了嘲讽的微笑，“若以光速飞行，那么您只需要 1 秒半就能飞过月球，8 分半钟对于抵达太阳来说也是绰绰有余的。”

“的确如此。”吉尔伯特开口说道，“如果您的飞行速度比光速慢一些，那么火箭上时间的流逝速度就会比在地球上慢得多。当火箭上过去 1 年时，地球上就已经过去 10 年甚至 100 年了。”

谈话变得活跃起来。除了天文学家们和灿德尔，其他人都想不明白，时间是怎么一会儿飞得快，一会儿又走得慢，但是这个想法本身极大地吸引了他们的兴趣。诸位想想吧，这样一来，就能在某种程度上控制地球上的时间了，想让它快就快，想让它想慢就慢。

“等一两个月后我们返回到地球上时，我的奥托就已经是个糟老头子了，而我还是那么年轻，是这样的吗，灿德尔先生？”

“如果到那时地球上的情况很糟糕，那么我们就可以在某个星球上创造出新的人类，”整个晚上都默不作声的施尼列尔说道，“创造出一个既没有机器，也不需要技术的新文明。”

斯托尔迈尔想：“两年等于一百年！到那时，那些所有见不得我好的人、我的仇家们和法官大人们早就咽气了，有关我的案件卷宗也会在法院的档案堆里腐烂发黄了。简直太棒了！要是所有这一切都能烟消云散，那我们就放慢飞行的速度，也就是加速时间的流逝，这样一来，我们也不会和地球上发生的事太过脱节，然后再挑个对我们最有利的时机杀回来。”

“我倒是更希望在回到地球后看到那些‘莫希干人’大获全胜。”他说道，“但是如果事情的发展在我们的意料之外，那就得飞到别的星球上去，在那里好好地谋划组织新人类。我提一个建议，我们应该把所有实用知识的精华带上火箭，还要简明扼要地记述下那些必不可少的知识：数学、天文学、医学、生物学、植物学、地理学……”

“只怕地球上的植物学、动物学和地理学在那儿用处不大。”吉尔伯特说道，“到了其他星球上，您恐怕得因地制宜，创造出不同的植物学和地理学。”

“要是这样的话，那我建议把所有的‘地球精华’编成便携的书一块儿带走。”斯托尔迈尔继续说，“我们可以雇佣一些专家来编纂这样的大纲，让他们各司其职，然后用最薄但最结实的纸张，以最小的字体印刷成书，或者干脆带一些微型书籍，比如植物学、地理学的书。我认为地球上植物学书籍、地理学书籍和史书不是无用的，难不成将来金星上的移民对地球的历史就不感兴趣了吗？不过接下来就要说说我这个计划里的重头部分啦。毫无疑问，即使到了新的星球上，那里的人也要区分个三六九等，和地球上一样，而且等级划分更加严格。在那里，咱们圈子的人必须占据统治地位，而我们带来的那些仆人、机械师和其他随从下人们的后代也必须为奴为婢。我们将创造一个‘智人’和‘圣人’的种姓，奴隶则是大字不识一个、尚未开化的人。我们将使唤他们，因为一旦离开了我们的知识，他们将束手无策。只有我们才懂该怎么建造房屋和制造机器……”

“机器？又是机器？就是到了那儿也还是有机器？”施尼列尔尖叫起来，“您是想毁掉新人类吗？想把这种传染病、瘟疫带到新的星球上吗？机器是撒旦的诅咒，就是它们让人类陷入万劫不复之地的！无论如何，无论说什么，我都不会同意这种丧心病狂的做法！阶级倒是可以保留，它们甚至是天经地义的。只有奴隶制才能保证让古代哲人有闲暇时间去思辨。奴隶制要保留，不过得是宗法制包装下关系比较缓和的奴隶制。田园诗般的生活！自给自足的自然经济！不要任何的城市！是我们，这群德国人，亲手用非自然的养料使柏林公社发展壮大，作法自毙，造就了这个葬送国家的武器，并且让柏林公社这个武器落入极端主义者，也就是那些有反国家情绪的乌合之众手里。不要任何规模的工厂和厂房！也不要任何城市！我们只要农场、草地、牧场、小溪，以及……哲学的沉思和道德……”

“我们需要基督教的道德！”主教插话道。

“是的，基督教的道德。”哲学家赞同道，“它将非常适合我们的统治。而且，要知道，我巴不得把这些尘世的什么历史和地理学扔在地球上。我们将谱写出一段新的从‘天’而降的高级生物的历史佳话。我们将会获得神的权威，我们将英明而又仁慈地统领着自己的奴隶。他们将给我们放牧牲口，帮我们耕种葡萄园，在复活日高声礼赞我们和全能的上帝。我们将在大自然的怀抱中过着安宁静谧的生活，再不会有什么工人问题，也不会有什么罢工和革命！黄金时代来临啦！人间天堂实现啦！”

“也……也也没有什么银……银行和贸易活动吗？这……这也太无聊了！”马歇结巴地说道。

“没有商业生活的话，那生活就会索然无味，毫无意义。但是，男爵大人，您和我将一同做出修正。”斯托尔迈尔转向马歇说道，“而且我希望尊敬的施尼列尔教授能屈就这个折中方案。施尼列尔先生，我希望，您应该不会否定私有财产。但如果有私有财产的话，那……”

两个银行家和哲学家爆发了激烈的争执。没有人注意到灿德尔已经悄然起身，离开了挂满祖先画像的大厅。新星球上未来社会制度的问题与火箭飞行没有任何关系，况且在灿德尔看来，这里所有人的空口白话压根儿没有一点儿实际意义。

第七章　汉斯研究游艺园

汉斯离开温克勒的房间，朝着那块巨大的马蹄铁形状的高塔走去。从这座城市的任何地方都能看到它。

芬格尔在结冰的道路上一边踱步，一边思考着：马蹄铁高塔就像一把大音叉。是啊，它不比埃菲尔铁塔低，也许还要高出一些呢，像一把高耸着直插云霄的叉子……

厚厚的云层遮住了马蹄铁建筑的一半。

“300 米……马蹄铁高塔矗立在一座海拔不低于五六千米的高山上，瞧着真气派。但建造它是用来做什么的？温克勒没有跟我解释，那我自己来猜猜看……莫泊桑曾经抱怨过埃菲尔铁塔的庸俗使他头昏脑涨。当然，在当时，埃菲尔铁塔是个毫无价值的建筑，建造它只不过是为了给巴黎世界博览会增添一个‘亮点’。然而，假如莫泊桑是一名工程师的话，那他一定会对埃菲尔铁塔肃然起敬。对于那个时代来说，它可以说是建筑艺术的奇迹。埃菲尔铁塔上设有天文台和气象实验室、物理实验室和功率强大的无线电台。那么很有可能，这个马蹄铁形建筑也是为了类似的科学目的而建造的。”

云朵慢慢地向西边飘去，马蹄铁的顶端在晴朗的蓝天下清晰可见。汉斯只顾着抬头看马蹄铁，突然一脚踩空，摔倒在了地上。一群人大笑起来，笑声铿锵有力。汉斯的面前站着几个印第安人，他们半裸着身体，披着满是破洞的旧毯子。汉斯笑了一下，印第安人也回以微笑，露出了满口洁白的牙齿。印第安人用手指了指马蹄铁的顶端，又指了指脚下的冰面。对，对。汉斯愣了一下，他意识到了自己的错误，就尴尬地点了点头，站了起来。印第安人经过时朝他喊了几句话，可能是在提醒他什么。4 个黑人扛着一根巨大的木头。“机械化！”汉斯嘟囔了一句。他走到一旁，靠在散发着新鲜松木气味的小木屋墙上，再次把目光投向马蹄铁的顶端。叉子的末端被一个像线一样细的平台连接在一起，平台上方架着一根天线般的电线。

“当然，这是一座气象观测站和无线电台。为了飞行，必须研究斯托尔迈尔城的气象条件……”

突然，汉斯看到一个黑点向下坠落。它从最顶端开始移动，沿着马蹄铁的边缘垂直下落。

“原来如此！没想到马蹄铁不仅是一个无线电台和气象站，还是一个用于进行落体测试的实验室。”

黑点一路落到马蹄铁半圆形的底部，沿着半圆形的弯道疾驰，然后冲上了马蹄形建筑的另一侧，上升，下落，再上升，如同一只进行着“阻尼摆动”的钟摆一样，来回摇摆。最后，黑点在弯道的中间停了下来，汉斯看出来那是一辆小车，或许车里面还有人呢。要是能在这样的秋千上荡一荡该多好啊！这也是必要的，毕竟乘坐火箭飞行也是要起起落落的。从地球“飞向”天空，再从“天空”降落到星球……“是的，我们必须研究一下失重对身体的影响……”汉斯几乎是跑着奔向那座马蹄形建筑的，但距离建筑物还很远的时候，他看到一个人从驾驶室走出来，那个人几乎一路小跑着向柯林斯的办公室去了。

汉斯气喘吁吁地跑到马蹄形建筑的巨大混凝土底座旁，小车已经像电梯轿厢一样缓缓向上爬升。汉斯沿着栈桥跑到了混凝土底座上，查看马蹄形建筑的半圆形弯道。两条铁轨，弯道半径是 15 米。如果高度是 300 米，那么起飞和下降应该持续整整 15 秒。还不错。但是真见鬼！在 300 米的高度上，由于离心力的作用，半径为 15 米的弯道会使物体的重量增加 40 倍。怕是要被压扁了……

平台下传来隆隆的轰鸣声，汉斯看到这个庞然大物的一边与另一边慢慢拉开了距离，弯道的半径也随之增加到了 60 米。“这就不同了，现在的超重情况只有 10 倍，这大概和我们从小山丘上滑雪橇下来的感觉差不了多少。”

马蹄形建筑的发动机再次发出隆隆的响声，这次弯道半径缩小到了 20 米。“可别误了这一趟……”汉斯急匆匆地走进吊在升降绳上的一间小屋里，他向一个身着鹿皮夹克的混血人出示了自己的那张蓝色的通行证。这个混血人看了一眼通行证，然后点点头，一言不发地朝电梯轿厢挥了挥手。汉斯走进电梯，轿厢晃了晃，便开始向上升起。

汉斯感觉自己就像坐在气球里一样往上升，整个斯托尔迈尔城又一次重新展现在他的面前。很快，连山脉后面的大洋也露出面来，在北面、东面和南面，安第斯山脉群峦叠嶂，巍然耸立。

电梯停了下来。汉斯走出电梯，来到露天平台上。嗬！这儿更冷，好一个寒风凛冽！不过视野倒挺开阔，人站在这里，视力如同鹰眼一般可穷尽千里。这个从下面看去像是一根绳子的平台，连接着巨大音叉的两条“腿”，平台上安装着许多风向标、风速表、气压计、温度计……凛冽的寒风，吹得脸火辣辣地疼。得赶紧去那个小亭子里！一个胖子迎了出来，像老熟人一般点了点头。温克勒已经用电话提前打过招呼了，因此汉斯可以四下逛逛，并且还能体验下降的快感。

一节准备下降的小车厢停在小亭子间门口正对的位置，车厢的门是开着的，汉斯朝里面看了看，走了进去，身后的门便砰的一声关上了。

这里倒是挺暖和的。车厢顶上悬挂着一盏电灯，没有窗户，地板上铺着漆布。门旁靠墙的位置堆满了装着实验动物、鸟类和昆虫的箱子，左边的墙脚处也摆着几个类似的箱子。

正对着门的墙边放着一台磅秤。第四面墙上挂着一张吊床，吊床旁边有 3 把通过螺栓固定在地板上的舒适的沙发座椅，像飞机上的座椅一样，配有安全带，墙脚处还有一台结构特殊的弹簧秤，它的铁杆上有一个带指针的刻度盘，用来显示重量的变化。

“这里用的是弹簧秤。”汉斯说道，“倒完全可以理解，普通天平的托盘在这里可派不上用场，无论把物品放在哪个盘里都一样，因为两边的砝码和称重物都会等量失重。只有弹簧秤才能显示下落时的失重情况。”

车厢的一张座椅上已经坐着一个秃顶的胖子，肥胖的身体几乎塞满了整张椅子。在他前面站着一位身材高大、体态健硕、脸上刮得锃亮的大夫。秃顶的胖子大口喘着粗气，像马上要挨刀的病人一样，瞪大眼睛，惊恐地望着大夫。

芬格尔跟大夫打了个招呼，又给他看了一下那张蓝色的票。

“您能让我也参加实验吗？”芬格尔问道。

“请吧！”大夫应了一声，就继续向胖子保证这种飞行完全安全，对身体毫无伤害，“您躺到吊床上去吧，那样会更舒服些。我就坐在您旁边的椅子上，监测您的脉搏和血压。哦，不不，这可不是为了防止出现什么危险，我们这样做只不过是在进行各种科学观察，然后从中得出一些结论罢了。我们会汇总所有的观察结果，然后传达给总工程师，他在进行技术计算和设计时会考虑到所有的因素：火箭发射时所允许的最大加速度是多少，哪种方法能够最有效地预防震动等。”

“也就是说，可能会发生冲击？而且还会非常强烈？”胖子害怕地问道。

“还没有电车里的晃动大呢。”大夫连忙安慰道。

在芬格尔的帮助下，大夫把胖子安置到吊床上，并用安全带结结实实地捆住他那副臃肿的身体。

汉斯坐到座椅上，系上安全带，瞥了一眼旁边的人。胖子气喘吁吁，神情紧张，嘴里不知道在嘟囔着什么。大夫也系好自己安全带，然后握住了操纵杆。

“做好准备，我们要起飞了。”

“不行！快停下来！我不想飞了！”胖子哀号起来。

但为时已晚。汉斯感觉自己的心脏仿佛停了下来，浑身上下流动着一种前所未有的轻松感。汉斯抬起了一只手，简直不费吹灰之力，仿佛自己不是在抬手臂，而是在放下手臂似的，甚至比这还要轻松，毕竟放下手臂也得动用一下自己的肌肉啊。这种感觉就像在水中一样，不，就像置身于毫无重量的以太中，甚至身体也与其融为一体了。时间一秒一秒地过去了……大夫数着胖子的脉搏。汉斯认真地听着自己的心跳，好像跳动得稍微慢了一些，但总体来说一切正常。可惜就是这里没有窗户……大秒表的指针已经逼近15了。

“我们马上就要到拐角了，可得抓紧把手喽！”大夫提醒道。

突然间，身体仿佛被灌满了铅一样，从双脚到脊背，再到头部，都感到沉重无比，全身都重到难以呼吸，四肢仿佛都被牢牢地捆住，头也抬不起来。胖子大声号叫着……突然，铅似乎又从身体里流了出来，瞬间恢复到了正常状态。紧接着，又是几秒的失重感。车厢已经从音叉的另一端开始下滑，无形的重量再次压迫着身体和胸口，这种感觉可真叫人不适！不过好在随着“钟摆”每摆动一次，这种感觉持续的时间越来越短，强度也越来越弱。终于，车厢停下来了。胖子粗声咒骂着，额头上冒出了冷汗。舱门打开，大夫急忙解开胖子身上的安全带。胖子愤怒得说不出话来，双眼圆睁，脸上做出可怕的鬼脸，仿佛要把大夫生吞活剥一般，随后像炸弹一样冲出了舱门。

车厢旁边聚集着一些黑人和印第安人，胖子的样子把他们逗乐了。新鲜的空气让胖子恢复了说话的能力，他又开始破口大骂，张牙舞爪，十分滑稽。这几个肤色各异的观众们像看杂耍的孩子们一样哄堂大笑，这让胖子更加怒不可遏。

胖子诅咒着“诺亚方舟”，连诺亚本人也没放过，更别说会放过那些想出这种鬼东西的人了。他宁愿被活活烧死，也不愿再踏入“方舟”的门槛。

“把我的钱还给我！”他大吼道。

“您是知道公司的规矩的，无论在什么情况下，钱都恕不退回。您唯一能做的就是找到下家出售自己的股份。”不知从哪里冒出来的副经理柯林斯说道。

“我才不找什么买家！就当我的钱全见鬼去了。让你们和‘诺亚方舟’都统统见鬼去吧。我的飞机在哪儿呢？”说罢，他大步向机场走去。柯林斯认为再劝他也是多余的。

“这家伙出什么事了？”柯林斯问大夫。

“没出什么特别的事。”大夫回答道，“这些亿万富翁，恕我直言，跟歇斯底里的千金大小姐一样敏感。这是他的体检表，实验前心率是 74 次每分钟，实验后是 72 次每分钟。动脉压在实验前是 130 毫米汞柱，实验后到 160 毫米汞柱。心跳略微减慢，动脉血压略有升高。我想，要是在他的银行办公室里对他进行观察就会发现，他一整天都因为股市的走势而着急上火，这种心率波动指不定会出现多少次呢。”

柯林斯自顾自地想着什么事情，根本没有听大夫说了些什么，然后就打断了他的话：“听我说，我们可不能再把自己的股东和将来要参加飞行的人当成实验对象了。要知道这些人不仅自己会临阵脱逃，还会把这些事添油加醋地广而告之。足够了，我们现在已经有充足的材料供灿德尔使用了。您是大夫，您自己就能确定一个人是否适合参加这样的旅行。”

“恐怕到时候物色到的都是些臭鱼烂虾，他们更适合去火葬场，而不是参加火箭飞行。”

“别胡说八道了！”柯林斯怒斥道，“火箭飞行绝对安全，不仅是我们的广告，更是我们的目标。灿德尔关心的是怎么把火箭建造得像婴儿的摇篮一样舒适又安全，并且他一定会做到这一点的，否则他不值得我们为这些实验花钱了。”

柯林斯突然转过身去，穿着自己的长皮大衣向办公室奔去。

在一天之内，汉斯几乎把所有的“旋转木马”都玩了个遍，在这个非同寻常的游艺园里体验了所有“游玩项目”。他在转台上研究了眩晕效应，体验了起飞、降落、下滑及翻转的感觉。他决定打破承受超重时的耐力纪录，要求别人用疯狂的速度旋转自己。许多人都试图和他一较高下，但所有的竞争者都不是他的对手，尽管他自己从转台上下来时也是摇摇晃晃的。

尤其令他惊讶的是一个呈圆柱体的房间。这个房间在以自己的轴为中心旋转的同时，做着圆周运动。人们正在这里研究所谓的“科里奥利加速度”。当他靠近房间的墙壁时，因为那里的离心效果更强，他的整个身体仿佛都被灌满了铅，且只要稍稍转动脑袋，就会感觉整个房间似乎在上下颠动，活像在一间遭遇风浪颠簸的船舱里，这种感觉可真叫人不适。后来大夫解释说，这是因为在长时间旋转的房间里，位于人脑中的中枢会产生一种平衡感，在这种情况下人们会逐渐忘记自己在旋转，而当他转动脑袋时，就能重新体会到旋转感。

房间墙壁的侧向离心力是重力的5倍，汉斯不由自主地“爬”到墙上。一阵晕船般的眩晕感袭来，他费了九牛二虎之力才把头抬起来，从墙上艰难地走到房间中央，到那儿之后，所有的不适立刻消失得无影无踪了。

在这个房间里，他把所有能做的实验都做了个遍：他尝试在摆在房间中央的桌子上写字，一下子坐下，一下子又站起来。他的身体好像是别人的，完全不听自己使唤，又仿佛来到了另一个世界，这里运行着不同的运动和平衡定律。但他可没把这当成体育运动，只有布洛顿会那样干，他这是在刻苦地训练自己。他知道，当火箭进行真正的飞行时，他需要和温克勒、灿德尔在火箭里携手并肩，在这种特殊的条件下忙活，而那些乘客都只会直挺挺地躺着，除了发发牢骚和无病呻吟，其他根本指望不上他们。他脑子里想到的不只有“诺亚方舟”，还想到了将来会乘坐“自己”的火箭飞行。就这样，他顽强地忍受着自己施加给自己的所有考验。

后来，他又在这个房间里度过了不知多少天。

在这里，他对液体流的偏转、气流、昆虫和小动物的运动进行了多方面的观察。

汉斯对旋转玻璃球也表现出了极大的兴趣。这是一个类似于“星际住宅”的模拟装置，专门用来研究人和动物在离心力作用下的行为。太阳从万里无云的天空照射下来，使玻璃球内部充满热量，让种植在玻璃球“赤道”上的植物焕发生机。因为房间的旋转，球体壁上产生了超过地球引力的离心力，因此植物在这里不是像平常那样向上生长，而是向侧面生长，也就是从球体壁向球体中心方向生长。他观察了这些植物的发芽和生长情况。

这里的“住户”还有兔子、鸡和猫。显然，它们都没有注意到自己处于一种异常的倾斜状态。对它们来说，球体壁就是“底部”，就是地面。有的兔子在笼子里蹦蹦跳跳，有的在安详地享用着卷心菜叶、胡萝卜。一些鸡在下蛋，一些在孵小鸡。靠着地面“峭壁”放置的水没有从杯子里溢出来，谷物也没有撒落。当汉斯站在球的中心时，所有的动物和植物都垂直于他的位置，他从高处俯视着这个小世界的居民，就像趴在悬崖峭壁上望着谷底一样。当他走近“赤道”时，他的身体也逐渐和那些居民一样与球壁垂直了。当他站在笼子附近，他看到球中间的地板上立着一张桌子，就像这张桌子被固定在一个普通房间的墙上一样。

由于整个球体的环境都跟随着一块儿旋转，因此他并没有感到头晕，甚至连房间的旋转也觉察不到了。只有当他沿着球体壁移动时，特殊的身体姿势才会让他意识到自己在旋转。

球中的氧气只有地球正常氧气含量的1/10，但汉斯并没有觉得呼吸不畅。这里的氧气是由占地16平方米的温室植物释放出来的。

植物吸收了他和动物们释放出来的二氧化碳。

这里奠定了“物质循环”的基础，在即将到来的飞行需要延长时间或其他星球缺乏大气层和食物的情况下，这里将为乘客们提供一切生存所需。

芬格尔还参观了一个金属球，球体的内部宛如“星际空间”的一小部分。进入这个球需要通过一个带有双开门的密封室，而且还得穿上潜水服样式的特制服装。灿德尔在这些潜水服上耗费了大量心血，甚至建立了一个专门的实验室来测试各种材料，为了确保服装既绝对隔热，又足够结实。

“在宇宙空间里穿着这种衣服就不会被冻僵了吗？”汉斯问道。

“有了衣物上的这层特殊涂料，再加上太阳光的作用，我们就能适应从零下200摄氏度到零上100摄氏度之间的巨大温差，甚至可以承受超过100摄氏度的高温。”一位实验员回答道，“所以说星际空间的寒冷并没有那么可怕。”

“这些罐子又是什么？”汉斯问道。

“这些是用来测试火箭表面对光线的反射和吸收作用的设备。咱们进去看看吧。”实验员回答完后，他们便走了进去。“现在里面光线很暗，温度也很低。此刻圆柱体明亮光滑的一面朝向太阳，把阳光全部反射回去了。让我们来把黑暗粗糙的一面对准太阳看看吧。”实验员转动操纵杆，圆柱体开始以纵轴为中心旋转起来，汉斯和实验员不得不“原地踏步走”，直到圆柱体停下来。在不到两分钟内，汉斯就感觉到圆筒中的温度明显升高了。

“您已经能感觉到太阳的温度了吧？要知道照射在地球上的一半的太阳光都被大气层反射回去了。现在您再看看。”

实验员在黑暗中摸索了一会儿，再次转动了控制杆。位于顶部的一扇窗户打开了，阳光瞬间奔涌而入，温度开始迅速上升。

“太阳光被一个凹面镜收集起来，然后再射向火箭背面的舱壁。通过转动火箭的黑暗面或者光亮面，我们可以把内部温度从 29 摄氏度提升至 77 摄氏度。靠着这面镜子，我们足以熔化金属，也可以‘放入’宇宙空间中的极寒。掌握了如此广泛区间的温度调控方法，灿德尔又根据齐奥尔科夫斯基的设想设计了一台太阳能发动机。发动机上两个连通的气缸轮流变换受热面，气缸朝向阳光时，内部液体受热蒸发，气体膨胀，将气缸中的活塞推出；气缸转向阴影一侧时，内部蒸汽冷却凝结成液态，气压下降，活塞回落到气缸内。

“现在您还剩火箭发动机模型实验室没看，这些发动机被安置在橡木架上，还有 6 个乘客生活舱模型的实验室也可以参观参观。”

“整整 6 个生活舱呀！”

“当然。”实验员回答说，“这倒不是为了保障舒适性，而是我们有建设这么多的必要性。我们不能有丝毫的疏忽，必须预见所有可能出现的情况。在日常生活中，我们常常会忽略，甚至根本不会去考虑一些看似微不足道的小事。然而这些‘小事’，一旦到了‘天上’，有时能帮助我们成事，有时却会坏了大事。若不解决，甚至可能引发灭顶之灾。”

第八章　齐奥尔科夫斯基的得意门生

“灿德尔来了！要咱们去见见他！”温克勒说。

正在看书的汉斯激动地抬起头。汉斯与灿德尔共事好几个月了，但这还是这位发明家兼工程师第一次邀请他见面。

“是有什么事吗？”

“我猜他大概是想进一步了解了解你，也许是想嘱托你去完成一些工作。”温克勒回答道，眼里充满了笑意。

“得嘞，咱们走吧。”

在斯托尔迈尔城，灿德尔单独住在一栋带阁楼的房子里。温克勒按下门铃，随即传来一声牧羊犬发疯似的狂吠声。门猛地一下开了，一个老仆声色俱厉地嘟囔着：“不在家！”但在他认出了温克勒后，立刻像老熟人一样笑着说，“哎呀，原来是您啊！请进来吧。请稍等片刻，我把狗牵走。”

芬格尔在心里猜测着灿德尔的生活状况。在汉斯的想象中，灿德尔的书房里应该堆满了图纸、模型和这位发明家要用到的所有配件。但他错了，灿德尔的书房，也就是他的接待室，里面的陈设十分朴素。房间里摆着一张书桌，书桌前放着两把扶手椅，桌旁立着一个可旋转的小书架，仅此而已。房间里唯一的装饰品是一幅挂在主人座位后的墙上用深色橡木框和玻璃裱起来的肖像画。画像上是一位汉斯不认识的戴眼镜的大胡子老人。画像下面是一个同样用橡木制成的书架，上面并排摆放着几十本书脊处镶有金色字样的书籍。眼光敏锐的汉斯看到了书脊上 *Tsiolkovsky*（《齐奥尔科夫斯基全集》）这几个字眼。书桌上摆着的除了一些文具、一盏台灯和一个花瓶，别无他物。芬格尔有些失望。温克勒后来向他解释说，灿德尔通常在阁楼办公，那里倒是有一个藏书室和一个小型实验室，被他视为圣地，他从不让任何人踏足，就连温克勒也仅仅是趁主人不在的时候，偷偷往里面瞥过一眼。

主人亲切地迎接他们，招呼他们坐到扶手椅上，随口应酬了几句话后，突然向汉斯提出了一个出乎意料的问题："您能告诉我什么叫双曲线的极坐标方程吗？"

芬格尔对数学有过一些研究，勉勉强强答上来了这个问题。灿德尔点点头，又提出了一个让汉斯感到棘手的新问题。紧接着又提出了好多问题，涉及化学、天文学、生物学等多个学科领域。这是一场真刀真枪的考试，汉斯感到手足无措，他压根儿没想到会有这么一出，他甚至觉得，就连那些熟悉的问题自己也不一定总能给出正确的答案。

难道他要考砸了吗？但灿德尔看上去还是很满意的，他点了点头，示意考验结束，然后说道：“您知道的比我预想的要多。但如果您要像温克勒那样成为我的助手，恐怕还要掌握远多于现在的知识才行。”

汉斯别提有多想成为他的助手了！为掌握一切所需知识，他已经做好夜以继日学习的准备了。

“您习惯独立工作吗？”灿德尔又提了一个新问题，“温克勒会帮助您，但他也不能耽误太多时间。”灿德尔转向温克勒，继续说道，“我想，咱们的汉斯要是能在玻璃球里住上一两个月，一定会受益匪浅。观察不会耗费太多的时间，而且在那儿还能完善自己的数学知识。没有数学，我们的事业就会举步维艰。”

灿德尔和温克勒又花几分钟谈了点儿事，然后站起身来，今天的接待就到此结束了。

“怎么样？没想到这么严格吧？”当他们走出这栋房子的时候，温克勒问道，“看来您得一个人去关禁闭了。”

一两个月的禁闭，还是独自一人！这可不是什么好事。汉斯想尽快熟悉这座城市，熟悉这里奇特的实验室，以及不同寻常的建筑。要知道他还没全部看完呢！

“到时候会有时间看完的。”温克勒安慰他说，“现在你还有一天‘自由’的时间，明天早上你去各处转转，看看那些还没有见过的东西：测试各种物质效果的实验室，测试火箭工作部件——比如排气管喷嘴或喷嘴管壁　　冷却方法的实验室。这些地方明天一天就能看完。”

“那我利用关在球体里的这段时间要干些什么呢？”

“嗨，在球体里你的生活可就不寻常喽！你要亲身经历，甚至是亲身试验，看看人类是否能在人工制造的物质循环中生存。当你进入球体，并得到必要的生存指南后，密封门就会砰的一声在你身后关闭。球体内部配备了一部电话，我们会和你保持联系。你得带上必需的参考书、教科书和笔记本。”

“那我在里头靠吃什么维持生命呢？”

“恐怕你得吃一段时间的素食了。你可以靠吃球体温室中栽培的植物和水果为生。里面还有电炉子和热水壶供你使用。”

“那水呢？”

“明天你就都知道了。你身上的所有分泌物都将被循环利用：粪便将被用作肥料；尿液会经过土壤、植物、气体、冰箱、过滤器，最后将变成最纯净的水。你和植物，还有那些动物‘狱友’们呼吸产生的气体经过冷却也能提供一部分水源。你还得担起照顾它们的责任，给它们喂食、浇水。植物将产生氧气，它们会吸收你和动物呼出的二氧化碳。总之，如果计算正确，在球体内部将会生产出你需要的一切生活资源。我会来探望你。一旦你感觉不舒服，我们会立即停止实验。你可以准备一个笔记本或练习簿，把最重要的公式、喷气飞行理论知识、参考数据和计算结果记在上面，这也是灿德尔的建议。这样的笔记本对你有很大的帮助。”

汉斯点了点头又问道：“对了，顺便问一下，灿德尔办公室里挂的是谁的肖像？是他的父亲吗？”

温克勒笑了起来。

“是的，从某种意义上讲，可以说是他的父亲。这就是著名的科学家，自学成才的齐奥尔科夫斯基，星际航行的元老。齐奥尔科夫斯基拥有众多追随者，包括罗伯特·埃斯诺贝特特里、罗伯特·戈达德、格尔曼·奥伯特、沃特·霍曼、德布斯、皮尔奎和我们的列奥·灿德尔，对于他们来说，他不是‘父亲’，而是‘祖父’级别的人。我此前跟你提起过这位了不起的人物。他本是一名普通的外省教师，却能够在理论思维上达到‘宇宙’的高峰。这位星际世界的哥伦布基本上从理论层面规划好了未来整个星际交通的全部路径，他为人类铺就了去往太空的‘通天大道’。早在 1903 年，他就发表了一本著作，在书中概述了太空飞行的所有理论计算，但当时俄国沙皇政府并没有为他提供任何帮助。”

“所以画像下面的架子上摆着的是他的著作？”

“是啊，灿德尔和这些书形影不离。”

这一天在一幅惊心动魄的奇观中落下帷幕：深夜 12 点，第一枚携带自动记录仪器的生物无人驾驶试验火箭在一个面朝大海的山间平台上发射升空。火箭有两米高，几乎垂直固定在发射架上，只是略微有一点儿向海洋方向倾斜。

灿德尔、温克勒、汉斯、布洛顿和几位曾与灿德尔共事的工程师都在场，肉眼几乎难以察觉火箭有所倾斜，怪不得布洛顿要问：“万一它砸到我们脑袋上怎么办？”

灿德尔微笑着回答道：“很久很久之前，还是在17世纪的时候，一位名叫梅尔森的僧侣和一位名叫珀蒂的军人曾做过这样一个实验：他们用自以为垂直的方式把一门大炮竖起来，然后发射，观察炮弹是否会返回地面。他们反复做了许多次这个危险的实验。然而，由于他们没有足够的技术让炮弹直接落在自己的脑袋上，就自以为是地认定炮弹是悬在空中，并且无疑还要在那里悬挂上一阵。别说是那个时候，即使是现在，也很少能找到一门经过完美校准的大炮来完成这种实验，要想让它绝对垂直地竖立起来十分困难。好啦，现在请诸位退后，我要发射火箭了。”

每个人都向后退了一步，屏气凝神地等待着发射。繁星在漆黑的夜幕中扑闪着眼睛，一弯新月几乎就在人们的头顶上照耀着，仿佛火箭即将要开启一场月球之旅似的。爆炸声响起，滚滚雷声在岩石上回荡，空气都为之震动。一道火光划破苍穹，刹那间，山顶的平台与天空之间仿佛由一座金桥相接。接下来，这颗人造彗星收起了自己的尾巴，变成了一颗小星星，在高高的太空中闪闪发光。

灿德尔看着计算器的表盘，一边倒数着秒数，一边说道：“上限是对流层……已经飞出同温层了……现在正在往回飞……”

第二天一早，一整支摩托艇队被派去搜寻坠入大海的火箭。可无论汉斯多么渴望参与这次搜寻工作，也没有得到批准。在和温克勒一起走马观花地参观了几个实验室后，他对这间宏伟的“星际航行工厂”的所有“车间”仍算不上有多了解。芬格尔带着温克勒为自己挑选的一些书籍、一个普通笔记本和一支自来水笔，就钻进了自己的那间玻璃“监狱”里，他在那里要待的可不止一两天。

第九章　地球上是没救啦！……

“这一切真是太可怕啦！”欣顿夫人说道，用指尖轻轻按了按太阳穴，“把花露水给我拿过来，埃伦！”

“您不想用薄荷块揉揉太阳穴吗，欣顿夫人？”捷克尔大夫问道。

“根本不——管——用！”欣顿夫人气愤地答道，“这样颠簸下去简直会要了我的命。轮船怎么不动啦？它开起来就不会颠簸得那么厉害了。”

“我们必须得节省燃料，欣顿夫人！”坐在椅子上的斯托尔迈尔迷迷糊糊地应声答道，“真是波涛汹涌，在离我们100英里外的地方正在刮台风……男爵这家伙已经彻底趴下了，现在只会一个劲儿地哼哼唧唧了。”

“我不行了……我不太舒服！”埃伦声音哽咽地说道。她脸色发青，用手帕捂住嘴巴，抽搐着肩膀，急忙跑开了。

“唉！”欣顿夫人大声叹了口气，“在我们这个年代当一个流放犯是多么不容易啊！抛了家业，丢了房子，更没了希望……”

“我宁愿被流放，也不愿成为一具腐尸。”斯托尔迈尔吸着石榴汁说道，“如果不是我有先见之明，咱们可能早躺在坟墓里任凭蛆虫啃噬了。”

“没有上帝的旨意，您是一根头发丝都不会掉下来的！”约伯·韦勒主教告诫说。

“如果是这样的话，我亲爱的主教大人，那您为什么不留在伦敦，把您那一头秀发托付给上帝呢？”

听到这些亵渎神明的话，欣顿夫人不寒而栗。正如施尼列尔所说，“战争和革命的恶魔”在火箭和巨大的内燃轮船尚未完工之前，就“已经挣脱了枷锁”。斯托尔迈尔设法租下了一艘停靠在港口的远洋轮船，把股东们——未来星际飞行的参与者们弄上这艘船，然后便往太平洋开去。

“四下都是汪洋大海，我们孤立无援，手无寸铁，还被无数双眼睛盯着……”欣顿夫人还在抱怨个不停。

斯托尔迈尔显然对这种抱怨感到厌烦。

“您已经开始产生幻觉啦？”他几乎是在冲着这位老太婆大喊大叫了，“您这是看到谁了？我们处在谁的眼皮子底下呀？到底是谁在盯着我们呀？大洋还是像创世之初一样空荡荡的，现下又有谁会来找我们呢？放心吧，没人顾得上咱们，太平洋又不是牛津大街，更不是皮卡迪利大街。海洋上也有自己的航道和偏僻荒芜之地。我们现在位于大洋航线交汇形成的三角地带的中心：从横滨到瓦尔帕莱索的日本直达南美航线，从新西兰的惠灵顿到巴拿马的航线，以及从巴拿马沿南美海岸到麦哲伦海峡的航线。我们距离南美洲西海岸有1000多千米，断不会有什么船只跑到这里来，除非台风把它们卷了过来。但帆船对我们来说构不成任何威胁。远洋轮船上都装有无线电设备，它们会发送自己的位置，我们还有无线电测向仪，值班水手也始终在特制的桅杆塔上警惕地监视着我们周围的海面。咱们的轮船是航速最快的船之一。除了军舰，我们什么也不怕。军舰倒也不怕，到了最后关头，我们还有水上飞机呢。所有值钱的物件早就妥善地藏在安第斯山脉中了。"

让欣顿夫人火冒三丈的还有一件事，那就是斯托尔迈尔城竟然没有以她的名字命名。为了不激怒欣顿夫人，斯托尔迈尔在她面前经常用描述性的词语来称呼斯托尔迈尔城："山中的城市""建造火箭的城市"。

"就算在最危险的情况下，我们也可以随时飞到那儿去。"

"那咱们为什么不现在就这么干！现在就直接就飞去您的那座斯托尔迈尔城呢？"欣顿夫人问道。

"因为城里的旅馆还没完工呢，您总不能住在工棚里吧。请您相信，这里要安全得多。我们可以在这里随机应变，应付各种情况。如果不是因为您……"斯托尔迈尔本想说"要性子"，但话到嘴边还是咽了下去，"您身体不适，我们还会往南边开呢，到那儿咱们就彻底安全啦。在那儿，我们只会出现在企鹅的‘眼皮子’底下。要是火箭造好之前我们就在斯托尔迈尔城被逮住，那就只有死路一条了。从城里出逃唯一的出路就是坐飞机，到时候跑都没地儿跑。”

“我的上帝呀！我的上帝呀！我的上帝呀！”欣顿夫人悲痛地喊道，“您为什么要这样惩罚我们哪？”

“地平线处发现浓烟！”值班水手在桅杆上大声叫喊道。

“在哪儿呢？在哪儿呢？”主教脸色煞白地叫嚷着，连自己的身份体面也不顾了，急匆匆地跑向船舷，一边跑一边从套子里掏出棱镜式双筒望远镜。

“第二道烟出现了……第三道……整整一个舰队！”值班水手大声叫喊道。

船上顿时乱成一团。这时传出一声尖锐的命令，各种大功率的机器开始运转，船体也开始颤抖。轮船开始向左舷方向调转，速度也越来越快。

施尼列尔跑过甲板，手里挥舞着一卷康德的著作。

“艾米丽！发生什么事了？啊？已经打过来了吗？”

埃伦踉踉跄跄地走了出来。男爵也不知道从哪儿爬了出来，他的下巴在打战，他还想对斯托尔迈尔说些什么：“哎——哎——哎……”

斯托尔迈尔朝他一挥手，就像要赶走一只苍蝇一样。斯托尔迈尔其实也慌了神，但他比其他人更能克制自己。

轮船调头转向南方，加足了马力行驶着。

“看吧，现在就比谁的马力更大了。”斯托尔迈尔小声嘀咕道。

“或许人家根本就不是在追我们。”捷克尔说出了自己的猜想，“现在全世界都在打仗，日本舰队和美国舰队都在大洋上追来追去呢。”

欣顿夫人头一次充满感激之情地看了看自己的大夫，这些安慰人心的话比吃药更能让她镇定下来。捷克尔捕捉到了欣顿夫人充满善意的目光，趁机钻了个空子。

“我去看看我的老婆和孩子，马上就回来，欣顿夫人。”他说道。

“不管是不是在追我们，反正咱们是被人发现了，这可糟了。”斯托尔迈尔没有放松警惕，“一支来路不明的舰队正在跟踪我们，如果我们不能在天黑前躲到隐秘的地方，麻烦就大了。”

紧张的气氛让大家全都沉默不语，只能听到船头划过海面的哗哗声和柴油发动机有节奏的隆隆声。

时间一个钟头接着一个钟头地过去了。太阳已经垂向地平线，轮船与追击舰队之间的距离也越来越小。

“幸好他们没有开炮！”斯托尔迈尔说道。

船上的人个个都像霜打的茄子，没心思接下话茬儿。

船长打电话来通知说，根据他的计算，舰队在天黑之前是追不上他们的。

或许这是这么多年来欣顿夫人第一次强烈地希望时间能够过得快一点儿。

就在太阳即将落山的时候，肉眼已经能分辨出舰队的领头船了。船长认为这是一艘军用巡洋舰，但究竟是日本的还是美国的，就很难说了。

“要猜出谁在指挥这些巡洋舰就更难了。”斯托尔迈尔指出，“如今世道瞬息万变，昨日的制度，可能今天就被另一种制度取代啦。”

终于，仁慈的夜晚放下了它那黑色的帷帐。如果这出戏就此谢幕，那么大家就可以平平安安地各回各家啦。反之，唉，反之就只是个中场休息，也只能利用好这个中场休息啦。

眼下的任务是在夜幕的掩护下改变航向。船长思考了片刻，便向东方调转头去。

“愚……太愚……愚蠢了。”马歇说道，夜间凉风袭来，他也终于恢复了说话的能力，“往东我们将会开到美洲南部沿岸的航线上去。”

“但我相信，”斯托尔迈尔反驳道，“我们船长的决定非常机智。让我们站在追击者的角度思考一下，在他们看来，我们会选哪条路？也就是您刚刚指出的那条航线。正是因为这个原因，舰队大概率会往西边开去。如果我们碰到一些沿着航线航行的商船，无须害怕，这反倒是件好事，万一舰队也和我们一样往东边去的话，它们可以吸引追击者的注意力。”

男爵和斯托尔迈尔还在继续争论着。

舰队很可能是在熄灯的情况下继续航行，因此无法判断它究竟离他们是远是近。

船长做了几句指示，将指挥权交给了自己的助手，然后召集所有乘客，向他们宣布："我们的处境依然极为严峻：那支舰队可能会兵分三路，分别向东方、西方、南方向派出舰船，他们可能会在明天一早就追上我们。唯一能救我们脱险的法子就是铤而走险，掉头一路向北，只要我们不和他们正面交锋……"

"我们究竟该怎么办呢？"主教大喊道。

"我想的法子只有一个：趁着夜色乘水上飞机逃走。"

"那您呢？"斯托尔迈尔问道。

"只要船只还能在海面上航行，船长就不会离开他的船！"船长回答道，"我要留下。"

斯托尔迈尔用怀疑的目光看一眼船长，现在任何人都不能够相信。

有没有可能是船长自己用无线电泄漏了轮船的位置呢？

大家都开始着急忙慌地收拾自己的行李。欣顿夫人由于过于紧张而虚弱不堪，大家不得不把她抬进机舱。捷克尔的孩子也醒了，哇哇大哭起来。乘客们都变得焦躁不安。

直到引擎轰鸣，飞机随声腾空而起，焦虑的气氛才稍稍平息。所有人都松了一口气。

"听……听……听起来好像他们开炮了？"男爵惊恐地问道。

"您坐好吧！"斯托尔迈尔嘟囔道，"这是香槟酒的木塞蹦出来啦，我好不容易才顺手带来的。"

"好歹给我喝……喝一口吧，嗓……嗓子眼儿里……里干得快要冒烟了。"

“拿 1000 金镑来！”斯托尔迈尔挖苦道。男爵听到斯托尔迈尔对着瓶口咕噜咕噜喝了起来。“拿去吧！”他终于发了一回善心，递出几乎快要见底的酒瓶，“这 1000 金镑就记到您账上吧。”

第十章　说说“棺材”及汉斯待在球里时斯托尔迈尔城发生的新鲜事

一个身着短皮大衣的女孩从街上走了过来，她凑近球体的玻璃墙，朝里面望去。在这个不断旋转的球体中央，一个年轻人正坐在小桌子前埋头看书。

“旅客们到了！”汉斯看到玻璃球外的女孩时心想。每当球体朝她那边转时，他都会看她一眼。外面站着的正是艾米丽，她十分惊讶，这个人怎么不头晕呢？

刚开始的时候汉斯的确感到脑袋发晕，甚至想让温克勒把自己从这个旋转监狱里给放出来。然而，汉斯是由“优质材料锻造而成的真汉子”，“反正到时候在火箭里也得忍受这些！必须得提前适应一切。”

他的确适应了。第一要义是不能透过球壁往街上看，那样就不会觉得球体动了。他强大的机体很快就适应了这种特殊的生存环境。汉斯在球体里待了一个多月，吃的是温室里的水果和蔬菜，他把自己和里面的动植物都照顾得很好。的确，对汉斯这个年轻小伙儿来说，光吃植物肯定是不够的，他在这段时间里也瘦了不少，但并没有感到任何不适。他在这里的学习进展得很顺利，在数学方面取得了长足进步，他认真记录各种观察结果，得出了许多有趣的结论。温克勒和灿德尔曾多次来看望他，他们走到球体旁，通过电话与他交谈。但汉斯仍然对这种自愿的禁闭厌烦至极。他血气方刚，渴望能运动运动、长长见识，从事积极活泼的实践工作。

昨天温克勒告诉汉斯，今天就是他“刑满释放”的日子，这可把他高兴坏了。物质循环系统也没有让人失望，一切都按照齐奥尔科夫斯基和灿德尔的设想和计算运行着。这场艰难的实验也该结束了。温克勒还告诉汉斯，即将飞向太空的旅客们已经在来斯托尔迈尔城的路上了。在过去的一个月里，火箭的制造工作又往前推进了一大步，尽管离竣工还有一段时间。

“那您现在准备给我安排点什么任务呢？”汉斯问温克勒。

芬格尔特别想干点“离火箭更近点的活儿”，但温克勒的回答却没能让他得偿所愿：“你到无线电台建设工地上吧，这是一个至关重要的工段。”

“看来我得去当无线电报员了。”汉斯不大情愿地回答道。

“等待你的将是一些超乎想象的有趣的工作。”温克勒安慰他说。

但不管怎么说，汉斯马上就要离开这个球室了。

温克勒走了过来，跟女孩说了些什么，还用手指了指汉斯。女孩脸上露出笑容。温克勒又走到操纵杆前，转动了它一下，球体的速度开始减慢，越转越慢。奇怪的是，此刻的汉斯反倒觉得脑袋越来越晕。当球体完全停止转动后，汉斯还感觉自己在快速地旋转着，天旋地转，头晕得厉害，他不得不紧紧地抓住桌子，以免摔倒。

“可怜的人哪，瞧他晕成什么样子了！”汉斯听到温克勒的声音在自己头上打转。技术师把手放到自己助手的肩膀上。

汉斯这会儿已经清醒过来了，努力尝试着站起来。

“马上就会好起来啦。”他微笑着看着艾米丽说。

“好吧，让我们来看看你在这里面是怎样生活的吧。”温克勒说道。在众人都进入球体中后，他又用手转动了一下控制杆，让球体再次旋转起来。

原来当球体停止运动时，不只有汉斯一个人感到难受。球壁上的所有动物都倒在了“地”上，开始摇摇摆摆，双腿抽搐，有的侧卧在地上，或直接仰面朝天。鸟儿拍打着翅膀，发出绝望的叫声。植物们也都一下子把脑袋耷拉下来，垂着茎和枝，仿佛一眨眼就枯萎了一样。对里面的“住户”来说，球体停止旋转简直是一场飞来横祸。

当温克勒再次启动球体时，一切又立刻变得生机勃勃、井然有序起来：植物们水平地伸展着枝叶，动物们也纷纷爬上球壁，简直跟寻常兔舍和鸡舍里的同类没两样。汉斯的头晕症状已经荡然无存了。然而，新来的客人，尤其是艾米丽，就没有那么幸运了，她艰难地想要压制住眩晕的感觉，并且试图走到球体中间去。但是她的身体根本不听使唤，完全偏离了方向，要不是温克勒过来搀扶她，她早就摔倒了。她就像在顶着强风向前走，跨越一个根本看不见的障碍。当她从球体中央回到球体壁时，同样一股无形的力量又在左右着她。

“这可太有趣啦。”她说道，“但我在这儿连一个钟头都坚持不了。”

温克勒再一次将球体停了下来，等所有人都出去后，又重新让球体运转起来。

“球体已经完成了自己的使命，可以让它彻底停下来了。不过还是让它转着吧，也给其他新来的股东们瞧瞧。至于汉斯，你还得继续接受新的考验呢。当然，也得你自愿才行。公司的董事会明令禁止我和灿德尔私自参与任何可能危及生命的实验，尽管灿德尔再三保证不会有危险，公司还是不允许。也根本没人毛遂自荐，无论在哪里都找不到乐意干这件事的人。就连那些不得不坐在‘魔鬼马蹄铁’里上上下下的人，也未必会同意再次冒险。”

“您这是想让我去冒这个险？”汉斯问道。

“根本算不上风险。问题的关键在于，当你还在蹲监禁的时候，我们已经成功开发出了防止物体撞击的设备。现在必须对它进行测试。”

“也就是说，我将会是进行这项试验的第一个人？”芬格尔问道。

在温克勒的带领下，他们一行人穿过斯托尔迈尔城的街道。在广场上，他们看到了一套奇怪的设备：沙子堆起来的小山上铺设有一条窄轨铁道，上面停着一辆平板车，平板车上放着一个活似金属棺材的物体，它的顶盖上有一个洞。平板车旁边放着一套像潜水服一样的服装。窄轨铁道长约 100 米，坡度为 10 度。

平板车从沙山的顶部滑到铁轨尽头时，将会达到很高的速度，接着就一头栽进沙坑里。

旁边还高耸着另外一套设备，那是一条沿着缓坡缓缓地延伸到桥上的窄轨铁路。在距离地面 10 米的高处，桥面就突然终止了。

“我明白了，”汉斯说道，“平板车会爬升到这座桥上，就载着关我的‘棺材’，然后从桥上一头栽到沙地上。”

“那样一来您岂不是会摔成肉饼了！这不是自寻死路吗！”女孩惊呼道。

“没有您想的那么可怕。”温克勒回答道，“现在让我们来试验一下吧。”

温克勒就近在电话亭给灿德尔打了个电话。不一会儿，灿德尔、布洛顿、马歇、斯托尔迈尔、主教和捷克尔大夫都来到了试验场。作为一位未来星际探险队里的大夫，捷克尔必须得好好研究研究各种飞行条件对身体的影响。

“这是我们的首次试验，我没有邀请女性参观。”灿德尔说，“虽然我希望试验能够圆满完成，但也不能排除出现意外的可能性。要是女士们被吓坏了，她们就绝不会‘躺进棺材’。但凡有一个人不同意，我们所有的努力就都会付诸东流。”

“为什么说只要有一个人不同意，一切就都前功尽弃了呢？”斯托尔迈尔问道。

“您瞧，问题就出在这儿。”灿德尔解释道，“有了这些设备，我们就可以节省很多燃料。如果它们能达到我的预期，那么飞船就能获得更高的初始速度。但如果不针对大幅加速采取必要的保护措施，就会引发一系列病症，甚至会导致死亡。在一次试验中，一个飞行员因为承受了比平时大 10 倍的重力而受了重伤，结果不得不在医院里躺了整整一个月。他的两只眼睛都得了结膜炎，再加上脑震荡和脑部毛细血管出血，他的神经系统也失调了。这是急速起飞时的离心作用导致的。齐奥尔科夫斯基，以及之后的雷宁在昆虫和动物身上进行了实验。昆虫可以承受超过平常 300 倍的重力却毫发无损。而根据齐奥尔科夫斯基的说法，小鸡可以承受超过平常 100 倍的重力，尽管他在实验中只把这个数值增加到了正常重力的 5 倍。一个人在短时间内可以承受大约自身重力的 20 倍，这样一来，生理学本身似乎就为我们划定了飞行加速度的上限。但是如果我们把人放置在与人体密度相同的介质中，就可以在不损害人体健康的情况下，使其承受更大的加速度。因此，为了实现齐奥尔科夫斯基的这一天才构思，我们建造出了一个可以密封的箱子，箱子里面灌满了盐水，盐水的密度与人体的平均密度相当。就让人躺在水箱里，把箱子盖上盖子，紧紧密封起来。从人的嘴里向外引出一根管子供人呼吸。我们还会制作几个带有特殊设计的箱子，以便里面的人在出发的前几分钟里能够控制火箭的飞行。我、温克勒和芬格尔将进入这些特制箱子里，其余的人则可以安安稳稳地躺在刚刚提到的那种箱子里休息。这样一来，我们就有机会在火箭起飞时提高加速度，从而更快地飞离地球。但是假设有一个乘客拒绝使用这种水力缓冲设备，那我们显然就无法把加速度提高到超过人类所能承受的程度，否则这名乘客就会有生命危险。”

“那么在达到极限速度之前，我们得承受多长时间的折磨呢？”艾米丽问道。

“这取决于我们自己。”灿德尔回答道，“如果火箭的速度一下子达到每秒 11 到 12 千米，就算在水力缓冲器里我们也吃不消。我们得保持一个相对缓慢的速度上升，在五六分钟内，我们将由从地球上起飞的牵引火箭推进，之后，我们将平稳渐进地逐步达到真正的宇宙速度。”

“您准备好了吗，汉斯？”

“时刻准备着。”他脱口而出。

好在他这句少先队员的“呼号”没有引起大家的注意。每个人都全神贯注地盯着接下来的这场看似十分惊险的试验。

一群工人已经聚集在断桥附近。工头们又是吹口哨，又是大声叫嚷，也没能把他们赶回去工作。

接下来的场景实在是太扣人心弦啦。

在温克勒和灿德尔的帮助下，汉斯迅速穿上潜水服，钻进水箱里。其实根本没有必要穿潜水服，但考虑到并非所有乘客都愿意赤身裸体，或穿着泳衣躺在“浴缸”里，灿德尔才专门制作了这种轻便的潜水服。灿德尔亲自将呼吸管引出箱外，并将密封的“棺材”盖牢牢地固定在凹槽中。

“放！”他发出命令。

马达开始拉动长得看不见头的绳索，牵引着平板车向上爬行。它在开到桥上后，又开到了桥头。眨眼间，“棺材”就在断桥的边缘一头栽了下去。艾米丽不由得尖叫了一声。

箱子砸在沙地上，但并没有摔碎。所有人都冲它跑了过去。斯托尔迈尔留意地观察着灿德尔的双手，想看看它们是否在发抖。灿德尔十分平静地打开了箱盖。箱子没有砸碎，这才是最关键的。在火箭以极大的加速度飞行时，对箱子的牢固性的考验恐怕也不过如此吧。

艾米丽既害怕又好奇地往箱子里看了一眼，生怕在那里看到一具被压碎的尸体。可是汉斯已经从自己的那口铁“棺材”里站了起来。

“嗨，感觉如何？”

“我感觉到了撞击，但这种撞击感还不如做梦梦到自己摔倒时的感觉强烈，不过是一哆嗦罢了。”汉斯回答道，“总之，我一切正常。”

大家都长舒了一口气。

“现在我们要把平板车从沙山的斜坡上放下来。”

“我愿意接受这场试验！”艾米丽斩钉截铁地说道。她始终无法原谅自己刚刚发出的尖叫，并希望以此为自己正名。

“您简直是疯了！”斯托尔迈尔说道。

“我比诸位都清醒得多。”她回答道，“难道你们以为，将来像个宝贝一样搁在这些箱子里的是清一色的男人？”

“话倒是不错。只不过现在只是试验阶段……还没有最终完成呢。”

“那么我们现在就可以完成它。”她回答道。

灿德尔看了看艾米丽，脸上露出了别人难以察觉的笑容。

“我倒是一点儿也不反对。”他说道。

几分钟后，艾米丽已经躺在平板车上的盐水箱里，随时准备出发。

“放！”

平板车移动得越来越快。

但就在这时，意外突然发生了，这可险些要了女孩的命。堤坝附近的一台小型挖掘机里挤满了工人，他们的重量使挖掘机的吊臂突然转动起来。铲斗掠过箱子上方，碰到了盖子，几乎将突在箱子外面的呼吸管完全切断了。如果管子掉进箱子里，艾米丽就会被水给活活呛死。人群中爆发出一片惊恐的叫喊声，许多人慌了神。汉斯急忙追赶远去的平板车，超过它，并朝铁轨上扔了几块石头。平板车跃出铁轨，侧翻在地。温克勒和灿德尔急忙赶来救援，他们迅速打开盖子，把女孩从箱子里救了出来。当潜水服被稍稍解开时，女孩摇晃了一下脑袋，把嘴里的水吐出老远。

“我吞了好多水！”她说道，“这到底是怎么一回事？”

当大家向她解释完刚才发生的意外后，她感激地看了看走到一旁的汉斯。

大家都建议艾米丽推迟这次试验，毕竟她的裙子已经湿透了。但她斩钉截铁地拒绝了，只好由着她再来一次。

这一次她顺利地滑下来了，但由于撞击力太大，箱子被甩到了一边。艾米丽却毫发无损。

大家都纷纷向她表示祝贺。

“先生，看来您碰到一个竞争对手啦。”温克勒对布洛顿说道。

“没什么，今天亨利爵士已经从平流层的飞跃中扳回一局啦。”灿德尔替布洛顿解围道。

“好啦，现在我要去换衣服了。”艾米丽说道，“您知道吗？您这‘棺材’里冷得要命，冻得我直打哆嗦。”

“这是我们的过失，小姐。我们没有想到要把水加热，而山区的温度已经快接近 0 摄氏度啦。”灿德尔说。

在这座城里，汉斯可发现了不少新奇事儿。在邻近的高原山地上，一座广播电台的巨大电线杆若隐若现。起飞场上也出现了一些又黑又大的纺锤体建筑物。工人们像蚂蚁一样，在上面不停地忙活着，进行最后的电焊工作。汉斯想尽快去参观一下火箭。

“这就是咱们的第一艘‘诺亚方舟’。”灿德尔指着火箭说道。它的外形很是奇特，就像一头在岸上搁浅的鲸。

“它足有 100 米长，外壳由钨钢制成。”

“真是惊人的巧合！”主教感叹道。

“您指的是什么巧合呢？”灿德尔略显惊讶地问道，“难道您之前见过类似的设备吗？”

“《圣经》里说过，”主教解释道，“诺亚方舟长约 300 尺。这差不多是 100 米。”

主教在这种巧合中看到了飞行将会成功的特殊“预兆”，并将这一好信息分享给了即将要出发的旅行者们。

“嗨，原来您是说这个啊……”灿德尔笑道，“看来是我剽窃了诺亚的图纸啦。我得自我辩解一下，告诉您吧，相似之处仅止于此。如果我没记错的话，诺亚方舟的宽度是……”

“是 50 尺，高 30 尺，”主教以“方舟专家”的口吻说道，“其内部还设有底层、第二层和第三层住所。”

“也就是 3 层甲板啦。”灿德尔讽刺地说道。

汉斯曾经给一个无神论者小组计算过神话中诺亚方舟的容积。计算结果表明，在方舟漂流的 13 个月又 27 天的时间里，它连飞禽走兽和爬虫的 1/10 都装不下，更何况还得算上一路上所需的食物呢。

“没错，诺亚的方舟要宽敞多了。”灿德尔继续说道，“我们的方舟直径只有 4 米。实际上，我们的方舟由 20 枚普通的火箭组合而成。它就是齐奥尔科夫斯基所谓的‘2017 年组合式载人火箭’，我不过是在设计中做了一些补充和改动。每枚火箭都各自携带燃料，并配备有自己的燃烧室、喷射器等部件。中间的一枚，也就是第21枚火箭上设有乘员舱，但这枚火箭上面没有喷射装置。整个舱室长20米，直径4米。”

“那些在火箭半腰上按螺旋形排列的窟窿是什么呢？”斯托尔迈尔问道。

“那些是喷嘴口。在火箭起飞时，它们会瞬间变成喷火口。燃料在舱内燃烧，并通过这些喷嘴口排放气体。”

“我还以为所有火箭都是从尾部点火的。”艾米丽说道，“我在画上看到的都是这样的。”

“没错，但我已经说过，我们的火箭并不是单独的一枚，而是由整整20枚连为一体的组合式火箭。我们将喷嘴按照螺旋状排列安装在火箭的腰部，以便它在飞行过程中能够尽可能地保持稳定。火箭里面的喷射管也是螺旋状的，它们有的横向排列，有的纵向排列。有了这样的装置，我们的火箭就不会像一艘控制失灵的小船一样摇摆不定了。”

“那您为每位乘客安排了多大的空间呢？”

“20立方米的空间。在空气净化不间断的情况下，我相信这些空间是足够的。”

“那您说的温室又在哪儿呢？”斯托尔迈尔问道。

“温室已经准备完毕了，但暂时先不组装。我们会把各个部分都带上火箭，等到了星际空间再进行组装。”

“为什么不在地球上进行组装呢？”

“因为温室在我们穿透大气层时会造成巨大的附加阻力。要知道这个温室组装起来后有500米长，2米高，它是由轻型的材料制成的。整个飞船的体积是800立方米，可以容纳800吨水，但我们只需要用整个容积的不到1/3，即240立方米，来放可燃液体。”

“这点儿燃料够用吗？”斯托尔迈尔问道。

“这些燃料足够火箭加速50次了，可以让它永远远离太阳系。”

“也就是说，这就是您的‘时间机器’啦，通过它，您可以在一年的时间内让地球上所有的革命统统闹完，所有的仗全部打完，甚至连大洪水也能发完？”

“啊！那倒不是！要做到这一点，还需要比普通燃料更猛烈的燃烧物才行。”

斯托尔迈尔喜欢数字，于是接着问火箭的外壳有多重。

“40吨。所有物资、工具，以及温室加在一起一共30吨，人员和所有行李总共是10吨。火箭外壳和所有设备的重量是推进燃料重量的1/3，共有400立方米的空间会充满氧气。没有其他问题了吧？”

“暂时没有啦。对了，还有一个重要的问题，‘方舟’到底什么时候才能建造完毕？”

“耽搁时间可不能怪到我们头上。现在要搞到材料太难啦。”

“可不是嘛，唉！”斯托尔迈尔叹了口气。

这让他想起了全世界的凄惨景象。这个国家是工厂里的工人闹罢工，那个国家是运输工人闹罢工。到处被围困，遍地是战争，处处闹革命……简直是无路可走。这时候要是上不了天，恐怕就只能……下地狱了。

“您最好能再加快点速度，灿德尔先生。”他近乎恳求地补充道。

参观完火箭后，汉斯想继续往前走。但温克勒把他拉到一旁，对他说道：“听着，卢齐·普奇正等着你呢。”

“他又是什么人？”

“是一个不可多得的奇才，你自己去见见就知道啦。他是我们的无线电总工程师，灿德尔很器重他。从他身上能学到很多东西，你可得抓住机会。不过关于他待人处世的方式，你得提前有个心理准备。你先去机场吧，那里有架飞机等着你，它会把你送到无线电站。等到了机场后，你就沿着那条铺满白色碎石的小路直走，不要拐弯。”

“您的这些叮嘱让我感觉自己好像是要去见一位邪恶的巫师，半道儿上还有童话里的恶龙虎视眈眈地盯着我，随时准备把我大卸八块似的。”

“还真就是你说的那么回事。普奇手下的那条龙可比童话里的七头恶龙厉害多了。你在晚上 10 点钟回来，会有飞机去接你。”

“好！”汉斯十分干脆地回答道，说罢便朝着机场走去。

第十一章　普奇老头儿和他的那些“龙”

飞行员一脸愁容，一声不吭地指了指机舱里的座位，示意汉斯坐下。小飞机像一只银色的蜻蜓，在斯托尔迈尔城上空盘旋。汉斯又一次从高空俯瞰这座城市的景象：“魔鬼马蹄铁”和“困住”他很久的玻璃球，以及在起飞场上斜躺的火箭。很快，城市就落到了他的身后。飞机下面是一条蜿蜒在峭壁间的无底深渊，右边是一片一望无际的大海，可以看到海面上军舰冒出的浓烟。一座山头迎面扑来，山顶的平地上高耸着许多无线电杆。飞行员关闭发动机，开始盘旋着下降。小飞机停在了一块非常小的着陆台上。汉斯走出机舱，飞行员依旧默不作声地朝着他点头告别。还没等汉斯走出几步，飞机就腾空而起，一股夹杂着发动机废气的寒流包围了这个小伙子。

“说句实在话，这还真像一场冒险。我就像是被派去杀掉弥诺陶洛斯牛头怪的忒修斯一样，被发配到这样一座阴郁的山上来！”汉斯心想，“为什么温克勒警告我不要随便拐弯？在这样一座岩石丛生，几乎是无路可走的地方，为什么还要撒上这条‘阿里阿德涅之线’[①]般的碎石路呢？为什么降落场离无线电站这么远呢？居然有足足半个小时的路程。真是奇怪，连无线电站的影子都看不到，四下望去，只有一排排的电线杆杵在那里，周围连一棵树和一栋楼都没有，人到底住在哪儿呢？”

汉斯环顾四周，他发现在左边一块不大的山岩后面露出一个屋顶。要是直直地朝那间房子走去，只需要经过一排排电线杆就行了，可是汉斯脚下的路却绕了一个大圈，这是什么用意呢？为什么不直接抄近道呢？这里也没有什么明显的障碍和危险。这片广场总不会真的布了地雷吧？

汉斯满脑子都是这件事，甚至都没有注意到自己已经偏离了标示小路的白石子线。

“弗尔济赫！档（当）心！消（小）心！”突然，他听到了有人同时用3种语言大声发出警告。从岩石的拐角处露出一个头发蓬松的脑袋和一只高高举起的拳头。“请沿着白线直走！”那个人用蹩脚的英语喊道。

汉斯又重新返回了白线上，脚步迈得越来越快。

---

① 阿里阿德涅之线出自古希腊神话：克里特公主阿里阿德涅给英雄忒修斯一个线团，帮助他在进入迷宫前将线头系于入口。忒修斯斩杀牛头怪弥诺陶洛斯后，凭借线团指引原路返回，成功脱困。后世以此比喻解决复杂难题的关键线索或方法。——译注

"哎呀，年轻人！根本不听指示啊。唉！这样可不好啊！"那个人已经从岩石后面走了出来，原来是个没戴帽子的老头儿。

山间的风把他浓密的灰色卷发和胡须吹得乱糟糟的。他披着一件轻薄的风衣，衣襟像翅膀一样在风中飘扬。

"这是怎么了？您想找死吗？"他指着无线电杆子说道，"这可是100万伏特！没错！天线周围都是强电场。树能放电，电线杆能放电！人也能放电！砰！一道电下来，您就得化成灰，知道吗！往我这里走！是汉斯·芬格尔吧？是个不让人省心的黄毛小子。"普奇用手指做了个威胁的手势。

普奇紧紧攥着汉斯的手，像拉着一个小孩子似的，把他拽在自己的身后，嘴里还絮絮叨叨个没完："我现在就领你去看看地面上的无线电站。它的外面包裹着一层金属，能够释放超大功率的短波，打到身上，人就化成水、烧成灰了。嗬，多么强大的功率啊！仅仅1度电就要花费60万意大利里拉。贵不贵？啊？马可尼[①]做梦也想不到会这么贵，但很快就会便宜下来。灿德尔是个发明家，我也不遑多让。梅特奥斯这个老头子只会吹牛，我可是个干实事的人，普奇加上灿德尔等于巨大无比的力量。我们不用电线就能输送电能！小兴（心）点！我现在关闭发电站，然后我们就可以继续往前了。我们会用无线电输电。

---

① 古列尔莫·乔瓦尼·马里亚·马可尼，意大利工程师，1909年诺贝尔物理学奖得主，专门从事无线电报设备的研制和改进。马可尼在1895年春季利用电磁波做通信试验，但是向意大利政府请求资助未果。1896年马可尼在英国进行了14.4千米的通信试验，试验成功并取得专利。

飞机就是弹药库，军队都要玩儿完啦！啊哈！唉，只可惜他们不把我带上火箭！否则，我肯定会从火箭上发射死亡射线，对准革命者们！”

“瞧这家伙的想法多么阴险毒辣！”汉斯心想。

普奇语无伦次，就像发了呓症一样胡言乱语，汉斯费了老大的劲儿才能听懂他在说什么。接着听了一会儿，他才终于弄明白是怎么回事。

普奇曾建议“诺亚方舟”的股东们建造一艘电力星际飞船，利用地球的磁场，将地球上的电力传输到飞船上。6座大功率的无线电站将会向宇宙空间发射无线电波，为其提供正电或负电，至于什么时候发送正电，什么时候发送负电，则取决于他们是想让飞船靠近地球、月球或其他星球，还是想让飞船远离这些星球。这个项目有着充分的科学依据，公司却迟迟不肯采纳。股东们被天文数字般的开支吓坏了。但最重要的原因在于，这种星际飞船将完全依赖于地球上的能源，而地球是太阳系中最靠不住的地方。要是革命者们占领了发射电波的无线电站怎么办？

普奇随后又提出了另一项计划，要用自己的“死亡射线”——顺便说一句，从飞船上发射射线——跟布尔什维克斗争到底。这个方案主要是发送平行的X射线，借助这些射线使空气粒子产生电离，从而在设备和攻击对象之间形成一条看不见的链式电流通道。面对这个方案，公司成员们表现出了同普奇这个狂热的反布尔什维克分子一样浓厚的兴趣。“反布尔什维克斗争联盟”也对这一项目给予了关注。至于从飞船上发射X射线的想法，灿德尔则给出了否定的结论：在这个项目被提出来的时候，飞船上还没有足够的能量储备来发射X光。除此之外，要想将飞船用于军事目的，“诺亚方舟”就必须从“逃生船”变成一艘空中战舰，不得不在离地面相当近的空中飞行，所有战争中可能碰到的意外，它也可能碰上。

“可千万别忘了，”灿德尔说道，“苏联才是星际飞船的故乡，喷气发动机理论就是在那里诞生并得到科学验证的。在齐奥尔科夫斯基的周围，成长起来一大批苏联专家，他们都是他的学生。如果苏联发动一整个星际飞船舰队来攻击那艘参与战争的‘诺亚方舟’，会发生什么情况呢？恐怕到时候方舟上的乘客就是叫天天不应，叫地地不灵喽！”

不管是告诉汉斯这件事的普奇，还是汉斯本人，都没有意识到灿德尔给出的这个结论并不完全客观，不过这也说明了他一贯坚持的和平主义思想。作为一位科学家，他坚决反对和灭绝主义者沆瀣一气。星际飞船的军事化将会妨碍灿德尔为自己设定的纯粹科学目标。但他的结论是有依据的，而且似乎更有说服力，因为“诺亚方舟”的乘客们现在根本不想让自己暴露在军事危险中，他们选择离开地球就是想躲开这些战争及其带来的个人危险。

直到听到自己的“射线”还可以用在其他专门建造的军用星舰，准确来说是喷气式战舰上时，普奇才感到一点儿欣慰。对于“诺亚方舟”来说，普奇的知识和经验可以用在其他地方，他受邀担任“诺亚方舟”与地球之间的超远程无线电通信的总工程师。

他在这一领域中的确称得上是权威，能够发挥重要作用。

将来“诺亚方舟”上的乘客必须了解地球上的情况，关注世界局势的变化，并以此为依据决定是否返回地球。主教有一个十分形象的比喻，普奇和他的广播电台将要承担起“和平鸽”的职责，嘴里衔着橄榄枝，为乘客们带来地球上的“大洪水”已经退去的消息。

普奇不仅着手组织地球与“诺亚方舟”间的双向无线电通信，还要负责在“诺亚方舟”上安装超级电视，好让乘客们能够观看地球上任何角落发生的事情。

按照他们的计划，位于各国首都和主要城市的中央电视广播设备，将以编码的方式向斯托尔迈尔城的广播站传送广播图像，再由普奇向“诺亚方舟”实时播放。

“很简单吗？其实一点都不简单！”普奇自问自答道，“把无线电波发射到天上去，它们不是中断就是反射回地球表面。”这个科学家用令人摸不着头脑的语言解释道，“为什么会中断？啊哈！这你就不知道了吧？”

汉斯也略懂一二，但普奇没给他张口说话的机会。

“火箭从地球上升起，必须冲破地球引力和大气层这两层‘盔甲’。而无线电波从地球上发射出去也要遇到这两重障碍。发射一束长波，飞得好好的，飞了 100 千米——咔嚓！撞上电离层了，中断啦，又反射回地球。地球这儿就无法和天空说话啦？可以！普奇能做到！普奇可以和小天狼星通上话。应该把屏障钻个窟窿，然后用短波这根针给它钻个眼儿。这样一来，我和‘诺亚方舟’之间就能互相通信啦。当然，还得需要灿德尔给‘诺亚方舟’供能才行，他的本事也不小。普奇加上灿德尔就能成就一番宏图伟业。”

汉斯不得不把这些难以理解的语言翻译成自己能听懂的语言，然后再去把握这些拧巴晦涩的话语所表达的含义。

他知道，不到 10 厘米的短波能够使途中遇到的空气发生电离，空气分子分解成带不同电荷的离子和电子，使空气成为导体。他还很清楚被电离的空气和电离层的反射效应，对流层的粒子十分均匀地分布于距地面约 10 千米的高度上，白天太阳光会使其中的粒子电离。这样空气对流层可以吸收一部分电波，剩下的则会被辐射出去。在 50 至 100 千米的高空上，还有一个包裹着地球的“盔甲”，即所谓的电离层，它是由被电离的氮气和稀薄的氢气组成。而普奇所说的“射线中断”的现象，其实就是在电离层的内部发生了辐射。射线接下来的“命运”是这样的：被电离层上层凹面反射的射线，在返回地球途中会碰到被电离的对流层的凸面，也就是低处的稠密空气层，又重新被反射到上空；这样一来，射线在对流层上边界和电离层下边界之间的空间中不断折返，曲曲折折地环绕地球传播，直到消失在电离程度较低的空气层，就无法到达地球表面了。这样就可以解释为什么电台总是会变幻莫测地发出断断续续的声音，这就是所谓的电波的“衰减现象”。然而，功率非常强大、波长非常短的无线电波，要是垂直向上发射，显然能够冲破这两层

“盔甲”而飞入星际空间，至少这种射线不会再返回地球。

普奇的任务是利用“探照天线”，用大功率短波束“刺破”这两层“盔甲”，在地球和“诺亚方舟”之间建立可靠联系。

普奇也成功地完成了这项任务。尽管此时天空中阳光明媚，空气中也产生了电离反应，普奇还是当着汉斯的面发射出了无线电波束，结果波束并没有返回地球。

“上路啦！”普奇说着笑了起来，“从地球到海王星了，45亿千米，射线大概过4小时到达那里。怎么样？飞得快不快？普奇加上灿德尔就能办到！但是，目前还有好多的工作要做呢！探照天线还不够好，我们需要改进，能量也是越多越好，地球和金星之间的电报费用太贵了。你得在这里好好干，能学到不少东西。但你在我这儿可得加倍小心！”普奇竟一边说着，一边出其不意地大力摇晃起汉斯来。

普奇的工作由3个年轻的工程师协助，这些人十分健谈，性格开朗，手脚又麻利，但普奇对他们并不满意。

“你知道得不多也没关系，只要你肯下功夫，就能成为我的助手。到时候我在这里，你在火箭上。‘喂喂，汉斯’——‘喂喂，普奇！’——‘您那边天气怎么样啊？’哈——哈——哈！”

汉斯在普奇的实验室里忙活了一整天，傍晚时分，还是那个沉默寡言的飞行员把他送回了斯托尔迈尔城。

“怎么样，普奇没把你折腾坏吧？”温克勒在机场迎接汉斯时问道。

“折腾了个半死。”汉斯回答道，“他真是打破砂锅问到底，说真的，我真想狠狠地揍他一顿。”

“这可使不得，你得先在他那儿学习。对，他是一颗有毒的果子，哪能比得上灿德尔！”

“唉！”汉斯挥挥手，简单比画了一个动作。温克勒也明白他的意思。

“我再强调一遍：一切都得等时机成熟，汉斯！”温克勒说道，“这件事咱们就暂时说到这儿吧，现在去看看小型火箭的试飞情况吧！”

当汉斯和温克勒到达阴森森的山顶时，天已经完全黑了下来。一阵西南风吹来了云层，云雾在汉斯跟前翻涌，挡住了他望向大洋的视线。广场上一盏发出微弱光线的小灯照亮了一个类似工厂烟囱的物体，在烟囱周围还搭建了工地上用的脚手架，火箭就安放在这根烟囱里。

昏暗中汉斯只能靠声音辨别在场的人员。他听出了副经理、灿德尔和温克勒的声音。布洛顿就站在那盏灯下，从脸上的表情来看，他似乎十分镇定。

“要不要推迟试飞？”斯托尔迈尔问道，“黑灯瞎火的，哪能找得到火箭。而且现在海上可能会起浪。大晚上试飞，这算哪门子的好点子啊？”

但布洛顿坚持要立即飞行。灿德尔白天忙不过来，必须尽快完成试飞。

从黑暗中露出一张脸来，灯光照亮了朝布洛顿走去的艾米丽。

“这么说，您等不及要创下新纪录啦？”

“还得证明须眉不让巾帼呢。”灿德尔笑着说道，“一切准备就绪。”

亨利躺进一个狭窄的箱子里。灿德尔小心翼翼地盖上盖子，在温克勒和汉斯的帮助下，把氧气装置的呼吸管塞进了布洛顿嘴里，然后通过电话询问布洛顿是否能操作箱子里的操纵杆，接着又说了声“一会儿见”，就把火箭的入口严严实实地封上了。

“大家都退后！”

还没等众人起身后退，就听到一声巨大的爆炸声响。一阵耀眼的火焰照亮了云雾和山上的广场，仿佛顷刻之间升起了一轮红日。接着火焰就开始不停闪烁，若隐若现。一整支摩托快艇队的汽笛声随之响起，透过云雾可以看到快艇上都亮起了强烈的探照灯，它们迅速上路了。

“有这样的探照灯，什么东西找不到呢！”灿德尔说。

“火箭不会落到水手们的脑袋上吧？”斯托尔迈尔问道。

“希望不会吧，一切都计算好了。”

火箭在高空消失不见了，只有岩石峭壁还在发出阵阵隆隆的回声，仿佛在因为这一切打破了它们永恒的宁静而大发雷霆。

第十二章　第一艘“诺亚方舟”离开地球

所有的测试、实验和准备工作都结束了。布洛顿驾驶着“短笛”式火箭飞了好几次，一次比一次高。公司的股东人数也已经超过了100人了。不难发现，每位股东都带来了数百万的资金，这可真是一笔不小的数目。周围的山头都在建造新的火箭，整个“诺亚方舟”舰队也在热火朝天地锻造中。斯托尔迈尔城挤满了新面孔，到处都是携妻儿、爱犬和忠仆前来求救逃生的百万富翁。酒店、商店、咖啡馆、餐馆、电影院如雨后春笋般拔地而起，迅速铺满了整片土地，就连峡谷里和悬崖峭壁上也都是这样的建筑，呈现出一片社会商业大繁荣的景象……

这些企业好似朵朵蘑菇，生长在普遍衰败的霉菌上。企业的领导也像受惊的野兽一样终日不得安宁，迫不及待地想要离开地球，只求保命。

每天早晨，报纸带来的消息都会令工业大王和证券寡头冷汗直冒。经过短暂而血腥的战争之后，革命在3个国家取得了胜利，最终打破了资本的旧势力。很快，整个世界都将容不下这群可悲的昔日巨头，他们现在只能紧紧抓住“诺亚方舟”这根救命稻草。不论是什么力量，黄金、战士、科学家、阴谋诡计，还是任何“莫希干人”的垂死挣扎，都无法阻挡历史的车轮。然而，在那些革命尚未完全获胜的国家，社会生活也彻底乱了套，纷纷陷入了无政府状态，证券交易所也不再听命于不久前的主人。昨日世界的主宰者们如今陷入了一种莫名其妙的恐慌之中，仿佛他们正在与一些难以捉摸的恶灵、可怕至极的恶鬼决一死战，而政府的法令和国家机器都对它们无能为力。这简直就像爆发了一场大规模的鼠疫。天天都有新的受害者，日日都有大劫难。上百万的资产就像纸牌屋一样，风一吹就散。仅有少数银行幸存下来，但也处于破产的边缘，彼此之间还在为了生存展开了你死我活的激烈斗争。通货膨胀像“世界大洪水”一样漫延到还没有垮台的资本主义国家。帝国主义体系的根基已经摇摇欲坠。失业的恐怖超乎所有人的想象，失业者大军纷纷联合起来，扰乱军工企业的生产，捣毁了劳动交易市场。

社会秩序濒于崩溃。惊慌失措的资产阶级报纸纷纷写道：“我们的末日就要来啦！”

怪不得“诺亚方舟”的事业会获得如此巨大的成功。

所有人，包括欣顿夫人、马歇、斯托尔迈尔，都害怕得瑟瑟发抖，不断地催促，提要求，甚至采取威胁的手段逼迫灿德尔加快进度。

这一天终于到来了，灿德尔通知他们，“诺亚方舟”已经整装待发啦……

在火箭组装和内部装修期间，灿德尔不允许任何一位乘客进入火箭内部。现在他们迫不及待地一拥而入，想要看看自己的新住所，他们可能会在里面度过不少时日呢。

一大早，欣顿夫人、埃伦、布洛顿、主教、捷克尔、马歇、斯托尔迈尔、平奇，还有施尼列尔父女全都赶到了发射台。

灿德尔、温克勒和芬格尔已经在那里等着他们了。纺锤形的火箭被安装在发射架尽头的宽阔轨道上。火箭的一半是黑色的，另一半镀着一层银白色的金属，像镜子一样反射着清晨的阳光。在“诺亚方舟”前方的轨道上还有两枚牵引火箭，它们将帮助“诺亚方舟”升天，然后脱离轨道返回地球。

“诺亚方舟”的门从里向外打开了。

“好厚的门呀！”埃伦说道，“我还以为是在往一个防火保险柜里面钻呢。”

“此话不差。任何防火柜的防火性能都无法与我们的‘诺亚方舟’相媲美。”

“保……保……保险柜，用来保……保存最……最值钱的宝贝！”马歇·德特朗讽刺地说道。

身为“头号宝贝”的欣顿夫人靠在埃伦的肩膀上，在布洛顿的搀扶下，头一个爬上梯子，走进了火箭里头。她来到火箭中央最宽大的舱室之中。这个舱室长达 20 米，直径为 4 米。正对着门的墙上开了5扇窗户，阳光从窗户射进来，在地板上投下了明亮的光斑。地板、墙壁和天花板上都绷着一层薄薄的灰色织布。在窗户上方的角落里，可以看到两个覆盖着金属网的圆孔，其中一个以不大的压力提供低压，另一个是排气孔。所有的墙壁上、“地板”和“天花板”上都挂满了许多小皮带，带子之间的距离设计得恰到好处，当一只手握住其中一条时，另外一只手正好可以够到邻近的另一条带子。“地板”上放着几个箱子，工人们正从里面搬出一些家具，这些桌椅的尺寸和平日里差不多，但外形跟普通家具不太一样。

这些家具都是用阿尔法合金制成的，看起来很轻，而且很不结实，似乎根本没法用。椅子的座位用最薄的板材制成，板条间有间隙，就像花园里的长凳一样，椅子腿和椅背是用直径不超过1厘米的管子做成的。

艾米丽对那些小皮带产生了兴趣，灿德尔便开始解释它们的用途。这时，斯托尔迈尔抄起一把如同羽毛一般轻盈的椅子说道：“恐怕只有那些没有肉身的鬼魂才能坐在这样的椅子上吧！”

“这些家具可不适合在地球上使用。”灿德尔为没有来得及提醒乘客而道歉。

“难道到了天上我就成了没有肉身的鬼魂不成，我可不这样认为。”斯托尔迈尔说道，“难不成我们一路上要干站着，眼巴巴地看着这些玩具吗？”

“您就别担心啦。到时候您想坐多久就坐多久，哪把椅子也坐不坏。”

“对于旅行来说，这儿的面积是够用了。”欣顿夫人继续说道，“也就是说，我们每人都能分到一间这样的房子吗？”

灿德尔让她失望了。这是火箭上最大的一个舱室，是用来供全体成员公共使用的。生活舱有32立方米，但其中一半的空间将被各种货物、燃料和其他物品填满，这样就只剩下16立方米的生活专用空间。挨着公用舱的舱室稍大一些，大约有20立方米，靠近火箭头尾两端的舱室则要稍小一些。

“那自然得占一间离公用舱近一点儿的包厢啦。”欣顿夫人说道，“哎！只有这种包厢！这儿可不比远洋轮船，那里的客舱和高级酒店一样大。劳驾您带我们去看看乘客的舱室吧！”

要进入隔壁的舱室，必须得回到出口的内门，再从那里穿过一条狭长的走廊，走廊两边分别是直立的舱壁和椭圆形的火箭内壁。

“哼，在这儿倒用不着担心走散！”斯托尔迈尔一边抱怨着，一边费力地把臃肿肥胖的身体挤了进去。

居住舱的样式和头一个舱室差不多，只不过面积要小一点儿，窗户也只有一扇。

“比这儿糟的地方多了去了。”斯托尔迈尔希望大家能既来之则安之。

一行人开始挑选各自的舱室。斯托尔迈尔立刻就想给大家伙儿发号施令，但欣顿夫人当仁不让，坚决拒绝了他。她在地球上已经对他做了让步，就连在火箭城以他的名字命名这件事情上也是睁一只眼闭一只眼，真可谓仁至义尽了。

欣顿夫人说一不二，开始分配居住舱。

“记好了，”欣顿夫人用不容他人置喙的语气说道，“公共舱右边的房间：第1间是我的；第2间是埃伦的；主教大人住第3间；第4间是布洛顿的；捷克尔家来了3个人，给3间房似乎有点多了。那我就收1间回来，想必您不会反对吧，大夫？”还没等大夫开口，她就继续说道，“后面那一间是玛丽的，好啦，我的人都分配完啦。”

“现在继续记，可别记错了，瞧您手忙脚乱的。左边的第1间房给斯托尔迈尔先生；然后是马歇男爵；再往后，施尼列尔和他的千金，接着是您，请依次排下去吧。现在还有谁没分到房间呢？厨子吗？”

“我得提前和您打个招呼，”灿德尔说道，“最前面一间的舱室是我的，那是舰长的驾驶室；而火箭尾部的两个舱室是温克勒和芬格尔的，他们得在那里观察方向舵的工作情况。因此，这些舱室，我作为一把手，必须提前预留给乘务人员。”

“没有人会对这几个舱室有什么非分之想！”欣顿夫人回答道，“我想，咱们中没有人乐意爬过一个近50米长的鼹鼠洞去公共休息室吧？”

“那是自然喽！”灿德尔说道，“平奇先生，请您记录下来。”

“这样一来的话，我们还剩下3个空置的舱室，是留给霍赫菲勒和他的妻子，以及理查森的。”

“这些人架子挺大，净让人干等着。”斯托尔迈尔说道。

“晚晚……晚起的鸟鸟儿没没……没虫吃。”马歇引用了一句拉丁谚语。

“这么说，就是今天晚上啦？”布洛顿问道。

“不能再拖下去了，不管迟到的人赶不赶得上，我们都要准时出发。”

大家都朝着出口走去。

“或……或……或许，您您愿愿……愿意和我换换舱……舱室，我我不不不会让您……您吃吃亏！”马歇走到道斯托尔迈尔跟前建议道。

“想都别想！”他一如既往地粗鲁地回道，“欣顿夫人分配得清清楚楚、明明白白，您比我苗条，您在走廊上走动比较方便。”

“但但但是……我得得了胃溃溃……溃疡……”

“我还有脂肪肝、血管硬化和痛风呢。”

“不不不过……我出出 10 万行不行……”

“您还是自己好好留着吧。看来，用不了多久，地球上的钱在天上也同样会值钱了。”

男爵气到脸发黑。马歇用他那两片肥厚的嘴唇不知小声嘀咕了几句什么，然后从斯托尔迈尔身边走开了。

一行人在梯子旁边和副经理撞了个正着，他心事重重地递上一份刚收到的电报。

“凌晨 3 点 40 分理查森自杀身亡。霍赫菲勒改变了主意。”灿德尔大声地把电报上的内容念了出来。

人群里发出了一片唏嘘声。

“理查森和霍赫菲勒怎么能做这样的傻事。”斯托尔迈尔说道。

“就算保不住自己的身家，至少也得为保住性命拼一下啊。”马歇说道。

这封电报对于马歇和斯托尔迈尔来说，简直是晴天霹雳。他们现在更加强烈地感觉到自己的死期越来越近了。地球保不住啦……飞吧，快点飞吧！

晚上 7 点 30 分，全体人员在火箭里集合完毕。

每间舱室里都放着早已准备好的供氧装置和特制宇航服。

欣顿夫人本想提出抗议，但灿德尔出乎意料地用威严的语气吩咐她照做，她被吓了一跳，只好穿上衣服，躺进灌满盐水的箱子里。汉斯、温克勒和灿德尔亲自给所有的乘客“封棺”。

“和前面牵引火箭的电话接通了吗？”灿德尔问道。

“已接通！”温克勒回答道。

“关闭入口！”灿德尔走到还未关闭的门前。一大群人挤在这里观看火箭发射。斯托尔迈尔城的警察不得不把人群拦截在一定的距离之外，以免干扰发射。只剩副经理、普奇和在灿德尔飞走后还要继续建造“诺亚方舟”的工程师们还留在火箭附近。

他们开始道别。

突然，人群中传来一个女人歇斯底里的喊声：“放我过去找他！放我过去！”

一位身材瘦削挺拔、穿着时尚的黑发女郎，手里拿着一个手提箱，正在和警察争吵。

“可是我是他妻子啊！我找他有重要的事情！”灿德尔在突如其来的一片寂静中听到了这句话。人们对正在发生的事情很感兴趣，便都安静了下来。

女人越过警戒线，迅速地跑向火箭，边跑边喊：“我必须亲眼见到他，告诉他一件重要的事！”

女人身后还跟着一个年轻的女仆，女仆提着3个大圆盒子，像这样的盒子一般是用来装女士帽子的。

“快点，快点，波琳！”她一个劲儿地催促着女仆。

“您明白吗？我差一点儿就迟到啦！啊！我的上帝哪。我都没来得及自我介绍呢，我是马歇·德特朗男爵的私人秘书玛德兰·德尔科罗。”

“对不起！女士，”灿德尔试图弄清楚是怎么一回事，他被这突发情况搞糊涂了，“可是我们几分钟后就要起飞了！根本就……”

“根本就不用多说，我飞，我当然得飞！”

灿德尔耸了耸肩，不知所措地望着走过来的温克勒。

“好吧，您要我怎么做呢？”

温克勒笑了。

灿德尔无奈地看了看自己的手表，离起飞只剩下5分钟啦。

“这根本不是个女人，简直是个催命鬼！赶紧跟着她！去4号舱，马上把她安置进箱子里。尝试着跟她解释解释，尽量劝说，但不要浪费太多口舌。”

汉斯和温克勒走开了。从一个盒子里传来一声可怜的猫叫声。

“这是还嫌不够乱吗？”

灿德尔跑过去关上了门。自动门闩设计得十分巧妙，只用了几秒钟就关上了，又花了几秒，窗户上的金属百叶窗也合上了。灿德尔打开电灯，着急忙慌地跑回自己的舱室，以闪电般的速度穿上宇航服，躺进箱子里，关好盖子，拿起已经和密封宇航服接通的电话听筒。

“喂，波利特，你们准备好了吗？”

“喂！”牵引火箭驾驶员波利特工程师回答道，“一切准备就绪！”

“起飞！”

“起飞！”

这是他们起飞前最后一次通话。

已经远远离开“诺亚方舟”和两枚牵引火箭的人群发出了尖叫声，但这些声音被如同几十门重炮同时开火般的恐怖爆炸声淹没了。滔天的火焰从牵引火箭的几个喷嘴处喷涌而出。

所有的火箭都抖动了一下，紧接着拔地而起，沿着轨道急速腾空。周围的群山都被耀眼的光芒照亮，如同火山爆发一样。远处的轰鸣声已渐渐平息，但山间隆隆的回声却久久不散。空气在这连续不断的雷鸣声中颤抖了好几分钟。

这颗由人类亲手创造的彗星，发出令人战栗的尖啸声，划破地球大气层，向无边无际的天空之渊疾驰而去。3 枚火箭喷射出的火焰合而为一，在天空中延伸作一条金色线条。这条由粗而细的金线在深蓝色的天空中勾勒出火箭的飞行轨迹。

“彗星”变成了一个一闪一闪的小点，越来越小，最后完全熄灭了。视力最好的人还能通过望远镜在一动不动的群星中看到一颗闪烁的星星在疾速飞行，但它也很快就从视野中消失不见了。

第一艘“诺亚方舟”飞离了地球……

第二部分
失重世界

第一章 旅行差点泡汤了

在火箭发射的一刹那，灿德尔体验到了一种不同寻常的感觉，仿佛有一股热浪在体内翻涌，他的身体也因此收缩紧绷起来。盐水箱的四壁在火箭起飞时挤压着箱内的水，水受到压缩，随后又将震动传到了宇航服和里面的空气中，接着又传到了灿德尔的身上。

他试着动了动自己的胳膊和腿。由于受到浓密介质的束缚，水中的动作十分缓慢，但这纯粹是因为外力的限制，神经和肌肉都能正常工作。

“喂，灿德尔，您感觉如何？”他从电话里听到了第二枚牵引火箭驾驶员的声音。

“很好。”灿德尔回答道，“您那儿怎么样？”

“前导牵引火箭的燃料已经燃烧殆尽，火箭也已经脱离。波利特干得很漂亮，对不对？您甚至都没察觉到他已经脱离了。现在我要加大我这枚火箭的功率了。您感觉到加速度增加了吗……怎么样？”

“是的，我感觉到了。”灿德尔回答道，“在您脱离我们之前，请提前几秒知会我一声，我好稍微改变一下飞行方向。不然的话我们的‘诺亚方舟’可能会撞上你们。当我启动喷嘴时，‘诺亚方舟’就会来一个大跳跃。”

“收到！”驾驶员简短地回答道。过了片刻，他通知说：“我们即将脱离。祝你们一切顺利。希望早日再见……只要……”

但灿德尔没有听到他说的最后几个字。火箭显然已经脱离了“诺亚方舟”，电话联系也随之中断。灿德尔转动了操纵盘。“诺亚方舟”的5个喷嘴立即开始运转。再次传来一阵振动。又转了一下，5个新的喷嘴也开始燃烧喷发。

“可以想象到，如果没有水力缓冲器，处在这样可怕的加速度下会多么难受。”灿德尔想了想，接着拉动了一下操纵杆，“怎么回事？火箭难道没有改变飞行方向吗？”

“喂，汉斯！喂，温克勒！……”

鸦雀无声。莫非他俩出事啦？……“诺亚方舟”可能会追上牵引火箭，与之相撞。

灿德尔急忙往回转动操纵盘，把一个又一个喷嘴关闭。5个、3个、2个……够了，现在不会撞上了。几秒后，牵引火箭就会下降，为“诺亚方舟”让出路来，到时候就可以再次加速了。但温克勒和汉斯……灿德尔迅速打开箱盖，钻了出来，脱掉橡胶宇航服，着急忙慌地前往火箭的另一端。

飞船的加速度仍然相当大。灿德尔一出水面，就感到全身沉重无比，仿佛有人在他头上戴了一顶沉重的铁盔，又在他的手脚上绑了一个铸铁铅球，他得费很大的力气才能挪动手脚。周围的空气比地球上稀薄得多——毕竟火箭里的气压只有正常大气压的1/10。然而在灿德尔看来，他仿佛在一个阻力极大的环境中运动，就好像在没过头顶的沼泽地里挣扎一样。

灿德尔还没挪动到公共舱室，就已经满头大汗，气喘吁吁了。“我应该再关掉一个喷嘴的。”他心想。

火箭里面一点儿动静也没有，为推进器提供燃料的发动机无声地抖动着。声音不能在没有空气的空间内传播，因此听不到燃烧发出的爆炸声。与此同时，火箭的飞行速度超过音速，电灯发出柔和的光亮，没有任何迹象能够表明火箭现在到底是停在发射场上，还是正在以宇宙速度向太空飞去。

欣顿夫人的舱门半掩着，灿德尔顺便看了一眼里面的情况。舱室里堆着许多匆忙乱放的行李，舱室中央放着一个里面躺着欣顿夫人的又长又大的箱子。不过，灿德尔还顾不上她，他急着去看自己的两个同伴到底怎么样了。

这段距离对他来说无比漫长。他喘着粗气，穿过公共舱室，踉踉跄跄地来到斯托尔迈尔的舱门前，停下来休息。难道他连走到船尾的力气都没有了吗？……简直荒唐！必须振作起来，更好地控制自己。于是，他又开始挪动像灌了铅般沉重的双脚。

马歇的舱室……施尼列尔的舱室……这是怎么回事？灿德

尔感到一阵头晕目眩，他紧紧抓住墙壁，但生铁一样沉重的身体压垮了他。灿德尔摔倒在地，他咬紧牙关，以极大的毅力控制着自己不要失去知觉，随后艰难地爬起身来，嘴里充斥着一股血腥味。

没错，爬要比走轻松得多！但他的意识开始模糊起来……许多可怕的念头在脑中翻腾。难道汉斯和温克勒已经死了？……要是他自己也坚持不住了，那么整个“诺亚方舟”也就成了一块飞行墓地了。

宇航服里的氧气要是得不到补充就会被耗尽，乘客们会一个接一个地憋死在自己的“棺材”里。“诺亚方舟”将会带着18具尸体飞行。接着发动机的燃料也会燃烧殆尽，火箭将在惯性的作用下继续飞行。但是地球的引力还没有被完全克服，火箭接下来会怎么样呢？或许它会掉进月球的引力范围？不会，那还早着呢。最大的可能是火箭将会围着地球飞行，成为一颗新的地球卫星……只不过是一颗满是尸体、死气沉沉的卫星。“呸！真该死！列奥·灿德尔，你得坚持住！火箭尾部和舰长舱里都装有操控装置，到那儿就可以控制喷嘴啦。你爬呀，快爬呀……”

终于爬到了汉斯所在的2号舱，谢天谢地，门是开着的。舱室里空空如也……缓冲箱开着……宇航服则被随意地扔在地上……发生什么事了？……

灿德尔集中起最后一丝力气，他已经不是在地上爬行，而是像被甩出水面的鱼一样抽搐着向前移动，终于来到了最后一间舱室……灿德尔爬了进去。

舱室里一个已经打开了的箱子赫然映入眼帘，温克勒半躺在里面。汉斯穿着潜水服，脑袋已经露到了外面，他的双手搭在温克勒的肩膀上，简直就像是趴在朱丽叶棺椁上的罗密欧。

灿德尔脑子里出现的第一个念头，就是爬过去想办法叫醒他们，但是他突然想起来造成这种情况的原因，灿德尔用尽最后的力气向最后的尾舱爬去。他的嘴里再次涌上来一股血腥味。开关就在眼前。这又是一次超出人类能力的努力……恐怕被活埋的感觉也不过如此吧……一只手慢慢朝操纵盘伸去……

一盏小灯泡在他头顶上方亮着。他这是到哪儿了？出了什么事？……灿德尔努力地回忆着。他把手向上抬起来，试着站起来，可刚动弹一下，手就撑着地飞了起来。也就是说，他还是成功地关闭了引擎。他的意识逐渐恢复过来，头脑变得异常清晰，无比轻快。得快点去帮助汉斯和温克勒！

他想赶紧离开舱室，但并没有那么容易。发动机已经停止工作了，火箭现在靠着惯性飞行，而这就和从高空坠落是一个道理，身体会“失去自己的重量”。灿德尔用舱壁作为支撑，在舱室里快速移动，像台球一样东西乱撞，从一个洞滚向另一个洞。终于，他成功抓住了靠墙的一根小带子。他双手交替，抓着一条条小带子迅速爬出了舱室，又紧紧扒住走廊的舱壁，就像攀墙上屋一样，“爬”进了汉斯的舱室。

芬格尔已经自己坐了起来，像刚睡醒一样迷迷糊糊地看着灿德尔。温克勒还毫无意识地躺在地上一动不动，眼睛半掩着，嘴角凝固着一缕细细的血丝。汉斯一跃而起，一下子就飞到天花板上，头撞到墙后又飞了下来，然后又飞了上去，就像装在玻璃瓶里的玩具小妖精一样，上上下下跳个不停，直到灿德尔从“地上”爬到他身边，一把抓住他的腿，他才停了下来。

“发生什么事了？”灿德尔问道，“你感觉怎么样？”

“我一切正常——没有白白训练一场，但温克勒似乎情况不妙。看来得去咱们的药房跑一趟，或者说是‘爬’一趟。”

“你们这儿到底发生什么事了？”

“我一会儿再告诉你。”汉斯紧紧抓住带子，像猴子一样飞快地爬走了，只过了1分钟他就拿着氨水、花露水、樟脑和注射器回来了。

灿德尔感到脑袋嗡嗡直疼，眼皮像是塞满了锋利的沙粒一般，火辣辣地痛，他开始尝试让温克勒醒过神来。

汉斯在一旁一边打着下手，一边说道：“都是那个风骚夫人干的好事。我们应该尽快把她塞到箱子里去的，她倒好，简直油盐不进，歇斯底里地发起疯来。我们好不容易才安置好她，把她塞进箱子，封上盖，可她对着呼吸管还一直在破口大骂：‘野人！畜生！你们这群畜生凭什么把我塞进棺材里？该死的！’我们光顾着忙活她了，就没来得及钻进缓冲器里。我们刚开始穿宇航服，就被甩到了墙上。我好像听到温克勒在旁边呻吟了一声。这是我稍微清醒的时候发生的事情。我的脑子像要炸开了似的，手脚也不听使唤，我就在地上爬了起来。我爬到他身边，想给他穿上宇航服，再把他安置进缓冲器里，结果就瘫倒在他身边了。”

灿德尔摇了摇头。

“得把大夫从箱子里放出来。”汉斯说道。

“你去吧，汉斯！”灿德尔微笑着说道。他越来越喜欢和欣赏眼前这个小伙子了。

按地球上的时间来算只过去了几分钟，灿德尔却觉得无比漫长，简直是度日如年。灿德尔可谓是用上了十八般武艺，可温克勒还是没有任何生命迹象。终于大夫和汉斯从门口进来了，大夫和往常一样，穿着常礼服，扣子扣得紧紧的。汉斯已经提前和他说明了该用什么法子移动，捷克尔迅速匍匐到温克勒身边，小心翼翼地跪下，避免做出什么剧烈的运动将自己从病人身边甩出去。他慢条斯理地从内兜里掏出听诊器，这是他这个职业的从业者必不可少的家当。思索片刻后，他将听诊器小心翼翼地移到左手上，然后握住温克勒的右手，摸索着他的脉搏。

“没错，摸不到脉。”捷克尔说道，“就算是有脉搏，我也得说句实话——说不准他是正常还是不正常。在地球上正常的东西到了这儿可能就不正常了。在这里看病我还得从头学起呢，也就是说，得创造一种太空医学。要让我以平常的自信心行诊，我需要熟悉的环境，至少与地球上的环境不能相差太多。您能给我营造出这样的环境吗，哪怕只是暂时的？我想这对我们的病人也有好处。”

灿德尔明白他的意思。

“好的。”他答道，“我现在就去打开侧喷管，它将使火箭围绕着一个小小的轴心做旋转运动。这样一来，在火箭的尾端就会出现一个特别明显的离心力，所有的物体都会恢复重量。”

灿德尔爬了出去。捷克尔坐在地上，继续握着温克勒的手。尽管大夫十分小心翼翼，可毕竟还没有习惯这种特殊的环境，他下意识改变了一下姿势，就把自己推离了地板上。一瞬间，他就和这位刚从盐水里面拉出来的面无血色的病人一起“飞”到了天花板上。附着在潜水服上的水纷纷洒落，但并没有向下流淌，而是凝结成大小不一的水球，朝着天花板飞去。

就在这时，一股无形的力量将大夫和温克勒拉回到地板上。他们又重新获得重量啦，尽管比在地球上轻一些。

看来飞行速度的变化，以及与之相关的血压变化对病人产生了有益的影响。温克勒发出喘息声，大夫庄严地宣布道：“有脉搏啦。”

汉斯和灿德尔都松了一口气。

“汉斯，是时候把咱们的‘关押犯’们都放出来了。他们可能早就已经开始咒骂我们了。你到他们那里去吧，我和大夫留在这里，等温克勒醒过来……”

汉斯早已习惯于准确而迅速地执行任务，但他的脸上第一次出现如此痛苦的表情。灿德尔理解他的感受。

“那好吧，你留在这儿，我来应付他们。”

“这就是理论与实际的差距。”灿德尔想，“计划在一开始就崩溃了。宝贵的几分钟就这样与我们失之交臂，别说加速了，现在都是靠惯性在飞行。要是现在再给火箭加速，那‘死人复活’的时间就得拖延了。可如此一来，我们又得把温克勒装进缓冲箱，但这会儿他又不能脱离他人的照顾。有什么办法呢？还是让这些乘客们先透透气吧！”

这些人早就期待“复活”了。斯托尔迈尔一开始对“机组人员”的怠慢斥责不已，后来他甚至以为自己已经落入了布尔什维克之手，被他们耍得团团转。汉斯、温克勒，甚至灿德尔本人，这些家伙到底是什么人？老实说，他并不认识他们。要是他们向布尔什维克投诚了怎么办？这个想法着实让他在“棺材”里捏了一把汗。

欣顿夫人也觉得自己被耍了。“难不成他们要用那根肠子喂我吃喝吗？”

主教起初诵读了大卫王的祷文，后来就一声不吭了。

马歇·德特朗十分兴奋，在心里偷偷发笑。他想到自己可以从所有的公务、电话、令人烦扰的电报和永远挥之不去的紧张状态中解脱出来，可以自由支配自己的时间，这难道不是一种无上的幸福吗？

小捷克尔睡得很安详。

平奇在自己的箱子里辗转难安。

施尼列尔正在进行哲学思考，并没有察觉自己身在何处，也不清楚到底发生了什么。这还是他第一次在绝对的寂静中进入如此绝佳的思考境界呢。

艾米丽在心里默默地和未婚夫说话，她还想起了灿德尔和汉斯，又把他们比较了一番。

马歇的厨子名叫雅克，他还是一贯地沉默寡言。

他是灿德尔第一个放出来的人。雅克从箱子里爬出来，脸上的表情就像刚从床上爬起来一样。

“厨房在哪儿呢？得给男爵准备餐食啦！”他问道。

“稍等片刻，我马上就带你去。”灿德尔笑着回答道。

平奇刚钻出箱子，就掏出自己的笔记本，像个记者一样不厌其烦地跟在灿德尔身后问东问西。

当灿德尔走近那个半路杀出来的夫人的箱子时，她还在对着呼吸管大喊救命。从监禁中挣脱出来后，她先是哇哇大哭了起来，然后就像演戏一样突然惊呼道：“您是我的救命恩人！可男爵在哪儿啊？请带我去找他吧。”

当灿德尔把银行家从箱子里放出来的时候，玛德兰静静地站在角落里，像只小猫一样躲着他。

灿德尔刚解开马歇头上的宇航服，玛德兰就冲到了他跟前。男爵看到她时立刻蒙了。他那双眼睛本就有些往外凸，此刻更是瞪得和虾眼一样。他呆呆地盯着德尔科罗片刻，突然把脑袋缩进肩膀里。要是可能的话，他巴不得缩成一团，钻回到宇航服里。只可惜他没这个本事。他的脑袋和那张涨得通红的脸还露在外面哩。

“哎——哎——哎……啊——啊——啊……”除了这些，他再也说不出别的什么了。

“您是不满意吗？”玛德兰问道，“亏得我着急忙慌地赶来！还想着男爵没有私人秘书怎么成呢。您还是赶紧把宇航服脱了吧。”她笑着催促男爵道，“这水是咸的，我尝过了。您还没被腌够吗？”

“可……可……可……您究竟是怎么知道的呢？……”

“我早就知道您要飞走。我读过您的信，偷听过您说话！”她直截了当地回答道。

第二章 “死人”彻底“复活”了，“天上的奇迹”发生了

所有的“死人”都一个接一个地“复活”了。

肥胖的欣顿夫人开始脱宇航服，勉强把它往下一褪，就突然蹿了出来。宇航服不知道“抽什么风”，不想落在她的脚下，而她自己则飘到了天花板下面……欣顿夫人在空中无助地挣扎着。

她所在的位置靠近火箭的中间部位，在这里离心力几乎不起作用。她奋力地弯下腰，想用裙子边儿盖住自己的脚。不过令她感到诧异的是，她并没有像往常那样感到血液往头上涌。她喊来埃伦帮忙。灿德尔把侄女推到姑妈的怀里，但埃伦也同样无能为力。她飞过整个舱室，脑袋也撞到了对面的墙上，又向后飞去，挥舞着手臂，试图抓住姑妈的裙子，却怎么也抓不

住。她的手与欣顿夫人的腿只有1厘米远的距离，但她却怎么也越不过这道鸿沟。

“这究竟是怎么了？这简直不可能！”欣顿夫人火冒三丈，“埃伦，快点走过来，飞过来也行！”

“恕我无能为力，姑妈！”女孩回答道，身体悬在舱室的半空中。

灿德尔爬进了舱室，并没有理会欣顿夫人在说些什么，他抓着她的手，给她示范如何使用那些小带子。欣顿夫人和埃伦就这样“降落”了。

“真是太荒唐了！”欣顿夫人想道，“早知道会有这样的劫难，我是说什么都不会上这枚火箭的！”

终于，她整理好衣冠妆容，小心翼翼地坐到自己的圈椅上，一直沉着脸，仿佛在想事。隔壁的公共舱里传来谈话声，其中夹杂着一个陌生女人的声音，声调高高的，发出的颤音让人觉得烦躁不安。这会是谁呢？难不成是客人？但他们又是从哪儿冒出来的，怎么会出现在这里呢？……

欣顿夫人牢牢地抓住椅子的扶手，她已经下定决心，打算这一路上都坐在自己的椅子上，仿佛这是无尽虚空中的一座“脚踏实地”的小岛……

欣顿夫人往座椅靠背上一靠，一只脚便习惯性地去踩足凳，椅子顿时向后一仰。哦！大事不妙！椅子在空中旋转了起来。

有人在敲门，紧接着她听到了布洛顿的声音：“我可以爬进来吗？”

到底要不要放他进来？让他看到我这副模样简直太可怕了！可一直这样转下去更可怕。

“请进吧！”她嘴里这样说，心里想着的却是“千万别进来！”

“我一直没见到您，姑妈。您感……”

布洛顿把说到一半的话又吞回去了，尽管他受过良好的教育，可一看到尊敬的夫人像困在转轮上的松鼠一样手忙脚乱，还是差点没忍住笑出声来。

“请让我来帮帮您吧，欣顿夫人！”他大声地喊道。

他尽可能不失分寸地办好这点事，先是爬上欣顿夫人头部一侧的墙壁靠近她，然后抓住椅子的扶手，把椅子顺利地放在了地上。

欣顿夫人感到万念俱灰。唉，她的椅子——最后一根救命稻草也靠不住啦。

欣顿夫人在公共舱里受到了应有的欢迎。这个房间里的所有家具就像在轮船上一样都被固定在地板上。坐在上面的人都用带子把自己牢牢地固定在座位上，这样就稳妥了。平奇两腿之间夹着自己主人的一个旅行包，斯托尔迈尔则双手抱着一瓶香槟酒。

“我们决定庆祝一下顺利飞离地球，来一杯香槟吧。”斯托尔迈尔说道。

“那么，就……”他一边说着，一边晃动着往外拔那个浸过树脂的梨形软木塞。木塞砰的一声蹦了出来，泡沫喷得到处都是。与此同时，酒瓶从他手中脱落，冲着墙壁飞去。大家都惊叫起来，灿德尔却笑了。

“刚刚大家看到的正是对火箭工作原理最简单的示范，这瓶香槟酒就是一个喷气式炮弹。”

“唉，煮熟的鸭子飞了，这就是示范的代价。”

“飞不了！只有少量泡沫会在气体的作用下从瓶中喷出来。别看瓶子是口朝下飘浮的，香槟酒却不会流出来。”

“这是什么原理？”

“因为没有重力使瓶子里的液体流出来，我们以后还得经常跟这种现象打交道。现在让我们看看怎么对付您的这瓶酒吧。”灿德尔又神秘兮兮地加上一句，“酒一点儿没洒，想喝到它也不难。”

斯托尔迈尔抓住酒瓶，把它倒扣在杯子上方。香槟酒一点儿也不往外流。他朝着瓶口里面瞅了瞅，想看看那儿是不是卡了一块软木塞，他还是不相信灿德尔的解释。没有木塞，瓶口畅通无阻。他摇了摇酒瓶，一“块”琥珀色的液体飞了出来，样子就像一根小香肠，很快又变成了球状。球撞到玻璃杯的边缘，裂成了几个小球，分别朝着不同方向飞去。其中一些像小水滴一样落在了在场各位的脸和手上，一部分液体留在了杯子里，但并没有填满杯底，而是散成薄薄的一层挂在杯壁上。

在场所有人都近乎惊恐地看着这一奇迹，就像奥尔巴赫小酒馆的顾客看着与浮士德一同进来的魔鬼墨菲斯托耍的神通一样。接着，所有人的目光都落到了灿德尔的脸上。

“哎，这可不关我的事。”他回应着大家无声的疑问，“这一切都是按照物理定律发生的，要知道，在内聚力的影响下，所有液体在失重状态下都会变成球状。物体中的每个分子都具有向心力，它们在一起会逐渐排列成球形。”

“可是从瓶子里蹦出来的酒是香肠形状的，并不是球状的啊。”艾米丽说道。

“因为当液体流过瓶颈时，它被拉成了一个长圆柱，而液体一旦脱离束缚，就会立刻凝聚成球状了。”

“您能告诉我，现在该拿香槟怎么办吗？”斯托尔迈尔惊呼道，“瓶子里好像还剩下一些酒。谢天谢地，我没把酒都摇出来。”

“没错，这件事可没那么好解决啊。”灿德尔回答道，“当我们全部安顿好在火箭上的生活后，就可以在自己的舱室用餐了，在那儿我们能造出接近地球引力的环境。有时候我们不得不待在失重的世界里，为此我还给大家准备了一手，请诸位见识一下火箭上的餐具。”

灿德尔从桌子底下拿出了几个特制的瓶子、杯子，还有一个小吸筒。瓶子看起来像带尖嘴的橡胶袋，而杯子像个奶嘴，只是大小与平常的奶嘴不同而已。

在场的一些人大笑起来，而另外几个人则感到十分反感。

“瞧我们活到什么份儿上啦，主教大人，居然得让人家用奶嘴来喂我们啦。”马歇说道，这一回竟然没有结巴，这可少见得很。

“呸，一点儿情调都没有啦。”德尔科罗鄙视地皱着眉头说道，“用这种东西装酒会串味儿的。”

“也就是说，诸位先生们不想喝香槟啦？”灿德尔从斯托尔迈尔手中接过酒瓶问道。

“想！想！”传来一阵阵声音。

“那我就开动啦。”他用小吸筒把酒从瓶子里抽出来，注到胶皮袋子里，接着又在杯子上揭开了一个小孔，把酒袋一捏，酒水就成功进入这个“奶瓶”里了。

“瞧，这就弄好啦。”他说道，“谁想尝尝？”

大家都迟疑地你看看我，我看看你。平奇本想伸出手去，但瞧瞧自己的老板，又把手藏到桌子下面了。

“给我吧！”斯托尔迈尔坚定地说道，然后接过了“奶瓶”，就像苏格拉底接过一杯毒药似的。大家的目光都聚集到他身上，他顿了一下，略微害羞地吮吸起来。德尔科罗笑得前仰后合，小捷克尔却哭了起来。

大家都欢呼雀跃起来，人人手里分到一个“奶瓶”，简直是“觥筹”交错。当然最热烈的祝酒词当数为那些害我们颠沛流离的人早日灭亡而干杯。

用完早餐后，欣顿夫人住进了19号舱室，与舰长室相邻。紧挨着她的舱室住的是埃伦，然后是主教、布洛顿、大夫一家，最后是玛丽。总之，就是夫人的那“一帮人”。

在火箭的尾部，温克勒和汉斯的舱室往后分别住的是马歇、德尔科罗、斯托尔迈尔、施尼列尔一家、平奇和厨师。灿德尔坚持要把厨师安排在汉斯旁边的3号舱，但马歇表示反对，说他的股份足够让自己和欣顿夫人一样，给自己安排得方便舒适些。这让斯托尔迈尔很不高兴，他在“诺亚方舟”上的投资不亚于男爵，而且还为他拉来了不少股东。

“咱们关起门来说，他们的不少钱都被咱们用来建造‘诺亚方舟’啦，这可大大加速了发射进程。”

“要是他们的钱不够建造‘诺亚方舟’二号和其他飞船，这帮股东恐怕要把我们告上法庭啦。”马歇笑着说道。

“他们有能耐的话就把传票寄到这里来好啦。”斯托尔迈尔回答道。

德尔科罗说她要住在男爵旁边的舱室。斯托尔迈尔不得不做出让步，选了5号舱室，之后依次是施尼列尔、艾米丽、平奇和厨师雅克的舱室。

“至于雅克呢，先生们，”灿德尔说道，“你们很快就会自愿把3号舱室让给他啦。”

灿德尔决定树立起自己作为舰长的权威，给这些刺儿头们好好上一堂无须讲解的“直观课”。

当房间全部安排妥当后，灿德尔建议大家先学学怎么在失重状态下运动。

“要是‘步行’的话，”他说道，“你们就得一直待在墙上，所以必须学会飞行。我想，对诸位来说，这也不失为一项愉快的新运动。现在我要让你们都长上翅膀。”

灿德尔说着拿出两把大折扇。德尔科罗看到扇子，立刻就伸手去抓，但灿德尔稍稍迟疑了一下，把“翅膀”递给了平奇先生。平奇接过扇子，就开始挥舞起来。他竟像蝴蝶一样轻盈地飞到了天花板上，又飞到窗户边，然后又往回飞了过来。

“真灵活！好样的！”赞美声此起彼伏。

平奇对成为全场焦点感到受宠若惊，想出出风头，决定朝着自己的椅子来个漂亮的“着陆”。和大多数人一样，平奇的右臂比左臂发达，因此右手扇动“翅膀”的力量要更大些，结果他突然在空中来了一个转身，像噩梦惊醒一般地坐到了自己老板的肩上。

“斯托尔迈尔先生，”灿德尔说，“您得原谅平奇先生，等您开始亲自飞行时，就知道他这是无心之失。希望我们大家的飞行技艺能和灵活的蜻蜓一较高下，但是在此之前，我们必须掌握另一门更难的技能：在失重状态下转动身体。平奇先生，请您先合拢自己的‘翅膀’，就这样，现在请您把手伸出来。”

灿德尔稍稍托举起平奇，让他的身体与舱室的地面保持平行，然后松开了手。

“您现在是脸朝下悬在空中，您需要翻个身，试试看吧。”

平奇在习惯了轻而易举的成功后，就自顾自地动弹起来，却不料吃了个大瘪。他伸胳膊蹬腿，又是弯腰又是拱身，甚至还想用手去抓鞋尖，但都无济于事。他累到筋疲力尽，绷直了身子，还是以灿德尔刚刚给他摆好的姿势躺着，准确地说是悬着。灿德尔从桌子的抽屉里拿出一个金属圆盘，递给平奇，说道：“您拿着这个圆盘，就像托住一碗汤那样，请您开始旋转它。不要害怕脱手，它不会掉下来的。”

平奇尽可能地按照灿德尔的吩咐去做，可这是怎么一回事呢？就在圆盘开始朝一个方向旋转时，平奇的身体却慢慢地朝着相反的方向转动。这样一来，他不仅脸朝上“翻转”过去，身体还像坐在高秋千上一样继续旋转。

“现在试着改变圆盘的方向，等到您的脸刚好朝上的时候再停下来。”

这可不是随随便便就能做到的，但平奇最终还是完成了。

“现在把圆盘的侧边朝向胸口，旋转起来吧。”

平奇的身子开始在“地板”上方转动，就像钟表里的指针一样。

“当你们适应了如何使用这个圆盘后，就能让身体做出任何想要的姿势。”

“我认为，借助‘翅膀’也能达到同样的效果。”平奇回答道。

“在机舱里使用‘翅膀’来翻身吗？当然可以，但到了没有空气的地方可就行不通啦。要知道我们还是得走出火箭，那时候‘翅膀’就一点儿用场也派不上啦。就连我们火箭的飞行也是这样控制的，”灿德尔继续说道，“利用正向或侧向喷嘴的作用力，我们可以使火箭绕着主轴和次轴旋转，把它的任意一侧转向太阳，迫使火箭‘翻着跟头’飞，这样我们就能控制它的方向，往哪儿飞都成。一套轻便的太空服，再在腰上安上一对‘翅膀’和一个圆盘，咱们的装备就齐全啦。”

“我累啦，”欣顿夫人说，“我得去睡觉了。地球上这个点儿没准儿已经是晚上了，这儿的百叶窗都关得死死的，叫人昼夜不分。”

“现在打开百叶窗还为时过早，”灿德尔回答道，“就算开了，您也看不出什么名堂来。说到时间，我们现在得放弃地球上计算时间的那一套方法啦。这一点我们之后再谈。各位女士们、先生们，现在最好还是乖乖睡觉去吧，同时我建议大家穿上潜水服，躺在水力缓冲器里睡，我保证你们能睡个安稳觉。在你们睡觉时，我会让火箭加速，同时还要做一些计算。”

“那您自己也要躺到箱子里去吗？”

“当然啦！我要在箱子里完成大部分工作。今天就到这儿啦，诸位也晚安吧，等你们睡醒了我会派汉斯过去协助。只需按下箱子上的按钮，盖子就会升起来，然后你们就可以爬出来了。不过在我通过电话通知你们发动机已经关闭之前，大家千万不要轻举妄动，不然就会落得和温克勒一样的下场。”

斯托尔迈尔又开始疑神疑鬼起来：就算他们把我们都平安地从箱子里放了出来，也并不能证明什么，他们可能在“诺亚方舟”上搞鬼，得好好地监视一番才行。

斯托尔迈尔的目光十分敏锐，只可惜身体太过臃肿了，于是他决定让平奇负责调查。平奇欣然受命，因为他的职业就是用鼻子到处嗅来嗅去。

第三章　早餐没有，试验管够

“诺亚方舟”里的第一个“夜晚”到来了，乘客们各自躺在缓冲箱里，没有睡着。箱子里漆黑一片、十分温暖，乘客们躺在里面感到柔软舒适，呼吸顺畅。一阵模糊的嗡嗡声通过呼吸管传到他们的耳朵里，大家的自我感觉发生了一些细微的变化。灿德尔大概已经调整好了火箭的飞行状态。灿德尔、汉斯和温克勒在忙什么呢?

灿德尔已经让火箭的旋转运动停了下来，固定了飞行方向。他打开百叶窗帘，向天空望去，发现火箭还在地球厚厚的阴影里飞行，根本看不到太阳。灿德尔测算着距离，测量了一下宇宙空间的几个亮点，把陀螺仪、加速计……都拿出来辅助计算。

怪不得灿德尔在地球上的时候从来不让别人进自己的书房，谁承想他把阁楼上的一个房间改造成了未来星际飞船的模拟驾驶舱，这一点就连温克勒也没有想到。灿德尔看起来像是在玩游戏，他“夜复一夜”地坐在自己所谓的驾驶室里，透过屋顶的窗户看着星空，想象着自己正在乘坐火箭飞行，给自己布置各种任务，解决各种问题，学习宇宙航行科学，锻炼驾驭星际飞船的本领。而这也正是他现在干起活儿来胸有成竹的原因。

忙完工作后，灿德尔去找温克勒和汉斯，同他们讲了这样一番话：“老实说吧，我把所有乘客送进箱子里，当然有自己的一点儿私心，我怕他们妨碍作业。你们也都知道，我曾经做过原子内能喷气发动机的实验，好像已经从理论和实践解决了这个问题，当然是在地球实验室的条件下进行的。随后我还留了一手，就是我那根能让火箭加速的‘小鞭子’——电磁力。普奇在这一方面从地球上协助我们。‘普奇加上灿德尔’……这句话想必你们应该有所耳闻吧？通过对种种方法进行组合试验，我能让火箭达到在地球上被认为是天方夜谭的速度。现在终于到了检验这一方法的时刻了。我看火箭上还有几个空舱，就把原子能发动机和电磁发动机都装了上来。首先，我们要看看原子能会让我们的速度提升多少。你们看，这块铜里储存着巨大的原子能，足够带我们离开太阳系，然后再返回来，甚至可以在所有行星的运行轨道间随心所欲地飞，还能飞向其他星球，然后再飞回来。温克勒，您感觉身体恢复得怎么样了？能参加这项工作吗？”

“如果我不能参加这项工作，那简直比死还难受。”温克勒回答道。

“我们得把一切都打点好，然后再躺到缓冲器里，当我们的乘客一觉醒来时，他们甚至都不会察觉到，甚至做梦也不会想到，我们让他们在宇宙空间里跑得比彗星还快。我为他们制造了一台真正的而非幻想的时间机器，虽然这台时间机器不能带他们穿越回过去，但能让他们看到未来。要是他们还留在地球上的话，是不可能很快就见到这种未来的。咱们走吧！”

温克勒的身体状况还是不容乐观，所以灿德尔今晚也就没有办法摆弄他的新发动机了。

很快到了飞行的第二天早晨。乘客们结结实实地睡了一个好觉，个个都感到前所未有的轻松和精神。百叶窗也打开了，明媚的阳光洒进机舱，飞船里明亮又温暖。火箭内部再次出现了轻微的人造重力。

每间舱室的椅子上都放着两套火箭服，其中一套像是丝织的游泳衣，另一套是欣顿夫人眼中的比较“成体统”，但要是女人穿的话还是“有伤风化”的连体衣。

欣顿夫人和她的侄女之间因为这两套衣服产生了分歧。欣顿夫人不仅自己拒绝穿上这样的“小丑服”，还明令禁止埃伦穿。您猜怎么着？埃伦没有像在地球上那样唯命是从，而是一反常态，竟然跟欣顿夫人唱起反调来。

玛丽走了进来。

“浴室已经准备好了。”

这个浴室给玛丽和欣顿夫人添了不少麻烦。

浴室被安排在一个单独的隔舱里，是一个非常小的房间，里面有一个小浴缸，装在滚轮上，可以随着“地板”的移动而改变方向。在地球上，如果把火箭头朝上，“地板”与地面处在同一方向；如果火箭升空后进入侧位，火箭的侧壁也就相应成了“地板”；当火箭旋转并产生离心力时，“地板”又变成“天花板”。这样一来，在火箭旋转的过程中，位于火箭首尾两端的人的位置都是脑袋朝着脑袋。

“赶紧倒水啊！磨磨蹭蹭干什么呢？”欣顿夫人闭着眼睛坐在浴缸里大发雷霆。

“我正浇着呢，欣顿夫人。”玛丽回答道。在离心力的干扰下，她没法让水快速地淋在夫人的头和肩上。

欣顿夫人总算凑合着洗完了。她穿上晨袍，开始往自己的房间走。在走廊里，一些小到不能再小的粉尘钻到了她的嗓子眼儿，她不由得咳嗽起来。接着，欣顿夫人和玛丽都叫嚷起来。

原来是玛德兰把粉盒打开了，把香粉撒得到处都是。在这个非同寻常的世界里，她很难控制好自己的动作。香粉像一团乳白色的云雾，瞬间散满了整个房间。循环气流很快就把这团云雾带到了其他舱室，整个火箭内部就像伦敦一样弥漫着大雾，到处都能听得到一阵阵剧烈的咳嗽声。不得不借用通风设备把空气经过滤器净化一遍，过滤器的效果非常好，很快整个火箭里的粉尘就被一扫而空。

骚乱的情绪已经得到平息，大家都焦急地等着吃早餐，但早餐迟迟未到。

根据股东大会的决议，雅克和他的厨房在公共舱室的隔壁分到了一间小舱室，所有厨房用具都搬到那里了。

饥肠辘辘的乘客们一秒钟也等不了了，纷纷跑到厨房打听为什么还不上早餐。厨房里已经挤满了人：马歇的厨师雅克，为欣顿夫人、埃伦、主教和布洛顿忙活早饭的玛丽，给自己父亲准备早饭的艾米丽，还有捷克尔的太太玛尔塔也在里面忙活。好奇的旅客们挤满了走廊，都伸长脖子往厨房里张望。厨房里发生的一切事情都令人难以置信，盘子、锅、平底锅和勺子全都飘浮在空中。雅克试图抓住这些餐具并将其放到抽屉里，但它们似乎在捉弄他一样，纷纷从他的手中溜掉，到处乱跑。盘子也被打碎了，碎片还飘在空中，在厨房里四处乱窜，一会儿弹到墙上，一会儿又飞到人身上。

雅克终于死心了，不再试图将盘子归位。他想把带到火箭上的酒精炉点着。厨师点燃了一根又一根火柴，火柴倒是能点着，但亮一下就熄灭了。最后他干脆把几根火柴放在一块儿，点燃后把火苗凑近对着酒精炉的捻子。酒精一下子燃烧起来，但火苗没过多久就又蔫儿巴了。

“火柴受潮了，难道连酒精也受潮了？”他用略带口音的法语说道。

“火柴没问题，酒精也没出毛病。”灿德尔走了过来，解释道，“但火焰在失重状态下是无法燃烧的。在任何燃烧或氧化过程中，都会吸收氧气，释放出二氧化碳、水蒸气等不可燃气体。在失重状态下，这些燃烧生成的产物无法像在地球上那样，由于自身质量轻且温度高而自动离开燃烧的火焰。在火箭里，它们始终围绕着火焰，并在其周围形成一层覆膜，阻碍空气的进入，火焰自然也会随之熄灭。”

“难道我们注定只能喝凉水吗？”斯托尔迈尔问道。

“可以用电磁炉来做饭，灿德尔先生肯定准备了这种灶炉。”平奇大胆地猜测道。

“您说得没错。”灿德尔回答道，“不过我敢打赌，你们就是用上了电磁炉，在这儿也烧不开水壶里的水。今天你们已经被自己折磨得够呛了，但你们必须通过实践来了解一切，不然的话，诸位就只会要自己的小性子，然后问我要东要西，尽是些我办不到的事儿。把水壶放在电磁炉上吧，就放在这儿。”

雅克急忙跑去火箭尾部的舱室里打水，在厨房里根本就无法把水灌到水壶里，因为火箭的中部几乎没有离心力。

水壶被小心翼翼地安置在灶台上，生怕它“飞走”了。

5 分钟过去了，10 分钟过去了，最后甚至过去了 15 分钟，壶里的水丝毫没有沸腾的迹象。

“这到底是怎么回事？我们要喝茶，根本没兴趣做什么物理实验！”斯托尔迈尔恼火地说道。

“是这么回事，”灿德尔平静地回答道，“在水的各个部分没有混合之前，水是不可能被烧开的。在地球上沸腾反应是怎么发生的呢？处在底部的水接触到热水壶底开始膨胀、变轻，然后被挤到上层。表层水温较低，比重比较大，因此沉到底部，在那儿被加热后又升到上层，如此循环往复，一直到所有的水都被加热到 100 摄氏度，这个时候水才会沸腾。但这里没有地心引力，因此上层较冷，较重的水层无法下沉，根本没有发生任何混合，就只能通过热传导来进行加热，所以水温也就上升得极为缓慢。”

“那这儿的煎锅管用吗？”非常喜欢吃煎牛排的斯托尔迈尔问道。他还随身携带了几个罐头。

“让我们再来试试看吧。”灿德尔回答道。他让雅克在平底锅上放上一块黄油，又在上面放上一块罐头肉，然后把平底锅架在电磁炉上。下面的黄油刚一融化就立刻汽化，这些冲力强劲的气体紧接着就把一块肉抛到了“天花板”上。

雅克的脸变成了灰色。

“照这样下去，我再也干不了厨师啦。”

“没有必要这么悲观，雅克。”灿德尔回答道，“事情可没糟糕到那个地步呢，您只需要学会新的烹饪方式就行了。”

于是灿德尔开始讲解如何用“天上的方式”做饭。他拿出几个特制锅，锅里装有几片旋转桨叶，就像“矿石水选机”里的叶片一样。这些桨叶由电力驱动，在烧水的时候一刻不停地搅拌着锅里的水，水很快就能烧开了。他还展示了几个带盖子的特制平底锅，这样一来就可以安心地煎炸，不用担心牛排和鸡蛋会飞到“天花板”上了。

灿德尔没有白饿这些乘客们一顿，如今他提出的要求很少有人反对了。

“所有的这一切，正如诸位看到的，其实都不是什么大问题。但是如果大家想按时吃到早饭和午饭，那就得对一些特殊要求做出妥协。你们自己也都见识到了，在失重状态下做饭不是那么容易，即使是使用经过特别改装的设备也一样。如果诸位还想让厨房设在这里，在公共舱隔壁，也就是在永远没有重力的地方，那么雅克将不得不花费大量时间去制服在空中飞舞的锅和盘子。当然，他也就不那么容易打碎盘子了。但这并不能改变我们面临的问题，在这种环境下洗碗别提有多不方便了。所以，我建议把厨房搬到汉斯的舱室旁边。这是我唯一能做的，这样既可以不打扰欣顿夫人，也免去了她搬家的麻烦。诸位是否同意呢？”

这么一来，除了同意，也别无他法啦。

灿德尔趁热打铁，在第一个建议通过后，紧接着又提出了一个更为严肃的建议。灿德尔宣布，火箭上的后勤服务工作应该重新安排一下。把一个狭小的客舱变成公用厨房非常不合适，大家只会互相妨碍，这是第一点。第二点，火箭上必须进行劳动分工。灿德尔无论如何也不能接受自己、汉斯和温克勒在做饭上浪费时间，他们还有很多更重要的工作要完成。因此，灿德尔提议由雅克担任“诺亚方舟”上所有乘客和指挥人员的总厨师，玛丽将承担起打扫火箭的所有舱室和房间的工作，熨洗衣服将由雅克完成，玛丽也会帮他。只有雅克、玛丽和需要照顾孩子的捷克尔太太可以进入厨房。马歇对这样的安排大为光火，这个不知天高地厚的工程师竟然跟这个厨师把一切都安排好了……也不提前问问主人的意见。

“啊——啊——啊……我反对。仆人可是我花钱雇的，我为了把把他带上了可……可是入了股……股份的。我有自己的饮食习惯……他只能给我准备饭菜。我我不同意……”

“我对此深表同情，但是还是不得不违背您的意愿了。”

这简直就是公然挑衅。马歇脸色铁青，费了九牛二虎之力才克服自己的结巴，狠狠地骂了灿德尔一顿。尽管是在“星际空间”里，他也要恰如其分地捍卫传统的私有制原则，他只是把雅克当作自己的私有物。要是今天灿德尔能把雅克从他身边夺走，明天就会向他索要自己的行李，第三天干脆蹬鼻子上脸，说好听点，使唤他干活啦……

难道斯托尔迈尔不明白这一点吗?

当舱室收拾完毕后，欣顿夫人在圈椅里躺得更舒心了。主教坐在她的一边，埃伦坐在另一边。这种坐法倒是让人联想起当初地球上的情景来，但早就是沧海桑田喽。

“难道您不觉得，我的好朋友，”她转向主教说道，“这帮人到底还是把咱们关进了这么一座飞行监狱里来喽……”

第四章　机器的俘虏

用罢早餐后，一部分乘客聚集到公共舱里，灿德尔也到这儿来了，大家都小心翼翼地盯着他。这位舰长可是个大忙人，断不可能跑到这儿来闲聊。毫无疑问，他这是又有什么新主意了。

“现在已经早上 10 点啦，今天这顿早餐吃得真是有些太迟了！”斯托尔迈尔瞥了一眼自己的金表说道。

“您说的是斯托尔迈尔市的时间。”灿德尔说道。

“您这话是什么意思？”斯托尔迈尔问道。

“我是想说，您的表和地球上的表现在已经不同步啦。地球上每个地方的时间也都是不一样的。斯托尔迈尔城在美洲，那里现在大约是早上 10 点，可在地球上它的对跖点是晚上 10 点，而到了别的地方，时间又不一样了。地球一直在自转，我们一直在飞行，您打算选择地球上的哪个点来确定火箭上的时间呢？这都是有条件的，都是相对的。”

“那我们该怎么确定日期和时间呢？”

“我们的身体早就习惯了日夜交替、昼行夜休，所以我们还是用地上的方法来计算时间吧：白天就算 12 小时，晚上同理。”

“纪年就从我们飞离地球的那一天算起？”斯托尔迈尔问道。

“说得没错。我们得按约定俗成的方式来计算时间和纪年。”

突然传来一声爆炸，接着厨师也喊了起来。灿德尔赶紧奔向厨房，当他返回来时，斯托尔迈尔问道：“发生什么事啦？”

“雅克烧水的密封水壶爆炸了。幸好他那会儿不在厨房里，要不然就会被蒸汽烫伤了。看来还得再指导一下咱们这位厨师喽。”

“平奇先生还以为我们这是撞上了一颗流星呢。”

“这种概率为零。”灿德尔回答道，“即使是在最为密集的流星群中，就比如说狮子座流星群，流星的分布也很零散，一颗流星与另一颗流星之间平均相距 100 多千米。要是这样计算，咱们的火箭平均要飞行 500 年才能遇到一颗流星。很抱歉，我现在没有时间和大家过多谈这一点啦，我现在想跟你们说说另外一件重要的事情……”

大家顿时都警觉起来。

“对旅客来讲，乘坐飞船旅行属实是一件十分枯燥无趣的事情。”灿德尔开始拐弯抹角地说道，“天还是那片天，星星也都是那些星星，因此必须得干点儿别的什么事，让你们的时间充实起来，不然简直就是度日如年啊……”

“我们并不讨厌这样的日子。在地球上忙活这么久，肯定是要好好休息休息的。”斯托尔迈尔急忙回答道。他心想：“他打的是这个算盘啊！这是想让我们都去干活喽。我扔掉百万家产跑到这枚火箭上来，可不是为了给你灿德尔当苦力的。”

马歇也猜到了灿德尔的用意。

“我……我我得了溃疡，……我是个残疾人。”

“我有气喘病、痛风病、脂肪肝。”斯托尔迈尔急忙又给自己上了这些“保险”。

“我认为我给你们安排的事情绝对不会对诸位的健康产生什么不良影响，”灿德尔回答道，“毕竟在地球上你们即使带病也能从事相当紧张的工作。我现在建议你们做的事情要比那轻松得多，既不需要耗费什么精神，也不需要动脑筋。就算是残疾人也能轻松胜任，不会感到劳累。”

“我拒绝！这是原则问题！”

“男爵，不吃饭也是您的原则吗？”灿德尔问道。

“您这是在开什么玩笑？我们的食……食物不是有保障吗？”

“能保障多久呢？而咱们的旅程又会持续多久呢？谁也说不准。”

“但……但是您亲口说过，自己能让地球上的事态以极快的速度发展。也许我们在火箭上待不了两个月，我们的敌人就会灰飞烟灭，那时我们不就能飞回地球了吗？……”

“我这边还没搞定原子能发动机的调试工作呢。我们必须要未雨绸缪，建立一个物质循环体系，以确保我们可以在长时间内得到无限的食物供养。我们把温室拆下来带上火箭可不是没有理由的。此外，我们还需要安装太阳能发动机和望远镜，要做的工作一大堆，光指望我、汉斯和温克勒可不行。”

“就差让我到菜园子顶上去撒肥料了！”斯托尔迈尔气愤不已地说。

“这件事自然是要交给年轻力壮的人干。”灿德尔回答道，“但您完全能胜任照看温室的工作，监控一些设备的运行状况，做做记录，甚至写写算算。总之，我会给诸位安排一些任务，制定一份工作安排表和工作日程表。”

“还得规定工作时长、假期、工资，没准儿还有旷工罚款的金额吧？”斯托尔迈尔问道。

灿德尔耸耸肩，回答道：“我相信我是在跟一群成年人打交道。诸位都好好考虑考虑吧，今天就请给我答复。我不想强迫诸位，但对于自己的提议也绝不让步。”

他走了出去。

大家面面相觑，不知所措地坐着。

“得给他点颜色瞧瞧，看他还怎么在我们面前发号施令！”平奇神气十足地说道。

“没错，我们必须扭转局势。”斯托尔迈尔抱怨道，“他灿德尔算哪根葱，倒当起独裁者啦？就算他是舰长，这倒没错，可是咱以前也不是没有坐过远洋轮船，难道我们不清楚船长的权力有多大吗？我们有必要考虑一下所谓的管理形式了，必须建立一个最高权力机构来处理各种问题和冲突。就拿本人来说吧，我还想当当总统呢。”

“还……还是我来当这个总统吧？”

“或者我们可以把欣顿夫人送上王位，而我们可以做她的左膀右臂？”布洛顿笑着建议道。

“不行！都不行！问题不在于谁掌权！”施尼列尔像往常一样突然开口驳斥道，“各位现在正在寻找出路，但你们不仅现在找不到，就是将来也找不到。你们在这里斥责灿德尔独裁专断，但这件事的问题绝不仅仅出在他一个人身上。问题在于机器！这台机器就是俘虏和奴役我们的上帝，灿德尔只是他的大祭司而已。自打你们踏上这个怪物，这个所谓的飞行器的那一刻起，你们就已经成了它的奴隶。这个怪物会逼迫你们为它干活，听候差遣。我们现在不过是它肚子里爬行的蛆虫罢了……”

“就像被大鱼吞进肚子里的约拿[1]。”斯托尔迈尔调侃道。

“机器在地球上把人变成残废，现在也能让您几位成为残废，除非在飞抵新世界后把它拆咯。”

“得了吧，到了新世界我们可以强迫其他人在机器旁边干活，就像以前在地球上那样。就让这些灿德尔们、汉斯们、温克勒们、玛丽们、雅克们和他们的后代们忙活去吧。到时候，

① 据《旧约·约拿书》记载，约拿曾因逃避使命而被上帝安排的一条大鱼吞下，他在鱼腹中待了三天三夜，祈祷并悔改。——译注

我们就可以把机器带来的好处尽收囊中，我是绝不会拒绝收下这些好处的。”斯托尔迈尔说道。

“唉，真是对牛弹琴！”施尼列尔装腔作势地喊道，“难道诸位到现在还不明白，机器威胁的不仅仅是那些在它旁边干活的人？机器造就工人，工人起来革命，而革命会把你们消灭得一干二净。所有的机器都孕育着你们的死亡！你们的毁灭！明白吗？”

“那您有何高见呢？”

“打倒机器！打倒这个地狱来的魔鬼！打倒这些置我们于死地的怪物！我们应该亲近自然，恢复原始初民的自然生活方式！只有自然才能给人类带来天下大同。”

“当务之急是立即去抗议，去灿德尔那个家伙那里，告诉他我们死都不……不不会干活！我们是乘客，不是仆人！让灿德尔好好记住这一点。‘诺亚方舟’是我们建造的，这是我们的私有财产，我们当然要做主人，而不是干粗活的劳工。就这么和他说，平奇先生，现在就去！……”

第五章　关于糟糕的宇宙、相对运动和其他事情

一天，用完早茶过后，平奇对灿德尔说道："我们到底什么时候安装反射望远镜？我们也是时候该从火箭里出去透透气啦……"

"今天就能出去呀。"灿德尔回答道，"您把这枚便携式火箭绑在身上，不过在我和温克勒出来找您之前，可千万不能发射火箭，我们还得检查发动机呢。汉斯，您可以去安装望远镜了，这儿没您，我们俩也能应付得了。好啦，5位探路者先打头阵，去探索探索宇宙空间，把望远镜安好。"灿德尔微笑着说道。

"我们穿上太空服，带上望远镜的零部件，出发吧！"平奇大喊道。

灿德尔设计的反射望远镜可以说是世界上最完美最独特的，

这架望远镜的结构非同寻常，所用的材料也不是普通材料。望远镜的镜面直径有好几十米，以至于不得不在太空中用一块块单独的抛光金属板组装起来。望远镜将会安装在距火箭几百米远的地方，预留好足够的焦距距离，而且还得用许多轻薄的管道将它与火箭连接。借助这些管道，天文学家在火箭上对各个天体进行观测的时候，就能把镜头调节到所需的角度。

这些星际逃亡者们用上了各种工具，大大拓宽了自己的视野。

不过，这架新奇的望远镜也并非尽善尽美：在火箭加速和制动的时候，必须得把镜面摘下来，不然就会有四分五裂的风险。

一刻钟后，布洛顿、艾米丽、玛德兰和平奇已经整装待发，他们挤在一个勉强装下他们的小舱室里。在地球上看起来笨重臃肿的太空服，到了这里却变得轻便舒适。他们每个人手里都拿着一些望远镜的零件，肩膀上都背着挎包式的便携火箭，腰间挂着旋转圆盘，头盔都由电话线连接起来，方便他们互相通话。除此之外，每个人的腰带上都挂着一大盘细钢缆。灿德尔坚持要这些“太空人”用这条钢缆把自己系在星际飞船的外壳上。他亲自检查了宇航服，确保供应氧气及驱动便携式火箭的设备能正常运转，然后点了点头。大家这个时候已经听不见他在说些什么了。

温克勒把又厚又重的内门锁好。真空泵的马达发出嗡嗡的声响。随着舱内大气压的降低，他们的太空服在内部气压的作用下胀大了 2/3。但是这种胀大也还是有限度的，宇航服里除了有几层柔软的隔热衬垫，还有一层常用的金属网，它起着双重作用：在电池的供能下，从内部加热宇航服，同时还能提高宇航服的机械强度。

5 个气鼓鼓的身形倒还真像是某个未知星球上的居民。

当真空表上显示舱内的压力不足 1/1000 个大气压时，芬格尔打开了双层圆形外门。

宇航员们一个接一个地爬出火箭，把钢缆的一头系到火箭外壳的圆环上。

芬格尔打头阵，腿一蹬就把自己推下了火箭，跃入太空。其他人也跟着他“脑袋朝下”地下去了。

芬格尔马上就体验到了这个新世界的感觉（在斯托尔迈尔城的训练也帮了他的忙）。

他们腿上的肌肉就像弹簧一样，蹬一下就离开了火箭，也使得火箭离他们而去。但是由于火箭的质量是人体质量的许多倍，所以他们施加的冲击力对火箭运动产生的影响微乎其微，不像人体一样产生明显的速度变化。然而从人的角度来看，不是他们离开了火箭，而是火箭在腿部运动的作用下被抛在后面，而他们自己还留在原地。

芬格尔盯着火箭。火箭在慢慢变小，离他们越来越远。

到底是火箭离他们而去，还是他们离开了火箭呢？芬格尔根据相对运动定律深入地思考了一番，他明白了，对自己来说，是火箭正在离开他们；而对待在火箭上的人来说，则是汉斯这些火箭外的人在飞离，这两种说法都是对的，因为他们都是以自己作为参照物去观察的。

现在他们每个人都成了一颗独立“卫星”，有着自己独特的运动和飞行轨迹。这些“新天体”当然也逃脱不了一般的天体力学定律的影响。

他们究竟是在飞行还是停在原地不动？要是在飞的话，那么是在往哪儿飞呢？向上飞？还是向下？可是这里没有上下之分。火箭正停在他们的脚下，这就意味着他们在“向上”飞行。但闪闪发光的地球却在他们的脑袋上面飘浮，也就是说，他们正在朝着地球飞，也就是在“向下”坠落。那对于其他星星而言呢？他们与数百万颗遥远的恒星渐行渐远，又从各种不同的角度靠近数百万颗恒星。要是眯着眼睛看，好像并没有任何运动。匀速直线运动与静止不动是没有区别的，伽利略好像是这么说的吧？……

他在斯托尔迈尔城进行“理论”飞行的时候，就苦苦思索过这个问题。而如今当他真正飘浮在“群星”之中时，才在实践中理解了相对运动。

电话里没人说话。个个都惊讶得目瞪口呆，哪里还顾得上说话。

人在宇宙中！人和宇宙从来没有这样近距离地“面对面”接触过。人类虽然只是宇宙中微不足道的尘埃，但凭借着无所不能的聪明才智和一双双巧手却能把自己送进星空。这些小小的人儿在浩瀚无垠的宇宙海洋里遨游。

这是一个永恒寂静的世界，绝对的寂静和寒冷。到了这里，就连火箭喷嘴发出的轰隆声也销声匿迹了。这里没有风，没有云，没有雨，没有雾，没有温度的变化，没有“天气”一说，没有昼夜更替，没有四季轮换……

宇宙最让人吃惊的地方不是它的宏大，而是它的奇异。

“太空人”们觉得自己正处在一个深黑色球体的中心，整个银河都挂在这个球体的腰间，把它分成两半。星星就像是大小不一的珠宝，眼睛一眨不眨地散发出各种光芒，翡翠、紫水晶、钻石、红宝石、黄宝石应有尽有。昴宿星团发着淡淡的寒光，在黑暗的背景中格外显眼。向上可以看到地球，地球的旁边就是月球。地球上 1/4 的地方正值黑夜，在它被照亮的一面，人们熟悉的非洲的轮廓一览无余。太阳在右边猛烈燃烧着，发出耀眼的光芒。

各个星座也还是从“地球上”看到的那个样子。大熊星座一如既往地挂在天空中，仙后座、仙女座、飞马座、英仙座、猎户座的轮廓也没有什么改变。不过有的星座只能在地球的南半球或北半球看到，而在这里，所有的星座都能同时尽收眼底。

“先生，您能不能掐一下我的胳膊呀？”平奇率先用电话打破了沉默，“您告诉我，这到底是梦境还是实实在在的现实啊？”

“是十分有趣的现实！”亨利说道。

“我倒觉得这是一场愚蠢的梦。我不知道是谁给我们想出了这么一出梦，还是它自己就发生啦，总之是不怎么高明。”

“平奇先生，我建议您把宇宙往好处想。您倒是能在这上面赚大钱呢。”艾米丽说道。

“唉，不知道皮卡迪利广场上现在是何景象啊……广场上的灯光照明是那么耀眼。那儿的晚上比这儿的白天都亮！”

艾米丽和玛德兰十分害怕地倚靠在火箭外壳上。两人都不由得苦笑了一下。

“那您去账房那儿把自己的钱讨回来吧。”玛德兰说道，“虽然您说得也没错。我也不喜欢您嘴里的这个宇宙。真奇怪，我平常洗澡用的高级肥皂和这个乌漆墨黑的地儿叫一个名字，它的确是配不上。不过说句老实话，这里星星倒是挺多的，比地球上空多得多。不，这种货色连巴黎珠宝店的一个橱窗都换不到。因为这里不仅空空荡荡，叫人不舒服，还死气沉沉的。我倒是同意您的看法……劳尔，一个长着一双黑眼睛的诗人，曾经给我指过猎户座和大熊星座，别的星座我就不认得啦。现在我看着他们，就像老乡见老乡，还是在异国他乡偶然撞上的……我亲爱的劳尔，啊！你在哪儿呢？你的玛德兰现在正在黑洞洞的熊窝里呢，还是你指给她看的那头大‘狗熊’。我离它那么近，都能够着它的爪子啦。”

“怎么，小姐，您的胳膊有几千亿千米那么长吗？”汉斯问道。他还想说点别的：“莫非人类的天才呕心沥血，就是为了把这种凡夫俗子送上天？”

汉斯环顾着四周。

“感觉把我们骗得好苦！这个球体是幻觉，哪来的什么球体啊，宇宙原本是没有边界的。”平奇说道。

“就是用光速从我们银河系的一端飞驰到另一端，也得花

3 万多年的时间。到时候还会看到别的银河呢！”芬格尔说道。他的天文学知识已经非常扎实了。

“芬格尔先生，您说在‘我们的银河系’，难道我们看到的还不是整个宇宙吗？”玛德兰问道。

“我已经说过了，”芬格尔开始说道，“用光速飞行穿过我们的银河系需要 3 万多年。银河系是一个由 300 亿个太阳组成的星系。我想，皮卡迪利大街上应该没有这么多灯吧？这么多太阳都在一块儿转动，这还只是一个小宇宙，在它的外围还有星系，每个星系里都有几亿个，甚至几十亿个太阳。再远一些的地方，数百万光年①之外，还有其他的银河，别的星系，也就是宇宙之中的群岛。根据天文学家的计算，这些群岛的数量超过了一百万个，其中又有超过一百万个星系，每个星系里都有几百亿个太阳。它们聚集在一起，形成‘星系群’。这是我们目前已知的最大宇宙单位。这些星系群的总合就是元宇宙系统。也许所有这些加起来仍然只是冰山一角，只不过是宇宙中某个超乎我们想象的更大单元的组成部分罢了。”

“得了！您快别说了！”玛德兰哀求道，“您的元宇宙就像孩子们玩的木头套娃一样，一个套一个，没完没了。”

“真是狗嘴里吐不出象牙来。”汉斯心里想，“简直是白费口舌！”

他继续说道：“与此同时，太空永远处于运动之中，无休无

---

① 光年是指光在真空中以每秒 30 万千米的速度在 1 年的时间里所走过的距离。——原注

止地在创造和毁灭。卫星围着行星转，行星绕着自己的轴自转，同时又围着太阳转，太阳自转并以每年数百万千米的速度向天琴座和武仙座飞去。一颗颗彗星就像传送皮带一样在空中穿梭，星云飞驰，流星滑落，宇宙尘埃从各个方向穿透宇宙空间。”

“亲爱的，您现在说的简直就和我那位黑眼睛的诗人劳尔说的一模一样！”玛德兰惊叹道，“一样的令人难以捉摸，但又让人心驰神往……”紧接着，她又按照自己乱七八糟的“逻辑”规律提出了一个令人意想不到的问题，“听说天上每落下一颗星星，地上就会死去一个人，这是真的吗？”

“是真的。”芬格尔笑着回答道，“咱们现在就来算一下：在地球上每秒钟至少有两个人死亡，而一颗星星的陨落大约需要半秒钟。”

玛德兰对这种用统计方法解释神秘征兆的做法颇感失望。

“上天保佑，我们还活着。”平奇说道，“虽然我们也像先知以利亚一样升天了，但我们还得活着，而生命就在于运动！我们现在是‘天体’了，因此绝不能落后于咱们那些发光的弟兄们。艾米丽小姐，想不想让我证明给您看，这个宇宙不仅能够旋转，而且还转得很快呢？”

“您吗？”艾米丽大吃一惊。

“没错，就是我！”平奇自豪地答道，“阿基米德没有那根可以撬动地球的杠杆，而我不需要任何杠杆，靠着自己的圆盘，就能让整个宇宙旋转起来。”

“我可没料到您有这么大的本领……”

“让您失望啦！我平奇博学多闻，只不过不愿意显摆罢了。”他自夸道，“托勒密认为地球是宇宙的中心。而现在，我们中的每一个人都将变成这样的中心，整个宇宙都得围着咱们转。喂！瞧好喽，照着我的样子做。”

他解下绑在腰间的圆盘，两只手像端盘子一样端着它，然后让它转了起来。大家都学着他的样子，明白了他的用意：作用力等于反作用力。当圆盘朝一个方向旋转，平奇和同伴们的身体就朝另一个方向旋转。因此，在他们眼中，天体也开始围绕着他们旋转。圆盘转得越快，天体也就绕着他们转得越快。太阳在天上画了一个大圆圈，一会儿落到他们背后，一会儿又在他们面前升起。

“现在，让我们换一种方式使宇宙旋转起来吧！”平奇对着大家发号施令，仿佛他真的找到了一种能让宇宙像系在绳子上的鹅卵石一样“旋转”的方法。平奇让圆盘停止转动，将其竖直放在胸前，再次让它旋转。这一次，天体开始绕着他们从上往下转圈。现在太阳从他们头顶上落山，从他们脚下升起。

“这不比那位控制太阳升降的耶稣厉害多了！”平奇说道，“太空现在掌握在我们手上，现在我们让它干吗，它就得干吗，就像我们能掌握时间一样。我们可以随心所欲地把昼夜、年份延长或者缩短啦。”

“这一切的确挺好玩的！”布洛顿说道，“可这根本就是自欺欺人的幻觉，一种对我们感官的欺骗。宇宙不可能真的围绕着我们旋转！因为真正运动的不是宇宙，而是我们！”

“问题恐怕并不像您想得那么简单。”芬格尔说道，“您可别忘了，所有的运动都是相对的。一个物体只能相对于另一个物体运动。自然界中根本就没有您口中真正的‘自在之物’，所以我们有理由说，是天体在围绕着我们旋转，而我们却处于静止状态，反之亦然。”

“好吧，让我们这样假设一下。您向右旋转圆盘，我向左旋转圆盘，平奇先生从上到下转圆盘，而艾米丽小姐从下到上转圆盘。显然这个时候天体对我们每个人来说将会以不同的方式旋转，难不成同一个天体能同时沿着几个彼此相反的方向移动吗！”

“天体根本就不会有您所说的那么多运动方向。就我们每个人而言，它只会沿着一个方向运动。另外一个人看不到这种运动形式，那么对他来说这种运动就是不存在的。”

“我得承认，这已经超出我的理解范围了！”布洛顿答道。

“其实这只是因为您还不习惯用另一种思维方式进行思考，相对运动定律是……”

“您快饶了我们吧！”平奇插话道。

“我们光顾着在电话里讨论天文学问题了，完全把此行的目的抛在脑后啦。”布洛顿说道，“是时候干正事啦。”

安装工作的安排和望远镜本身一样独特。在太空中的人们首先要把望远镜的各个部件组装起来，把它们安装在离火箭有一定距离的地方，然后再返回火箭，把不必固定在火箭上的望远镜留在太空中。根本没有必要把望远镜和火箭固定到一起：

望远镜的各个部分和火箭具有相同的速度，彼此之间保持着固定不变的相对距离。

开始的时候安装工作称不上顺利。望远镜的各个部件挂在大家的腰上，所以每个人都必须离得很近，用机械手指小心翼翼地拿起部件，然后用准备好的紧固件将它们连接和固定在一块儿。灿德尔借鉴了大量外科大夫和假肢专家们的丰富经验，在太空服上安装了独特的机械手臂。

灿德尔的发明天赋帮助他出色地解决了这个问题，他的成就远在假肢专家和外科大夫之上，制造出了一个非常出色的装置，能够方便快捷地控制机械手指的运动，这些手指能灵活收放，还能前后左右摆动，那些活人的手指做不到的动作对它来说都不在话下。参加飞行的安装工们在火箭里就已学会了如何操纵它们，但是他们在真正安装的时候还是得加倍小心。要是有谁不小心动了一下，拉错了哪根拉杆，机械手指就会突然收拢或是猛地歪到一边，那时候一块镜片就有可能“飞”入太空中去啦。

按照地球上的时间来算的话，两个小时过去了，工作已接近尾声。除了德尔科罗手里还剩下一块镜片，汉斯已经把其他的都固定好了。玛德兰“站在”汉斯身边，手里捧着那块镜片，她漫不经心地把镜子压到胸前，恰好碰到了便携式火箭发射器喷嘴的开关，喷嘴一下子就喷发了，当然谁也听不见爆炸声。汉斯朝玛德兰转过身，去拿她手里的镜片，但只看到一团瞬间散开的青烟。汉斯睁大眼睛，紧张地寻找德尔科罗，并迅速通过电话向同伴告知了发生的意外。必须采取紧急的救援措施，启动便携式火箭。汉斯迅速解开连接自己和火箭的钢丝，按下胸前的一个按钮，开动了火箭装置的喷嘴。平奇和布洛顿也这样做了，他们突然被扯向了不同的方向。平奇感觉自己的后背仿佛被人狠狠地踢了一脚，像陀螺一样一圈又一圈地转着。

“这是哪个该死的往火箭里放这么多燃料？都能炸死一头大象了！”平奇骂道，身体还在太空中翻滚着。他又感到一阵冲击，自己也慢了下来：“这又怎么啦？……难不成是和什么东西撞上啦？……可我还活得好好的呀……”

“喂！喂，芬格尔！……喂！喂，布洛顿！……”

没有人回答。

“嗨，原来是电话线断了！可我得停下来呀，老这么翻跟头也不是个事儿……”

要做到这一点可不简单，他一边翻着跟头，一边继续向前飞。他看到芬格尔也在他旁边翻着跟头，再往右边，布洛顿也这样翻个不停。最后他终于停下来了，可以“站着”飞行了。

四下都不见玛德兰的踪影，她早就已经飞远了。布洛顿和芬格尔转动起自己的圆盘来，也不再翻跟头了。

“我们现在飞得比德尔科罗快得多，肯定能追上她，前提是我们能找到她，但这不相当于大海捞针吗？……对了，艾米丽在干吗呢？”

平奇利用圆盘小心翼翼地向后转身，勉强看到了一个若隐若现的小点，这个小点好像正在慢慢地靠近火箭。

“艾米丽真是超常发挥啦。”平奇想，“她正拽着钢丝慢慢地返回‘诺亚方舟’呢。”

与此同时，平奇看到黑点旁边闪过一道火光，而黑点一下子就飞到了另一边。“可真是祸不单行哪！现在得找两个喽……”

不过，先找两个中的哪一个呢？平奇倒是没有多想，他本来就偏爱艾米丽，并且已经有两人前去营救德尔科罗了，再说也只有他看到了艾米丽在往回飞。平奇按下按钮，启动侧面的喷嘴来改变自己的飞行方向。

可惜他之前从来没有使用这一工具的实践经验，所以控制不住自己往哪儿飞。他被抛得东倒西歪，就像弹簧小丑一样从一边蹿到另一边。他在宇宙空间里忽左忽右地呈“之”字形乱飞，可就是怎么都接近不了目标。

“好嘛！照这样下去就连我自己能不能返回火箭都成问题！”他心想，“不过丧命在星星之间也挺有趣的。燃料一旦耗尽，我就会变成一块冰。不过氧气瓶可能会先没气或者被冻坏，我就会窒息而死……呸……还是别想这种不吉利的事了……艾米丽在哪儿？她身上的火箭看来已经熄了，看不见火了嘛，现在想找到她可更难喽……”

火光又冒了出来，然后又灭了。

就在这时，一束强光刺得平奇睁不开眼。平奇并不是个胆小鬼，但他仿佛觉得宇宙深处的某个地方突然冒出来一个太阳，并且正在朝他扑来。

“难道是个彗星！有这种可能？……”他吓得浑身冰凉，以为自己马上就要完蛋了。但下一秒，光线熄灭了，原来是飞船上的探照灯光换了个方向。飞船上的人看到他们发生了意外，派来了援手。

突然，一股火旋风从平奇的右边席卷而过，发出耀眼的光芒，只留下一缕不知道是烟尘还是蒸汽的东西。

这是一艘“救生艇”，是灿德尔为了应对这种情况专门设计的，他提前预见到了一切，也提前考虑好了一切。“救生艇”的外形像一个球体。太空里面没有空气，所以形状无关紧要，但球体的确更便于飞行。“救生艇”表面有许多喷嘴，可以使它飞往任何方向，艇身里面装有大量燃料和氧气。“救生艇”配有两个座位，一个在上面，一个在下面，这样就可以使两个乘员能同时观察到整个天体的情况了。乘坐“救生艇”时也需要身着宇航服。

灿德尔和温克勒乘“救生艇”去援救玛德兰。强烈的探照灯光可以帮助他们在宇宙空间找到丢失的东西。灿德尔成功做到了这一点，他在与“诺亚方舟”飞行方向相反的方向上找到了这名“女逃犯”。

找到玛德兰之后，灿德尔和温克勒又陆续找到了其他几个“太空人”，把他们绑在“救生艇”上，带回到飞船上。

当所有人都返回飞船，脱下宇航服之后，玛德兰属实是歇斯底里地闹腾了一阵子。当她苏醒过来后，就不停地重复那几句话，不时还夹杂着呜咽和抽泣：“我要回家！我要回地球！回巴黎，我要回巴黎去！……我再也不想待在这个鬼地方！我就是要回巴黎！……”

“我们，”灿德尔在她稍稍平复之后开口说道，“要在实践和自己的错误中学习……”

“我差点就死啦！”玛德兰打断了他的话，“再晚一点儿我就掉到太阳上去啦……”

“不，小姐，没您说得那么快。”灿德尔笑着反驳道，“就连我们刚刚离开的地球突然朝太阳坠去，也得花上两三个月才行。把您救回来时间肯定是足够的。对您来说，最现实的危险是氧气和取暖用的电池都耗尽了。但我们一直在观察着您，所以能够及时地解救您。您这次遇险的原因是您不会像在大海中一样在宇宙中游泳。我们已经适应在飞船里失重状态下的生活了，已经掌握了一些地球上的人不知道的技能，但我们还没有征服太空，还是得学习。从明天开始，飞船上将开设一所学校……专门教授怎么在虚空中游泳。我们必须完完全全地掌握操纵便携式火箭的本领。”

“谢天谢地，我们的飞船一直停在原地。”玛德兰说，她的情绪尚未从惊魂的冒险中走出来，“万一它要飞走了怎么办！它就会飞得很远，你们根本就找不到我，到时候我就会窒息、冻死、饿死、烧死……”说罢她又开始抽泣起来。

“您搞错了。”灿德尔反驳道，“我们的飞船正以每秒 1.8 万千米的速度飞行。”

“但我们在安装望远镜的时候，它不就停在那里嘛！”

“倒也不错，如果您这么想的话，它的确是停在那里的。这得用相对运动定律来解释。”

“这条定律迟早会把我逼疯的，到底是谁琢磨出来的啊？又动又不动的……”

“这是伽利略‘琢磨’出来的。它并不像您想得那样难以理解。这条定律说明不存在绝对的运动，只存在一个物体相对于另一个物体的运动。您走出火箭进入外太空，但您还位于它附近。火箭相对于您来说确实是静止的，但相对于地球来说，自打我们离开地球的那一刻起就一直在飞行，而您待在火箭里的时候就和它一起飞行。这下明白了吧？当您走出火箭后，惯性使您继续以与火箭相同的速度和方向飞行。也正是因为飞行的速度和方向相同，您才会产生自己和火箭都一动不动地悬在太空中的感觉。”

第六章　天上孤零零，地上有新闻

当天傍晚发生了一件大事。灿德尔在汉斯的帮助下艰难地安装好了无线电通信系统，并且在公共舱里装上了一台电视和一个无线电扬声器，与地球建立了联系。

“诺亚方舟”上的全体居民都非常激动地聚在公共舱里，第一次听到了普奇的声音。

“喂！喂！这里是地球！……喂，灿德尔！喂，汉斯！这里是地球。A-368 号，斯托尔迈尔城，我是普奇！”

屏幕上还是没有任何画面，但这个意大利人的说话声却非常清晰地传了过来。

“喂，您能听到我讲话吗？请回答，请回答！我听不到你们说话。你们发射的电波应该是还没有对准我的无线电站吧？请继续搜寻。我先向你们播报新闻。在我收到无线电图像后，电视就能正常播出了。”

“是在说新闻吗？是新闻？……”斯托尔迈尔压低了嗓音说道。

随后，他开始收听新闻。

“中欧的局势已经稳定……虽然……”

“它恐怕暂时还死不了，这个该死的苏联……”

“安静！注意听！……”

“……工人、士兵和农民都在暴动……一些身份不明者放火烧毁了军工厂。铁轨遭到破坏。‘莫西干人’将此归责于……的……成功地组织了……”

无线电转播出现了中断。斯托尔迈尔斜着身子聆听着扬声器里的声音，低声咒骂着，挥舞着自己的拳头。

“然后呢？你倒是吭声啊……”

但是当无线电广播继续播出时，话题已经转到其他国家的事态了。到处都在打仗，到处都在闹革命……

黑色的扬声器停止发出声响，大家开始讨论刚才的新闻。平奇把自己记下来的新闻读了一遍又一遍，他又过了回记者瘾，只可惜大家都知道他这份“报纸”讲的是什么“新闻”了。

地球上的局势到底怎么样呢？

各方意见不一。马歇比较谨慎，认为形势总的来说和出发的时候差不了多少。斯托尔迈尔则比较乐观。

“但是您忽略了那些苏联人呀！这才是一等一的大新闻！这些苏维埃牵动着整个世界局势。但它离灭亡已经不远了，这一点我倒是比任何时候都要看得清楚，咱们很快就能飞回地球重操旧业。请注意：英国即将迎来新一波的繁荣。也就是说，我的股票也会水涨船高。我对您倒是有个提议，男爵，我相信您肯定也藏了一笔，嘿——嘿！委内瑞拉和墨西哥的金矿。我现在可以让给您部分股票，当然这不能算数，因为现在不能进行真正的现金交易，咱们随便玩一玩吧。哈哈，您跟吗？”

男爵皱了皱眉头，像一个狡猾的政客，装作对斯托尔迈尔的提议没有一丁点儿兴趣，但他的股票瘾已经被勾起来了。实际上他一点儿风险也不会担。而一旦他们回到地球之后呢？……

“玩……就玩。”他扮作一副漫不经心的样子说道，“就玩一场股票交易的游戏……”

“对啊，就当是无聊解乏吧，为什么不玩一把呢？啊？这可比听灿德尔上课有趣多了。”

火箭上的“股票黑市”就此诞生啦。

几天后，普奇用无线电转播了地球上的新闻图像。

斯托尔迈尔愁眉苦脸地盯着电视屏幕——破产的风潮还在继续肆虐。空空荡荡、摇摇欲坠的大厦，废弃的城镇，倒闭的工厂，周围布满荒草杂物的厂房，港口里锈迹斑斑的轮船，歪歪扭扭的铁路，到处是罢工和冲突……这些地球上的场景他再熟悉不过了。

新闻报道也好不到哪里去。

“爱德华·哈金斯破产。文森特·阿斯特在自己家中被杀。

爱德华·拉里曼自杀身亡……”

这些亿万富翁、“国家的精英”、商业大亨中，有不少人和斯托尔迈尔认识，并且有过生意往来，现在他们都一个接一个地退出了历史舞台。

“这个普奇也许是个优秀的工程师和科学家，”斯托尔迈尔抱怨道，“但却是一个糟糕透顶的播报员和政客。难道除了这些消息，地球上就没有别的事情可以报道吗？”

看着屏幕上快速变化的画面，火箭上的乘客都垂头丧气，不由自主地打心底里发出了阵阵叹息。

施尼列尔像《圣经》中的先知一样，又一次给“机器文明”念起了悼词，并呼吁大家重返“自然状态”。

但没人听他那一套，大家都在想这一切将会以什么样的结局收尾。股市低迷不振。斯托尔迈尔在想要不要关掉这个该死的“广播播报”，可他还是像往常一样头一个跑到了这个不大的电视屏幕前。

只剩下一点可以用来聊以自慰啦。

“多亏我们离开了地球那个鬼地方！不然指不定落得个什么下场呢，我们在这里可要安全得多。”

乘客们对两件事产生了极大的兴趣，其中一件与斯托尔迈尔本人密切相关。

普奇通过无线电通报了一条有些滞后的消息，就是在他们出发前不久发生在英国的一桩轰动一时的事件：斯托尔迈尔先生最豪华的一栋大楼被大火毁于一旦，连同他本人也葬身火海……

电视屏幕上闪过一段影像：大楼的大火是从底部着起来的，火焰迅速吞噬了这栋多层建筑。消防飞机降落在隔壁房子的平顶上，向着起火建筑喷射强力水柱。但大楼已经被烧得像一堆干草一样。

屏幕上闪过一幅幅骇人的画面：窗子里的人们在苦命挣扎，被大火逼得走投无路，他们到处呼救，却迟迟得不到救援。

到处都是烧焦的尸体……大火被扑灭后，救援队进行了挖掘，又挖出许多尸体来……

这是斯托尔迈尔的最后一桩罪行。但地球上没有人知道这把火是他自己放的。哦，斯托尔迈尔非常巧妙地导演了这场大火和自己“死亡”的大戏！他简直就是20世纪的尼禄①……

当一切纵火的工作准备就绪之后，他深更半夜召集了一大批商会成员前来议事，在他们面前装出病恹恹的样子，并在临近会议尾声的时候对他们说，尽管自己身体抱恙，但还是要在办公室里通宵达旦地工作。

到了深夜，他设法神不知鬼不觉地离开了公寓，然后搭上轮船逃往南洋，再从那里飞往斯托尔迈尔城。整件事一气呵成，没有留下丝毫的破绽。

“这座宏伟的大楼，”普奇转述着报纸上的报道，“和它的主

---

① 尼禄，全名为尼禄·克劳狄乌斯·凯撒，是古罗马帝国的第5任皇帝，统治时期从公元54年到68年。他以奢华的生活方式、残暴的统治和大规模的迫害基督教徒而闻名。——译注

人，著名的百万富翁斯托尔迈尔先生一同化为了灰烬。不幸的是，火灾发生时他正在自己的办公室里工作。无法将他的尸体与现场的其他遇害者分辨开来：大部分尸体已经被烧得面目全非。随着斯托尔迈尔先生的离世，法院也撤销了所有对他的指控。至于到底都是些什么案子，就显得无关紧要了。逝者安息——有好就念念好，没有就不开口！”那篇文章就这样结束了。

对于斯托尔迈尔来说，最重要的是所有针对他的案件都被撤销了。纵使几年之后他再回到地球——当然是以地球上的年份计算——那些案子也会随着时间的流逝而被遗忘。到时候它们就会被别的事、别的热点问题掩盖掉啦。实在不行的话，他还能改名换姓呢。

斯托尔迈尔突然哈哈大笑起来，在场的人都满脸疑惑地看着他。马歇这只老狐狸的眼里闪出一丝怀疑。有什么办法，随它去吧。还有必要在这帮人面前辩解或请求他们的原谅吗？反正他们也不会相信。

但斯托尔迈尔还是说道：“诸位，你们认为我是让这几千人葬身火海的始作俑者吗？我向你们保证，这场大火烧得……不明不白，完全出乎我的意料。我能够逃出生天只是因为我是这栋大楼的主人，在火势刚刚烧起来的时候，他们就先知会了我，我得到消息的时间比别人都早，所以这才得以脱身。”

普奇的第二则信息说的已经是马歇·德特朗男爵的事了。

银行纷纷向起义大军敞开了自己坚不可摧的装甲大门和保险柜。他们甚至都犯不上用炸药来对付这些平日里最难以攻克的堡垒，自由出入那些遍地是金子的地窖，打开了一个又一个钢铁保险柜，用长满老茧的粗糙大手把马歇的宝贝钻石像豆子一样扔来扔去。他们……

可是，不，他还没有彻底破产呢。不是还有那些藏在安道尔山区的宝藏吗？嗬！他可真是个未雨绸缪的银行家，能够提前预测到这些最不可能发生的事情。他脸上露出了笑容，没人能在耍小聪明这件事上赢过他。

这是怎么回事？普奇提到了里博先生的名字，正是那个帮助马歇把剩下的财宝藏在山里的里博。

“喂，里博先生让我把一封信件转交给马歇先生。”普奇继续播报着信息，“这封航空信在路上耽搁了很长时间，我刚刚才收到。喂，男爵，请您收听信件内容：

尊敬的男爵，承蒙阁下信任，将要事托付予我。我也曾竭尽全力，以期不辜负您的信任。

但如今早已时过境迁。什么一言既出驷马难追，什么大丈夫一言九鼎，对咱们这个阶级的人来说，这些责任和承诺的分量比地上一文不值的股票还要贱。

今天我们暂时还有权有势，明天我们很可能就被送上断头台啦，所以我自作主张，最明智的做法莫过于将您埋在安道尔的黄金拿出来投入流通，这样鄙人在最后的日子里还能再过得有点儿声色。没错，我最亲爱的男爵，我挖出了您的黄金，带着他们来到了巴尔干。现在鄙人就是那绝望的赌徒，挥霍着您的黄金。只不过是花天酒地罢了，这能让我从痛苦的现实中暂时抽出身来，给我带来转瞬即逝的欢愉。而这是时下最为珍贵，最为值钱的东西……

好啦，我这就要动身去火柴大王、钢铁大王和其他大王那里去做客了。谨向您致以最后的敬意。

您的里博”

“这——这——这……该——该——该……杀——杀千刀的……他——他——他……就——就是个强盗……”男爵的脸涨得通红，然后变成了青紫色，活像一个被掐死的人。

“我对您的不幸深表同情。”斯托尔迈尔说道，他竭力在脸上挤出点诚恳的样子，“咱们在某种程度上也算得上是同病相怜了。毕竟我还在证券交易所里购入了不少您的股票。唉，现在它们的价值已经大不如前了。您也别绝望，男爵，回到地球后，还有一样法宝可以让我们东山再起，那就是咱们的头脑。留得脑袋在，就不怕没钱赚，大不了咱们从头开始。任何时候都不能自怨自艾，我可是仍然坚信这些苏维埃们总有一天是要完蛋的。”

施尼列尔大声疾呼：“只要还有一台机器，地球就会永无宁日。机器会胜过人类！打倒机器！打倒技术！”

吵闹一阵、伤心一阵后，乘客们就各自回到了自己的舱室里。

又过了几天，灿德尔吩咐乘客们在液压缓冲器中再待上一晚，他打算对新的火箭发动机进行实验。

这一次，在火箭加速飞行时，乘客们都感觉相当难受。尽管灿德尔用了好几种方法来进行加速，并且还十分谨慎小心。“只动了几个小喷嘴”——他事后向众人解释道。但每次灿德尔启动他那台新的“原子能发动机”时，所有乘客都会感到全身非常沉重，缓冲器里的水也起不了什么作用。乘客们感到心跳开始减慢，意识也变得模糊，可能是因为血液从大脑的某些地方流到了其他部位。灿德尔自己最害怕的事情就是意识不清：如果他完全失去意识，那大家就都完蛋了。正因如此，每当他在“棺材”里觉得自己快要晕厥过去的时候，就会立即关掉发动机。

火箭已经以每秒近10万千米的速度在太空中飞行，也就是光速的1/3。

灿德尔已经征服了太空。现在“诺亚方舟”已经能远远飞出太阳系之外了，达到接近光速的极限速度，这就是灿德尔的目标。

但灿德尔仍然不敢轻举妄动地飞去离太阳很远的地方，因为太阳是人和温室中的生命，以及温度的来源：一旦到了冥王星轨道外100亿千米处的地方，太阳也只不过是一颗亮一点儿的星星罢了。

金星、地球和火星被远远地抛在身后，火箭越过了小行星带、木星和土星的轨道。这时有着星环和9颗卫星的土星距离“诺亚方舟”很近，旅行者们可以观察到这一太阳系的奇迹。土星的星环，正如地球天文学家所猜测的那样，是由许多天体组成的，它们围绕着土星旋转，而土星的 9 颗卫星也只不过是无数天体中体形最大的那几颗的罢了。汉斯对土星产生了浓厚的兴趣，他询问灿德尔能不能在土星上降落。土星周围的云层说明它有大气层，虽然土星的体积是地球的 720 倍，但它的引力和地球上相差无几。但由于土星距离太阳非常遥远，它接收到的太阳光和热几乎只有地球上的 1%。

“对于地球居民来说，这点儿光和热好像是少了一些。”灿德尔回答道。

汉斯还不死心。

“就算土星接收到的光和热只有地球的 1%，但它的大气层并没有变成冰，云层的存在就是最好的证明。也就是说，这颗行星内部储存着相当多的热量。”

但所有乘客都反对在土星着陆，因为除了会有风险，所有的中途停留都会减慢地球上时间的流逝。

最后灿德尔做了一个光谱分析，解决了这个问题：土星的大气层原来是由甲烷和氨组成的……火箭就此告别了这个带着奇特光圈的壮观天体。

继续前进！“诺亚方舟”飞跃了天王星、海王星、冥王星的轨道……终于到了太阳系的尽头。在飞行途中，灿德尔一直参照北极星来确定方向。由于飞船的速度非常快，灿德尔只能借助光学方法来确定速度的大小了：他通过北极星光谱的变化来确定飞行的速度，从而计算出已经飞跃的距离。

第七章　欣顿夫人出丑啦

又过了几“天”之后，旅行者们发现了一个奇怪的现象：“夜里”的时候他们经常会醒来一小会儿，持续片刻失眠后又重新入睡；而“白天”的时候他们也常常会睡上一会儿。捷克尔大夫认为，这是人的机体在面对火箭上不同寻常的生活环境时做出反应。

“也就是说，久而久之我们可能会变成根本不用睡觉的人？”布洛顿问道。

“我不这么认为。”大夫回答道。

他们的谈话被一阵奇怪的声音打断了，听着就像是小型爆炸一样，仔细听，原来动静是从厨房里传来的，紧接着又响起了厨师的叫喊声。

“准是雅克的开水壶又爆炸了。”斯托尔迈尔说道。

但这次爆炸的不是水壶，让雅克叫唤的也不是什么“爆炸”。

他站在那里正俯身朝着一盒开着的罐头闻呢。

“发生什么事啦，雅克？”灿德尔问道。厨师伸过来一个罐头盒子。

“一打开就砰砰响，都已经臭啦。这罐头都变质啦。”

“这有什么大惊小怪的，大概是碰巧拿到了一个坏的吧。再去换一个吧。”

可是，第二个、第三个，甚至第四个罐头，全都坏掉了。雅克刚一切开盒子上铁皮，就听到砰的一声，罐头里的东西带着泡沫和气体从开口的地方喷涌而出。

这下问题可严重了，这些罐头是“诺亚方舟”里主要的食品储备。灿德尔吩咐雅克把几个未开封的罐头拿到公共舱室，接着他把所有乘客都请到那里，又让雅克当着他们的面打开罐头。果不其然，罐头一个接一个地“爆炸”了。

每个罐头盒子上都贴有一张蓝色商标，上面几行大字赫然映入眼帘：

伦敦 欣顿罐头厂

工厂的“女老板”恨不得钻进地洞里。恼羞成怒的斯托尔迈尔还是一如既往的粗鲁无礼，把刚刚“爆炸”的罐头挨个儿

凑到欣顿夫人的鼻子跟前，说道：“您自己闻闻吧，您喜欢这个味道吗？这可是您的杰作啊……”

“我自个儿也纳闷呢，”欣顿夫人回答道，“我的罐头食品以质量上乘而闻名，不仅在英国大量销售，在欧洲很多国家也非常抢手。”

“这样的东西白送我都不要！”斯托尔迈尔步步紧逼，“我想就算是在金星上的人也不会蠢到去买这种东西。只不过现在您让我们吃什么活命呢？”

“请等一下，”欣顿夫人突然来了精神，神情紧张地思考了片刻后说道，“我记起来了。我的那些罐头厂生产两种罐头食品，一种是带绿色商标的，另一种是带蓝色标签的。带蓝色商标的嘛……的确，它们是用来供应各种机构的，价格要便宜很多……”

“好吧，这我就明白啦。”斯托尔迈尔继续说道，“我自己也是个做生意的。可是您，别嫌我说话难听，到底是哪根神经搭错了，把这些蓝色商标的罐头都塞到‘诺亚方舟’上来？您这是打算把我们都活活毒死吗？”

欣顿夫人挺直了腰板。这可着实太过分了，一个商贩竟敢用这种语气跟她这么一位女士说话！

“请您注意一下自己的言辞，斯托尔迈尔先生。您不要忘了我是谁，也别忘了我是跟您一块儿旅行，我跟大家是绑在一条绳上的蚂蚱，您不会怀疑我也想把自己毒死吧？这显然是出了什么差错。但是什么时候，又是怎么阴差阳错地搞成这样，我就不清楚了。我也没有必要向您解释，我曾吩咐手下人把为‘诺亚方舟’生产的高级罐头食品送到了斯托尔迈尔城。我们还特别定制了一大批上等罐头。我的工程师跟我说工厂还从来没有生产过这么好的罐头呢。兴许是装运罐头的时候弄混了？没错，一定是这样，就是在往斯托尔迈尔城运送罐头的时候，我的工厂卸了一大批货，是给……一个……部队的……”

“是带蓝色商标的罐头吗？”

“没错，带蓝色标签的。”

除了汉斯和温克勒，“诺亚方舟”上的其他乘客都不知道这些变质的罐头食品是怎么谜一样地被运到斯托尔迈尔城，然后又被装上“诺亚方舟”的。

事情的原委是这样的：当时在港口，装卸工发现了两批罐头食品，其中一批数量不多，箱子上贴着绿色商标；另外一批数量很多，贴着蓝色商标。当得知蓝色商标是提供给军队的军粮后，工人们都纷纷拒绝装船。

“咱们可得尝尝这些大兵兄弟们的伙食。”一个年轻的工人说着便假装不小心把自己背上的箱子摔到地上，箱子摔碎了，罐头也都掉了出来。几罐罐头很快就被抢完了。工人们又如法炮制，一个贴着绿色商标的箱子也“意外”地摔开了。

工人们尝了尝蓝色商标的，又尝尝绿色商标的，然后一脸嫌弃地把带蓝色商标的罐头扔到一边，把带绿色商标的罐头里的东西消灭得一干二净。

“瞧，这可不像是给咱们弟兄们吃的。”头一个尝到带绿色商标罐头的工人说道。

当换了装的警察和工贼们来顶替闹事的工人们干活时，发现现场简直一片狼藉，提货单也是乱七八糟，货物都被搞混了。

带有蓝色商标的罐头就这样稀里糊涂地被装上了“诺亚方舟”。

“我想知道我们现在能靠什么活着？”斯托尔迈尔又问道。他吃得比别人都多，自然也是最关心这个问题的人。

他们开始清点库存。唉，要是不算这些罐头，剩下的食物，也就是面粉、面包干和干菜，根本撑不了多久。

“真是该死！”斯托尔迈尔又骂道，“现在难道不应该减慢飞行速度吗？”他继续说道，“这样，我们用这些东西不就能坚持得更久一些吗？”

“唉，斯托尔迈尔先生，”灿德尔回答道，“我看您对时间和空间相对性的理解还差得远呢。我们不会在加速及减速上得到好处，当然也不会吃什么亏。火箭上的一昼夜永远等于火箭上的一昼夜，不管它相当于地球上的1个月还是1个小时。我们永远都无法察觉到我们的计时器和地球上的相比是加快了还是减慢了。无论计时器的指针转得快或慢，当时间指向中午12点时，您的胃要吃的可能还是早饭。”

“够了，原来如此。我听明白了，那我们就不能再加快飞行速度，让地球上的时间以疯狂的速度流逝？比如让1个星期等于50年。”

“‘诺亚方舟’的飞行速度已经达到极限了，所以我们没有办法再‘加速’地球时间的流逝啦。”

斯托尔迈尔猛地用拳头捶了一下桌子，把轻铝桌面砸出了一个坑。“那叫我们怎么办呢？飞回去自投罗网，还是向前飞等着饿死？前前后后都只有死路一条。没什么好说的，欣顿夫人，您和您那堆‘蓝色商标’可真是把大家给害惨了。”

大家突然都不说话了，垂头丧气地坐着发呆。

灿德尔并不急于打断这种压抑的沉默：就得让他们好好体会一下事态的严重性。过了一会儿他才不慌不忙地说道：“我不知道走回头路你们会有什么下场，但往前走的话，我看并不只有死路一条，除非你们还和之前那样冥顽不灵。我们的火箭上有创造物质循环的一切设备，可以无限期地维持我们的生命。我们还带来了尚未组装的温室，水果和蔬菜的种子。如果诸位早早听我的话，踏踏实实地干活，而不是……我们就会吃喝不愁啦。但是在我们建好温室和第一批作物收获之前，大家的口粮都得缩减。剩下的时间已经不多了，”灿德尔继续说道，“但我相信我们一定能成功。太阳会帮助我们。在这里，太阳光不会像在地球上那样被云层和大气层反射或吸收，因此光合作用也要强烈得多。总之作物在这里生长和成熟的速度应该会大大加快。”

“相对于什么时间而言呢？”马歇问道，“1天等于1个月吗？”

“相对于我们自己的时间而言。你们可别忘了还有一个情况，地球上是有引力的，它对植物的生长会产生极大的影响：

包括植物的生长速度、个头大小等。要知道，植物的细胞在生长过程中持续分裂，不停地和地球引力作斗争，引力不但要‘束缚’细胞，还要把它们向下拉。还记得我们的植物在斯托尔迈尔城的玻璃球中是怎么‘非正常’地生长的吗？它们横向生长，而不是茎部朝上地长，而且要比那些在菜园田畦里的同类们大得多。地球远古地质时代的植物比现在要大得多，不也正是由于这个原因吗？当时一些苔藓、马尾草不是长得和现在的桉树、红豆杉一样高吗？在远古时期，地球自转的速度比现在快，较大的离心力会减小地球引力，因此植物乃至原始动物才能长得那么大。那时候的地球还不能像现在这样‘压迫’它们。重力小再加上其他条件，如水分更多、热量更高、二氧化碳浓度更高等原因导致了植物更快地生长，还有可能极大地促进了细胞的分裂速度。在我们的火箭中，所有的物体，不管是死是活，都处于失重的状态。基于以上这些原因，我认为温室里的植物会很快发芽、生长、结果，以及成熟。当然，这也只是一种猜测罢了。我想这次它们不会让我失望。这就是出路，”灿德尔解释道，“你们还有没有出路，要看你们能不能马不停蹄地忙活起来。”

“怎么，得干活？”斯托尔迈尔叫嚷起来，“我……我们不是还有一只公鸡、一只母鸡、一头猪崽和两只山羊吗？要是在第一次收获之前我们没东西可吃了，就把它们全都宰喽……”

“绝对不行！”施尼列尔突然插话道。这些牲畜是在他的强烈要求下才被带上“诺亚方舟”的，可以说是他的哲学体系的一环，也是他“新世界的新生活”计划中不可或缺的组成部分，这个新世界还得和《圣经》中亚伯拉罕时代的尘世生活分毫不差：自给自足的自然经济，大自然怀抱里的田园生活。他已经开始期待着在清澈的小溪边的，遍布温顺羊群的肥美牧场啦。他本人倒是不反对像诺亚那样带上所有家畜，且“每种带7对”，只可惜“新方舟”没有老方舟那样的神奇容量。更重要的是，只有灿德尔才有最后的决定权，他只同意带上几只，他认为这些家畜就算不具备什么哲学意义，也还是能派上用场的。

这一次灿德尔也支持这位哲学家的观点。

第八章　要想生活，就得干活

对于“头等舱”的旅客来说，接下来的日子可不那么好过。“股票交易黑市”自动关闭了，每个乘客都分到了活儿。

工作日的制度安排十分严格。早上，汉斯、温克勒、平奇、布洛顿、捷克尔，甚至主教都穿上宇航服，在灿德尔的指挥下飞到火箭外表面安装温室。女人们负责照看着牲畜，把温室的部件搬到出入舱，准备“太空播种”的种子。

温室长 500 米，直径 2 米，整个温室沿着长度方向设有一扇 1 米高的窗户，窗户的玻璃上熔接了一层牢固的金属网，以防玻璃被内部压力压碎，尽管里面的蒸汽和气体的压力只有 20 毫米汞柱，小到可以忽略不计。

除了一条通道，温室还通过两根细管与火箭相连。一根用来把火箭里的二氧化碳排到温室，另一根用来把植物产生的新鲜氧气再输送到火箭里。

温室里放着一个和它一样长的金属容器，里面装满了半液体状的土壤和用人的排泄物做成的肥料。在温室建成之前，这些排泄物都是装到空的罐头瓶和燃料罐里，然后被扔出火箭。只需轻轻一推，这些“货物”就会飞进宇宙，想必一直跟在火箭后头呢。有了温室装置，“排污”的处理办法就有所不同啦：排泄物不能再白白地被扔进深不见底的太空，而是经过植物的生化作用把它们再次加工成食物。

温室里的长长的金属管就是一条“田畦”，上面有很多小孔，都是用来栽放种子和秧苗的。容器的内壁挂满了液体。气体和液体都是通过小泵抽进来的。

由于温室内蒸汽和气体的压力小到几乎可以忽略不计，所以它的室壁非常薄，和普通窗户玻璃差不多。

装着土壤的管道可以旋转，这样一来就可以使植物受到均匀的光照。温室中水蒸气的压力很低，土壤和树叶产生的蒸汽在温室的特殊装置里凝结成水，这些装置长期位于阴凉处，因此温度较低。温室里的二氧化碳、氧气、氮气和其他气体同样非常稀薄，因此人在进入温室之前必须提前穿上宇航服。

尽管温室的结构相对较轻，墙壁也很薄，但要是在地球上它的外壳得有 20 吨重。可是温室在太空中几乎没有任何重量，所以就连主教在安装过程中也从来没有满头大汗过。然而在组装温室的时候，也恰恰是失重给大家带来了最大的麻烦。人们好像都变成了蚂蚁，穿着宇航服，扛着超出自己身高和“体重”

两三倍的温室组装部件在火箭表面爬来爬去。

这些建筑工人们要加倍小心，不能让部件和材料受到撞击，以免使它们飞入宇宙空间。只要稍有不慎，指不定哪根管子就飞走了。为了防止堆放在火箭表面的组装部件被离心力甩出去，在整个施工期间灿德尔停止了火箭的转动。只有把所有东西接好、捆好和拧紧，在“一天”的工作结束或“午休”的时间，他才会让留在火箭里的欣顿夫人和其他人喘口气。欣顿夫人非常讨厌在失重的太空里飘来飘去。

无论如何，欣顿夫人在自己的舱室里是最安全的，那些在上面忙活的人可是有“掉进”太空里的巨大风险。就算他们对便携式火箭的使用方法了如指掌，可是一旦不小心飞离火箭，还是得花费很多时间和力气才能回来。

“利用便携式火箭控制自己的运动是一门地球上的人无从知晓的大学问。我们必须学会精准地判断自己与目标之间的距离，而这在一片虚空中并不容易办到，还要根据距离的远近来调节喷发力的大小。当然，还要能够确定正确的方向，必须得瞄得准准的。”汉斯在自己的日记里这样写道。

埃伦、艾米丽、捷克尔和德尔科罗在汉斯的指导下开始了种植工作。汉斯在种植方面已经经验十足了，毕竟他在玻璃球里待了那么长时间。大家都穿上了轻便的宇航服，接着就去温室里干活了。温克勒正在安装一台机器，这台机器能够自动调控，让温室以适当的角度对准太阳。

与此同时，灿德尔也在忙活着安装太阳能发电站。这个发电站的工作原理非常简单。

“我只不过是从齐奥尔科夫斯基取之不尽、用之不竭的创意海洋里取了一瓢水罢了。”灿德尔指着他的发电站说道，“齐奥尔科夫斯基连最不起眼的细节都提前预料到了，就好像他来过太空好多次后给我们做讲解一样。”

在荒凉的太空中就算不用聚光镜也可以得到温度高达200摄氏度的太阳光线，与此同时，仅在旁边1米远的地方，温度就逼近绝对零度。可以利用这一巨大的温差来发电。发动机上有两个一模一样的容器，彼此隔热。前面的容器面向太阳，后面的容器则位于前面容器的阴影之中。容器前半段的表面是黑色的，可以很好地吸收阳光。这样一来，容器里面的水就可以被太阳光加热到200摄氏度。水蒸气在进入冷却器，即位于阴凉处的第二个容器之前，会先经过一个特殊的蒸汽汽轮机。

当所有液体差不多都从前面的锅炉流到后面的冷却器之后，发动机会自动把冷却器转向太阳，把锅炉转向黑暗的宇宙空间。每隔一个小时，冷却器就会变成锅炉，锅炉再变成冷却器，如此不停地循环往复。

由许多细管组成的“蒸汽锅炉”隔绝性能极佳，里面的液体几乎不会挥发，因此这台发动机也就没有任何损耗。甚至就连相邻的部件之间也没有多大的磨损：这是因为重力大大减小，摩擦力可以忽略不计，所以发动机的磨损就发生得极为缓慢。

温室没有辜负众人的期望。要说灿德尔有什么失误的话，那就是低估了“当地”的阳光对植物的影响。

植物生长得异常迅速，茂盛得简直令人目瞪口呆。温室很快就变成了原始丛林的一角。透过巨大的实心玻璃，太阳的光线洒满了整个圆柱形温室。由于火箭又重新旋转起来，植物也开始以非同寻常的方式生长。

植物都朝着火箭中心伸展，就好像两股绿色喷泉在温室中间相遇了一样。它们盘根错节，互相缠绕，长成了一摊绿色的“泡沫”。尤其是在温室的正中央，植物们更是纠缠在一起，简直就跟美杜莎的头一样。得采取点儿措施，让火箭上的“力场”达到平衡的状态，如何才能办到这一点呢？

有道是踏破铁鞋无觅处，得来全不费工夫。有一天，灿德尔和汉斯站在火箭表面检查温室的情况，突然汉斯发现一个物体正在向他们靠近。似乎是一颗小行星从昏暗的宇宙深处朝他们飞来。太阳光照亮了它的边缘，使它看起来像是一弯新月。不单单是汉斯，就连灿德尔也对这个天外来客感到疑惑。

“不会是金星要来做客了吧？”他打趣儿地问汉斯。

“您快瞧！金星长了耳朵。”

“要不就是长了只直挺挺的山羊角！”

“要不……要不……瞧啊！原来是咱们之前扔掉的一个大罐子！是我吩咐平奇把它丢掉的，看来这家伙一扔就完事儿了，根本就懒得费劲。罐子兜了一个椭圆形的圈子，又在‘诺亚方舟’的引力作用下飞了回来。”汉斯比画了一个手势，继续说道，“你好啊，‘诺亚方舟’星球的第一颗卫星。没错，我都开始佩服咱们的火箭啦，它简直就是一颗名副其实的星星，能吸引物体。不过罐子落到‘诺亚方舟’上的速度确实有点儿慢。我现在有个好主意，只等这个罐子靠近，到时候我就像踢足球一样，给它临门一脚。”

“等等，汉斯。”灿德尔打断了他的话，“我想到了一个好招儿。咱们不踢足球啦，就让这个罐子掉下来，拿上其他空罐子、箱子，还有我们之前扔掉的那些破烂儿，再带上一卷绳子……对，500 米左右的就行。您知道绳子放在哪儿吧？快去吧！”

当汉斯把所有东西都弄到火箭表面的时候，灿德尔说出了自己的想法，而这同样是他伟大的导师齐奥尔科夫斯基的想法。必须得给火箭加一个平衡物：把形形色色的罐子、燃料桶，还有其他乱七八糟的东西弄在一块，捆成一团，捆在缆绳上，再把它推下去。火箭和这团东西——不管什么形状都行——就像一个一体飞行系统中的两个组成部分。现在我们得让这个系统动起来，让绑在火箭上的那团东西绕着火箭转动，或者准确地说是让它和火箭绕着一个共同的重心转动，就像在互相追赶似的。现在“翻着跟头”的火箭用自己的两端画出来一个相对较小的圆，所以离心力就没有那么大。之前在火箭的正中心根本就没有离心力，而在新的旋转系统中，火箭将画出来一个大圆。如果我们给这个运动系统一个很大的速度，火箭上的所有物体就有可能获得几乎跟地球上一样的重量。此外，在这样的旋转运动中，火箭看起来就像被系在一个车轮的轮圈上，其各个部分的离心力都是一样的。最后就只需要把这个“轮子”对着太阳，确保太阳光能均匀且持续不断地照着温室就可以了。

汉斯明白了灿德尔的方案之后，成功地完成了任务。

汉斯把迅速组装好的“卫星”绑在一根长长的缆绳上，然后送了出去，准确地说是把它扔了出去。灿德尔非常小心地启动火箭尾部的喷嘴，使火箭向前运动。与此同时，汉斯坐在“卫星”上，启动了他身上的便携式火箭。“卫星”和火箭都运动起来了，系统开始运作。

离心力均匀地“散布”在火箭和温室的各个部分。

现在温室中央的植物不像是美杜莎的脑袋了。植物的头顶都朝向质量中心，只不过稍微有些偏向太阳。在这个充满条件性和相对性的世界里，“上”和“下”不断地发生着变化。

乘客们一致欢迎灿德尔的新发明。在整艘飞船上，在它的每一间舱室里，如今乘客们不仅能像在地球上一样稳稳当当地坐着和站着，还几乎能按照“地球上的方法”烧水、抽烟、倒水喝。总之，灿德尔让每个人都找回了习以为常的地球环境和感觉，只不过大家身体的重量比在地球上稍轻了一些。

第九章　平奇打破了夏洛克·福尔摩斯的纪录

斯托尔迈尔躺在自己的吊床上，努力尝试入睡。他每次大约睡上 5 到 10 分钟就醒来了。“诺亚方舟”上所有居民的睡眠还是和往常一样断断续续，同时“白天”还得不断地打个小盹儿。尽管如此，他们的自我感觉仍然不错。

不知道是谁悄悄地走进了斯托尔迈尔的房间。房里的窗户拉着窗帘，以免太阳光照进来影响人的睡眠，灯也熄了，只有走廊里的一盏小灯从虚掩着的门缝儿里射进一缕光。

“是谁在那儿？”斯托尔迈尔问道，他看到“天花板”上有个影子，但他自己也懒得起来。

“嘘……嘘……是我。”他听见平奇压低着嗓门儿说道，“就算您睡着了我也得喊醒您，因为我有一些非常重要的消息要告诉您。”说着他就朝着斯托尔迈尔的吊床走去。

“什么事啊？”斯托尔迈尔问道，身子一动不动地躺在那里。

“咱们的‘诺亚方舟’上有……阴谋分子。”

“您说什么？”斯托尔迈尔像被蝎子蜇了一下似的，猛地从吊床上站起来，直勾勾地盯着平奇的脸，“您没有喝多吧，平奇？……”

“没，我可没喝多，斯托尔迈尔先生。”平奇回答道。

“那您怎么满嘴的胡话？‘诺亚方舟’上哪里来的阴谋分子？他们是不是坐另外一枚火箭来抓捕我们的？”

斯托尔迈尔的脸色煞白。

“快告诉我，您到底知道些什么？”他紧紧抓住平奇的手，朝他喊道。

平奇开始吹嘘起来：“只要是我平奇想干的事，就……哎哟……平奇可不是那种人……啊，啊！您别这样捏我的手……我平奇……哎哟喂！您快松开我的手，我这就把一切都告诉您……不知道您注意到没有，那个汉斯每次从自己房里出来都要锁上房门，温克勒也一样……”

“他也是这样？……”

“斯托尔迈尔先生，恳请您不要打断我，不然我就会遗漏掉什么。温克勒也是一个德行，每次都要锁门，钥匙就塞在衣兜里。对，不是放在衣兜里，天上没有衣兜。他每次都把钥匙挂在腰上的钥匙串上……”

“您别这么拖泥带水，平奇，真该把您自己挂起来，您赶紧拣重点说。”

“我可没拖泥带水，我正着急忙慌想地跟您说重点呢。但是如果您总是这样打断我，那我肯定说不完啦。”

斯托尔迈尔无奈地摆了摆手，又耐着性子继续听下去。

“您请！”

“我这就说。芬格尔和温克勒总是把钥匙挂在钥匙扣上，我也就没法溜进他们的房间。于是我就想，要是他们总是把钥匙随身带着，偷又偷不到，这就意味咱们得找到另一把也能打开房门的钥匙。合乎逻辑。哎，就算夏洛克·福尔摩斯那家伙也想不出比这更好的法子了！只不过‘诺亚方舟’上哪里能弄到钥匙呢？难不成飞回去一趟再请个锁匠过来？根本不现实。”

“‘诺亚方舟’上有 21 扇门和 21 把钥匙。可以挨个儿用它们试试！”斯托尔迈尔还是没忍住。

“我就是这样干的，先生，因为这是最合乎逻辑的结论啦。只不过想起来容易做起来难。把钥匙从房里顺出来倒不是什么难事。只有欣顿夫人和埃伦的房间是从里面锁住的。把钥匙弄到手是不难，但是得在汉斯的门上捅上 21 次，在温克勒的门上也得捅这么多下，还不能叫别人看见，尤其是得避开他们两个人。必须抓住时机，时刻保持警惕，总之费了很多周折，脑瓜子要灵活，还得随机应变才行。就这样，我发现主教大人的钥匙能开温克勒的门锁，玛德兰的钥匙能开汉斯的门锁。既然德尔科罗的钥匙能打开芬格尔的门锁，那么芬格尔的钥匙也能打开漂亮的玛德兰的门锁。虽然和我没啥关系，但我经常撞见玛德兰和汉斯交谈甚欢……”

平奇搞不清楚自己怎么就突然到了走廊上，他的下巴和后脑勺隐隐作痛。斯托尔迈尔这一拳快得和闪电一样，让人头晕目眩。

平奇又把头探进斯托尔迈尔的房门，就像说绕口令一样一股脑儿地把话说完了：“我趁汉斯值班的时候偷偷溜进他的房间，在他的桌子上发现了一幅列宁的肖像。桌子上还摆着马克思的德文版《资本论》，还有翻译成德语的列宁的书籍。”

“温克勒那边的情况呢？”斯托尔迈尔问道。

“如果您还嫌不够，那我还能再给您来点猛料。”平奇继续说道，但没有走进房间，他把声音压低，就像说悄悄话一样继续嘟囔道，“我偷听到了芬格尔和温克勒在驾驶舱里的对话。汉斯说：‘如果这些畜生胆敢攻击苏维埃的话，我们的军队能把他们挫骨扬灰。’他就是这样说的：‘这些畜生。’温克勒回答说：‘汉斯，虽然这些事情发展得并不像你想象得那么简单迅速，但我毫不怀疑……我们在世界上的胜利指日可待。留给敌人苟延残喘的时间已经不多了。’汉斯接着说：‘我们还需要继续在这个‘诺亚方舟’上演戏吗？是不是该结束啦？’‘不，现在还不是时候，汉斯。’温克勒回答道，‘对这件事我有明确的指示。还记得你当初想制止那些不愿意干活的旅客发起的怠工事件吗？这件事不用我们出面就自己解决了。蓝标罐头帮咱们挫败了他们的抵抗！’他们说完便大笑起来。”

平奇全程用十分严肃的语气重复着汉斯和温克勒之间的对话。看得出来，就连他自己也被自己所讲的故事打动了。

他从系在腰上的小包里掏出来一个笔记本，用手指哗啦哗啦地翻着说道：“这都是我逐字逐句写下来的，一字不差。就是马上交给侦查员都行。我这要是被抓住了，他们当场就得要了我的命！嗨，我平奇可不是鼠流之辈！只要是我平奇想干的事……”

斯托尔迈尔没有理会他絮絮叨叨的废话，他对这个突如其来的消息感到震惊，一直在盘算接下来应该怎么办才好。

“咱们必须马上去找男爵，把这一切都告诉他。他毕竟是火箭上脑袋瓜最灵活的……当然得排在我后面。不过只能由我亲自告诉他，不然您得唠叨个没完没了。”

平奇无时无刻不在打断斯托尔迈尔，老是进行“更正和补充”。马歇从头到尾听完了斯托尔迈尔讲的情况，但是他竟出人意料的冷静。他低下头若有所思，整个人也沉默不语。

斯托尔迈尔又自顾自地开口说道：“您想想看，这群家伙一路上都跟着我们，并且……还没置我们于死地！”

“他们就两个人。”平奇反驳道。

“只有两个？”斯托尔迈尔冷笑着回答，“是真的只有两个吗？您能担保他们没有策反咱们的仆人吗？”

“对，我刚才忘了说了。”平奇赶紧开了口，“您的揣测不无道理，至少那个玛丽就有很大问题。我曾经两次撞见她和温克勒聊得起劲儿，就在靠近驾驶舱的一个隐秘角落里。我不清楚他们在聊些什么，因为只要我一出来，玛丽立刻就走开了。”

“就算他们只有两个人，”斯托尔迈尔继续说道，“我们也被这两个家伙完全玩弄于股掌之中。怪不得我躺在那口装满盐水的棺材里时就觉得不对劲儿。想想也是！他们本可以不把我们弄出来，直接切断氧气就完事了。他们可以不费吹灰之力就把我们憋死，然后直接把我们扔出‘诺亚方舟’。老实说，我想不明白为什么他们直到现在都没有对我们下手。”

“兴兴……兴许他们反……反对个个人暗杀。”马歇回答道。

“不好意思，在火箭上来说，这算得上是大屠杀啦。”斯托尔迈尔反驳道，“无论如何，我可不打算继续跟这两个刽子手住在同一个屋檐下，他们早晚都能把咱们送去见阎王。”

“必须尽快把汉斯和温克勒除掉。”平奇把自个儿老板的想法说了出来。

“我相信这是唯一正确的结论。”

这一次斯托尔迈尔和平奇达成了一致，没有因为平奇“多管闲事”而打断他。不过斯托尔迈尔也有自己的打算，因此才会对自己的秘书表露温情。

“您之前不是吹嘘自己无所畏惧吗？”他开始说道，“但是您到底有多大的勇气呢？您敢不敢单枪匹马解决掉这两个家伙？”

“就算来上 100 个我也不怕。”平奇回答道，“但问题不在于我敢不敢，把两颗子弹射进这些犯人的心口不是什么难事。但要是我单独行动，稍有不慎就会前功尽弃，到时候遭殃的就不只有我一个人，你们所有人都没有好下场。”

“也许这次您说对了，尽管您是因为胆小才这样说的。”斯托尔迈尔回答道。

他俩开始商议再吸收谁参加这一行动，而男爵还是继续沉默不语。

最合适的人选非布洛顿莫属。他这个人一向有劲儿，说一不二，敢想敢干。他之前也说过，火箭上并不是风平浪静，自己也有所怀疑……所以他肯定会同意的，虽然到目前为止他都不问政事。主教呢？……他可能只适合在千钧一发之际用自己庞大的身躯挡住走廊，他不会掺和到这种行动中来的，嘴上说着“切莫杀生”，实际上只是因为自己没那个胆量罢了。该说不说，他在地球上“莫西干人”的教堂门廊上破口大骂时，就把这条戒律抛在脑后了……还有谁呢？雅克？这家伙肯定是站在敌人那一边的。捷克尔？他可能也不会蹚这趟浑水。施尼列尔？他是完全指望不上了，他到时候肯定会说手枪也是机器，他是绝不会把机器拿在手上的……

“不应该也拉拢一下咱们的妇女朋友吗？”平奇问道，“比方说艾米丽小姐。她的胆子可大得很，枪法也很准，反正她自己一直是这么说的。当然啦，我们是绝不会让妇女置身于枪林弹雨之中的……”

“愚……愚蠢至极！”马歇简单地插了一句话道，“难道要把火箭变成屠宰场吗？他……他们根本不会动……动我们一根毫毛的……”

斯托尔迈尔义愤填膺，对着马歇就是一顿数落，完全没想到从他嘴里会说出这番话来："不会动我们？那可真是好极了！那是谁'动了'您马歇的资本？谁是导致他的朋友破产和死亡的罪魁祸首？又是谁逼得他们不得不亡命天涯？"

"他们就算今天没动手，明天也会宰了我们。"斯托尔迈尔说道，"男爵，要是您见不得腥风血雨的场面，我也不会强求您去冲锋陷阵，咱们还可以想个别的法子。就比如当汉斯和温克勒这两个家伙走到火箭表面时，咱们中的一个人就用一把锋利的小刀悄无声息地给他们的宇航服划个口子，他们立刻就会爆炸，眨眼间就会被冻成冰疙瘩。咱们神不知鬼不觉地来个兵不血刃。只需要把尸体一推，他们就会飞向无穷无尽的宇宙深处，到时候咱们就说发生了意外：汉斯不小心'失足'了，温克勒急忙跑去追他，结果两个人都失踪了。就让灿德尔去找他们吧。"

"这还真是个好主意！"平奇感叹道，"斯托尔迈尔先生，您真是一个出色的大侦探……"

"胡……胡说八道。"男爵又开口说道，"您误会我了，斯托尔迈尔先生。这些家伙就算被千刀万剐也不足惜，只不过现在还不是时候……"

"我们还要等什么？难不成等他们向我们宣战吗？"

"听……听我说，您……您想……想过没有，这些家伙要是不……不在了，到时候谁来控制火箭？到时候我们怎么应……应付这一堆烂摊子？您……您说：'没有这帮家伙，咱们照样能飞回地球……'真的飞……飞得回去吗？毕竟，我们已经逃到了虚空，难不成还得逃离这个虚空？”

他们俩倒是真没有考虑过这一点。

事情比他们想象得要复杂得多。

“那您究竟有什么主意呢？”斯托尔迈尔问道，他也在这位老谋深算的银行家面前败下阵来。

“这……这自然是明摆着的事。咱……咱们先来个按兵不动，等到不需要这群家伙的时候再把他们一锅端咯。可以等到我们降落在别的星球上之后，也可以等到咱们回到地球之后再动手，如果有朝一日能回去的话。”

“问题不就出在这儿嘛！咱们这些人，就像在地球上一样，总之是命悬一线。只要一想到这里我就浑身发软。每天得跟这群人打招呼，跟他们点头哈腰，嘴上和和气气，心里想的却是：‘你们打算什么时候勒死我们？’不，这是百依百顺的奴仆才会干的事。我宁愿自己跳下火箭，也不愿继续这样苟活。”

平奇突然又想到了一个新招儿，他兴奋得都要蹦到天花板上去了。毫无疑问，马歇和斯托尔迈尔都是火箭上顶顶聪明的人……但他们还得往平奇后面排排呢。

“听我说，先生们。男爵的主意是挺不错，只不过意思没有表达完整。他说：‘等那些家伙没有利用价值的时候，咱们就可以把他们解决掉。’这就完了，接下来就只需要等待时机啦。可是咱们为什么要等待时机呢？咱们现在怎么就离不开他们了呢？还不是因为他们掌握了咱们没有的知识，他们知道怎么操纵咱们脚下的这艘火箭。莫非这些知识对于咱们来说就那么难？我想不会吧，我看见过温克勒和汉斯启动和关闭喷嘴，操纵杆在他们手里往这里一拉，那里一转，齐活儿了，就跟开电车一样。难道我们几个不是开电车，说准确点儿，不是开火箭的料？咱们现在的空闲时间也变多了，我们可以利用这些时间研究研究温克勒和汉斯现在正在干的事。”

“嗬……这这事果果……果真像您……您说得那么轻巧吗？我可是不太……太相信呢……”男爵答道。

男爵事实上并不反对这个想法。斯托尔迈尔也赞成平奇的主意。

“说真的，我们何不试上一试呢？至少大伙儿绷紧的情绪也能缓解缓解，这似乎也算得上是一条出路。我们不可能都是无可救药的蠢材吧。这还没算上布洛顿，他现在已经在灿德尔那里当帮手了。”

他们就这么说定了，让灿德尔负责教他们。三个人各回各舱，拼命地想睡上一会儿。

第十章　乘客们要掌握航天技术

灿德尔正在埋头计算飞行轨迹，突然听到身后有人呼哧呼哧地喘着粗气。他转过头去，看到斯托尔迈尔正挪动着自己肥胖臃肿的身子，想挤过狭窄的过道。通往舰长指挥室的通道比火箭上其他房间的通道都要窄得多，因为它位于火箭的头部，这里的舱壁逐渐收拢，尽头是一个装有圆形观察窗的小隔间。灿德尔站起身来，迎面朝这个卡在过道里的胖子走去。什么风把他吹到这儿来啦？要搁在平常，这些“乘客”连看都懒得看他的舱室一眼。

当灿德尔看到斯托尔迈尔后头跟着马歇，马歇后头又跟着布洛顿时，他就愈发惊讶了。过道上还能看到平奇的身影。尽管平奇个头不大，但驾驶舱的“地板”还是没有他的立足之地。与此同时，斯托尔迈尔还非要坚持把他的秘书“安插”到驾驶舱里。灿德尔无奈地耸耸肩，开始“忙活”起来。他先是加大了舱内的氧气流量，然后又减慢了火箭的旋转速度，离心力一下子就减小了。这样突如其来的重力减弱立即就让火箭里的所有物体失去了重量。灿德尔不知道，此时的欣顿夫人在椅子上不小心一动，就飘到空中去了；埃伦突然发现自己飞到了天花板上；捷克尔的孩子也从母亲的怀抱中飘走了。火箭里又乱成了一锅粥。灿德尔赶忙用电话喇叭安抚大家，并对这次骚乱表示抱歉。

“希望这种状态只需要持续几分钟。”他说道，同时意味深长地瞥了斯托尔迈尔一眼，示意来访者不要占用他太多的时间。

“行了，各位先生们，你们现在都能在我这个小房子里占有一席之地啦，平奇先生，快进来吧。”

平奇没料到灿德尔会对他发出邀请，于是便溜进了驾驶舱。他不是走进去，而是飞进去的，他用扇子飞到了天花板上，然后急忙占领了最方便观察的位置。

剩下的几个人都围在灿德尔身旁。

“有什么可以为诸位效劳的？”灿德尔问道。

“是件大事。”斯托尔迈尔像个代表团团长一样开始说道，“我们在‘诺亚方舟’上飞了好些天了，但是到目前为止，除了亨利·布洛顿先生，我们这帮人对火箭是怎么飞行、为什么飞行——也就是这里面的整个学问——一无所知。光是好奇心就足以驱使我们来找您，请您给我们讲讲星际飞行的基本原理，给我们一点儿实际的指导，教教我们怎么驾驶‘诺亚方舟’。”

“好奇心是个好东西。”灿德尔疑惑地答道，又略带几分戏谑地说，“不过我倒是想知道，你们怎么到今天才好奇起来，而且还一齐好奇起来啦。”

“话倒是不错，只不过……”斯托尔迈尔有些尴尬，“我们早就……是因为我们刚才在公共舱里聊到这个来着，然后……”斯托尔迈尔从这一令人措手不及的问题里回过神来，继续说道，“问题不在于好不好奇。谁都知道世事无常，更别说我们这帮正在往无底深渊里飞的人啦，可以这样说吧？……常言道，我们都全凭上帝保佑，如果这句话对我们来说还适用的话……”

“没错，利用坐标系去求上帝在空间中的位置确实是个大难题。”灿德尔回答道。这种阴阳怪气让斯托尔迈尔颇为不快。

“我只是想说，”他的脸涨得通红，马上就要大发雷霆了，“您和我们这帮人一样，都免不了意外死亡的风险。这件事用不着您建什么坐标。”

“这倒是真话。”灿德尔点了点头，“您继续说。”

“好吧。想象一下，假设您发生了意外，丧失了行动能力，去世了，遇难了，总之是您没啦，到时候我们该怎么办？我们就得陷入群‘羊’无首的境地。诚然，亨利先生是知道一些操纵火箭的实际知识，但就连他本人也说过——您是说过吧，亨利先生？——自己对航天学还一无所知。剩下还有谁懂呢？温克勒。”

“瞧您说的，”灿德尔回答道，“我最近还没有死掉的打算呢。不过，就算我真死了，还有汉斯呢，这段时间他可成熟了不少，他现在几乎能和温克勒平分秋色啦，这家伙一直努力地学习呢。”

斯托尔迈尔和马歇互相交换了一个眼神。灿德尔这家伙到底想说什么？他干吗要把汉斯这个毛小子推出来？难不成灿德尔已经猜到了他们的秘密计划？……还是说他……

“我很高兴‘诺亚方舟’上又多了一个专家。但这总归不是最终的出路。”

“是不是他们两个也会横遭不测啊？”灿德尔一字一顿地问道。

这简直就是公然的挑衅。不行，看来灿德尔跟温克勒、汉斯一样，是指望不上了，舰长显然是站在他们那边的。该死，真是个大麻烦。要是在地球上……任何人都能用黄金收买，这一点斯托尔迈尔敢拍胸脯保证。但在这儿呢？一座金山能有多大价值呢？看来只有靠自己，靠自己随机应变的能力啦……

“我们还没悲观到那个地步呢，灿德尔先生。”斯托尔迈尔回答道，“咱们假设温克勒替了您的位置，汉斯又会取代温克勒……”

“真是见鬼，这有什么好往下说的？”他心里想着，“我这不是犯了一个战术性的错误吗……”他简直不知道该怎么摆脱当前的处境了。

“啊……啊……”马歇终于来解围了，“我我我……倒是比这还还……还悲悲……悲观……难道飞船在降……降落的时候就……就不会出……出差池，乘客们不会因此丧……丧命吗？

我……我们必须做好万全准备。”

“因此我们大家每个人都得掌握必要的知识。”斯托尔迈尔长舒一口气，用手帕擦了擦光秃秃的脑门儿。

“先生们，你们何必如此大费周章呢？”灿德尔说道，“你们不就是想熟悉一下星际飞行的原理吗？”

“还得学会怎么驾驶‘诺亚方舟’……”斯托尔迈尔插话道。

“还得学会怎么驾驶‘诺亚方舟’。”灿德尔重复道，“好极了！不过您几位不会以为不用走出这间驾驶舱就能不费吹灰之力地学会驾驶飞船了吧？你们熟悉高等数学吗？你们懂天文学、力学、化学、生物学、物理学和电子工程学吗？”

“您不会还想让我们背乘法口诀表吧！”斯托尔迈尔怒气冲冲地打断他，“我们都是成年人了，哪个没有赚过几百万。您不会觉得经营一百家托拉斯和辛迪加、几十家银行，管理成千上万的工人和员工要比驾驶什么‘诺亚方舟’更简单吧？”

“我并没有这样认为。”灿德尔尽量克制着回答道。

斯托尔迈尔越是火冒三丈，灿德尔就越是镇定自若。他觉得这种突如其来的好奇心背后肯定另有隐情。从这帮乘客们断断续续的对话和意味深长的眼神交流中，灿德尔意识到火箭上正在酝酿着一个阴谋，这帮人正在策划一个针对温克勒、汉斯，甚至可能是针对他灿德尔的事。不过这倒是没什么奇怪的，在他的工程师生涯里，这种事也不止一次地发生在他身上：那群商人给他高薪，强加给他一个“助手”，而灿德尔必须得去指导这个“助手”，而当新的生产落实后，他们就可以毫无后顾之忧地把灿德尔踢出去了，这是常有的事，尤其是在他工作的头几年，他还名不见经传那会儿。莫非这群天真的家伙真的以为离了他、温克勒和汉斯，他们也能应付得来吗?

“我一点儿也不这么认为，斯托尔迈尔先生。不仅如此，我绝不会接手你们的银行和托拉斯，至少在没有经过长期培训之前我是不会插手的。”

“我们并不打算从头开始接受培训，成为星际航行方面的专家。我们只想掌握一点儿最必要的实用知识……”

“没问题，你们会掌握这些知识的。从今天开始，星际航行补习班将会在公共舱内开设。你们满意了吧?这个问题就到此为止啦。欣顿夫人这会儿大概还飘在半空中咒骂我们呢。在我们说话的时候，‘诺亚方舟’可能已经偏离航线数千千米啦。恕我失陪，我得继续工作了。”灿德尔说完便转动操纵杆，加大了侧面喷嘴的强度。这群人一个个从上面掉了下来，像一群蜜蜂落到树枝上一样，都贴在了灿德尔身上。

他们不太友好地和灿德尔告别后就离开了驾驶舱。

要穿过火箭上狭窄的通道，对斯托尔迈尔来说是个不小的挑战。再加上这么个灿德尔！有这样送人的吗！简直是给他们赶出来了。不，天空真的彻底把人给搞坏了。难道这种事在地球上会发生吗?哦，在地球上灿德尔哪怕多说一句话都能被斯托尔迈尔挫骨扬灰，让他彻底消失。但到了这儿还真是拿他没办法……得赶紧回地球……但是回想起自己逃离地球时的情形，以及地球上现在发生的一切，斯托尔迈尔也只不过是喃喃地低声咒骂了一句。

“不……不过这个灿德尔可……可真够不要脸的。”马歇的声音从斯托尔迈尔身后传来。

“简直是混蛋！”斯托尔迈尔附和道，“他觉着自己在这里称王称霸啦，好得很，咱们走着瞧，看看究竟谁更厉害。”

“等咱们掌握了星际航行的理论和实践，他就不敢这么和我们说话啦。”平奇随声附和道。

“您先学会了再去吹牛吧。”气喘吁吁的斯托尔迈尔朝自己的秘书喊道。

“难……难道这个灿德尔真的愿意把他的知识教给我们？”马歇表示怀疑，“他心……心知肚明，这样做对他是不利的。”

“没人问您，您就少说话！”斯托尔迈尔粗鲁地打断了他的话。

当天，在这无始无终的“天界白夜”里，太阳在黑暗的星空中闪耀，旅客们开始了星际航行学的第一课。

马歇的担心似乎有点多余。灿德尔对自己的学生们都非常认真，很有耐心。

“那我们就开始第一课吧？”他说道，“我先试着给你们讲一些基本概念。为什么我们要乘坐火箭飞行，而不是飞机？因为飞机只能在大气层中飞行，空气会托起飞机的机翼；飞机的螺旋桨，也就是推进器，会用叶片把空气向后推，从而使飞机向前运动。因此，这里也和火箭的情况一样，会根据牛顿定律：作用力总是产生与其相等的反作用力，也就是产生反冲力。”

“是不是也可以看作是飞机上安装了喷气发动机？”布洛顿问道。

“没错，只不过飞机上的这种反作用力是间接的。这是什么意思呢？在火箭里，逸出气体直接推动火箭向与这些气体喷出的相反的方向运动；而在飞机上，航空煤油燃烧所产生的气体作用于涡轮机，从而带动螺旋桨，这样就得有……嗯……中介者……”

“中介者？”斯托尔迈尔听到这个熟悉的字眼时感到很惊讶。

“试想，没有这个中介者，飞机可飞不起来，这一点非常糟糕。有了中介者就得增加开销。总而言之，飞机只能在空气中才能飞得起来。到了十几千米的高度上它就‘觉得无能为力’了。在稀薄的空气里螺旋桨就没有在稠密的大气层里那么有劲儿了。除此之外，飞机自己也需要‘呼吸’氧气，没有氧气，发动机气缸中的混合物燃料也就无法燃烧。在氧气供应不足的情况下，发动机会熄火，因此就得用特制的压缩泵把稀薄的空气压缩增压后再送进气缸。而到了没有空气的太空里，飞机就飞不起来了。即使制造出特殊的密封发动机，飞机也还是飞不起来。这样看来，到了大气层之上，在空旷的太空中，飞行似乎存在着不可逾越的障碍。但是之前不也有人认为比空气重的机器根本不可能飞起来吗，如今不可能的事也变成了现实，人类凭借智慧已经找到了在太空中飞行的方法，制造出了利用反冲原理的喷气式发动机。在没有空气的太空里，火箭甚至比在大气层中飞得更好，因为在大气层中飞行会遇到空气阻力，减慢飞行速度。那么火箭到底是如何工作的呢？”

“气流把遇到的空气推开。”平奇说道。

“这是个非常普遍但又完全错误的观点。”灿德尔说道，“那在没有空气的太空中呢？”

平奇耸了耸肩。

“这里的问题要更复杂一些。您只要开一枪，就会感觉到肩膀一震，这就是后坐力。大炮射击时会后退，也是后坐力。要是把大炮架在轨道上，它射击之后就会往后退很远。我们现在来看看火药爆炸的时候枪管和炮筒里会发生什么：爆炸产生的气体会把巨大的力量推向各个方向，请注意，是四面八方。枪管侧壁上的气体压力是一样的，因为气体对管壁各处的冲击力是相等的。枪栓处的枪管是封闭的，而子弹飞出的另一端是打开的，在这个方向上，气体自然会自由流出，不会遇到任何阻碍。这样一来就产生了压力差：枪管出口的压力最低，而枪栓处的压力最高。很明显，枪栓这里就会往后跑，也就是产生了后坐力。一般的烟花能飞起来也是因为这个原理。只需要制作一个比烟花还大的火箭，让它里面能装下人、燃料，还有其他东西，你们的‘诺亚方舟’就造出来了。明白了吗？”

“完全明白，而且还用不着高等数学。”斯托尔迈尔说道。

“这话倒是不错，但是离了数学您什么也做不成。头一次试飞就有可能和火箭一块儿被炸得四分五裂。”

“我可以吩咐其他人去做试验。”斯托尔迈尔迅速回答道。

“说得跟您没有把‘诺亚方舟’托付给别人一样。在星际空间乘坐火箭飞行需要进行诸多复杂的计算，”灿德尔继续说道，“要计算需要多大的力量才能克服大气层的阻力，以及地球引力。大气层是一个巨大的障碍，但仍无法与地球引力——这根无形中牢牢地把我们拴在地上的锁链相提并论。而对于设计精巧的流线型火箭来说，它在飞越大气层时，阻力会使它的速度降低约 0.5%。

“克服地球引力的方法就是增加速度。根据计算，从地球上抛出的物体，在初始速度小于每秒 8 千米时，会落回地球表面；速度等于每秒 8 千米的情况下，该物体就会像卫星一样绕着地球运行；当速度达到每秒 8 到 11 千米时，会像周期性彗星一样，以椭圆形轨道绕地球飞行，离地球忽远忽近；只有在速度超过每秒 11 千米的情况下，从地球上抛出的物体才能最终克服地球引力，永远飞向宇宙空间。

“要达到这样的速度，就必须消耗巨大的能量。能量来自燃料的供给。这样一来星际航行就遇到了一个新的问题：得找到最为轻便，并且提供巨大能量的燃料。毕竟燃料本身是有重量的，它的消耗也是慢慢进行的。这意味着在起飞的时候，这些燃料本身也得跟着加速，这一点必须考虑在内。

“除此之外，发动机越是完美，有效功率越高，需要携带的燃料就越少。在这方面性能最好的就是大名鼎鼎的直动式发动机，喷气式发动机也属于这类……”

“但是上述这些困难早就被克服啦，所有难题都已经得到了解决，所有计算都已经完成啦。”斯托尔迈尔反驳道，“我们犯不着再去做这样的计算了。我们感兴趣的是如何实际驾驶火箭……”

“在没有经过长期训练的情况下驾驶火箭是行不通的。”灿德尔回答道，“不仅在升空的过程中需要计算，在飞行过程中也需要计算，在着陆时同样需要计算。您别忘了，地球引力会随着距离的增加而减弱，但它不会消失。飞行中的火箭不仅会受到地球引力的影响，还会受到月球、金星和太阳引力的影响，这些引力会改变火箭的飞行方向。天文航行需要持续不断地计算，仪器只是为这些计算提供数据材料罢了。我同时使用加速度计和陀螺仪，加速度计可以显示飞行加速度的大小，陀螺仪可以记录方向的变化，还能控制舵的方向；我还得根据行星和太阳之间的角度大小来确定它们和火箭之间的距离，并以此为参照来确定自己的位置；我还得计算所需的燃料，由此又引出减少火箭的重量，以及这对速度有何影响等一系列问题。如果要在行星上着陆，就必须知道它在轨道上的位置，还要把它与火箭飞行的速度和方向综合起来。任何的计算失误都会导致我们白白浪费燃料，若只是浪费燃料都要谢天谢地啦。火箭驾驶的自动化程度很高，学会怎么启动喷嘴或者让它停止喷发，还有改变火箭飞行的方向都不是什么难事，就算是 3 岁的小孩也能转动方向盘。可是让这样一个舰长来驾驶飞船，能飞到哪里去呢？”

“简而言之，除了你们 3 个，再没有人能胜任这份工作啦，对不对？”斯托尔迈尔问道。

“只要掌握了必要的知识，你们中的每个人就都能胜任。”灿德尔回答道。

“那您……您愿意把这些知识都教给我们吗？”马歇问道。

“我当然会尽力而为，但学不学得会就完全取决于你们自己了。”

“这么说，不会还要教乘法口诀表吧？”

“要教你们对数，没有它你们将寸步难行；要教你们解析几何；还得教你们微分和积分。”

“还需要实践呢，对吧？”斯托尔迈尔问道，他想要尽快掌舵。

“那是自然的，不过这得等下一步啦。”灿德尔回答道。

第十一章 “咔嗒一下就行啦！”

灿德尔承担起了乘客们的教学任务。他不是那种在知识上藏着掖着的人，只要时间允许，他很乐意与大家分享自己的知识。但正是这种尽职尽责的态度让这些乘客们颇为不满，尤其是平奇。在他看来，灿德尔在理论问题上停留了太长时间，影响了他实践操作的进度。平奇想尽快开始学习操作“按钮和操纵杆”，为此他常常在驾驶舱里一待就是好几个小时，目不转睛地观察着灿德尔的一举一动。

平奇之所以如此执着，当然是有自己的小算盘：他非常清楚当一个“无人能替代的专家”能捞到什么好处。如果他完全掌握了航天的技术和知识，就能取代温克勒和芬格尔，甚至连灿德尔本人也不在话下，到时候一切可就另当别论啦！毕竟到最后灿德尔也可能成为……一桩不幸事故的受害者。平奇就要当上舰长啦，平奇就能大出风头啦。舰长这个头衔能帮他俘获艾米丽的芳心，同时他还会发一大笔横财，所以他得趁早把这些本领学到手。

就比如这个加速度计吧，它是用来测定飞船在飞行中加速度的装置。这是一个简易的圆柱体，里面的弹簧上有一块铁，还有一支能画出曲线的笔。火箭“颤抖一下”，铁块就会发生偏转，弹簧也会被拉长，笔就画出一条曲线来。这玩意儿哪里复杂嘛！平奇已经学会了怎么解读这些曲线。但是根据加速度计的记录来确定运动方向就是个比较难的活儿了。全都是坐标系、仪器、微分计算、天体坐标、黄道、黄道星座、视差、纬度测量、正交投影、近日点、远日点、速度……要弄懂这么多图纸真不容易。难道这些真是必要的吗？那些古代的航海家们不都是光凭着实践就完成远航了吗？……

再比如说这根操纵杆吧，它是用来操纵侧喷嘴的。不对，不是侧边的喷嘴，是火箭尾部的喷嘴。火箭现在正在进行环形飞行。如果把这个操纵杆稍微往左打打，后喷嘴就会给火箭加力，“诺亚方舟”就会旋转得更快一点儿，不过也就快那么一丁点儿，乘客可能感觉不到。灿德尔这会儿不在驾驶舱里，为什么不试一下呢？反正开火箭也不比开汽车难到哪儿去。只需要把操纵杆这么一打，再那么一推，咔嗒一下就成了！哎，这可得试试！平奇拉动了一下操纵杆。

传来了一声平奇做梦都想不到的咔嗒声。

他这是弄巧成拙了，误把火箭“刹车当油门”啦。平奇一下子被甩到舱壁上，所有的仪器也跟着他飞到了对面，火箭又进入了失重状态。

平奇——准确地说是他那副无助的身子开始飘浮起来，在舱壁和物体上乱弹一气，最后他在房间的正中央停了下来，在发生意外之前及时抓住了墙上的小带子。平奇倒霉就倒霉在身上没带扇子和圆盘。

在这倒霉的咔嗒一声后，火箭中部响起了一声爆炸，随即传出诡异的嘶嘶声，然后又变成了呼啸声。

平奇感到一股冰冷的寒气钻进了密不透风的机舱里……

平奇莫不是闯下大祸啦？……出现这种爆炸声、嘶嘶声和呼啸声，只可能是因为空气从火箭里逃逸到了宇宙空间中去了，肯定是有个地方破口子啦。太空的寒冷会席卷整艘火箭，宇宙“虚空”会吸走最后1立方毫米的氧气，到时他们都会憋死，不，他们会先被冻成冰疙瘩……就是他们给汉斯和温克勒预备的那种死法！……他这是搬起石头砸自己的脚……

根本就无法靠近操纵杆和门。平奇和它们之间虽然只隔了1米远，但就是无法跨越……

所有舱室里都传出了呼喊声、号啕声和喧闹声……这是主教的声音，他在求“大卫王大发慈悲”……施尼列尔嘴里好像还在喊着什么机器……又传来了艾米丽的声音。难不成她也会死？这也是拜他平奇所赐。他之前还幻想着能够解救艾米丽，她还会因为救命之恩而以身相许呢……

平奇又一次扑腾着自己的手脚，摇头晃脑。他心里清楚这么干一点儿用都没有，但他也不能“悬以待毙”啊……

又传来了灿德尔的声音，他好像在吩咐汉斯去做什么。难道连灿德尔也回天乏术啦？……

隆隆声再次响起，呼啸声和鬼哭狼嚎的声音也都消失了。又过了几分钟，平奇感到机舱里越来越暖和，呼吸也顺畅起来了。

“看来我们这是得救啦。”他心里想着。

现在他满脑子里只有一件事：赶快逃之夭夭，神不知鬼不觉地离开这块是非之地。嗬，他这是做好了死不认账的准备啦！当着大伙儿的面，尤其是当着艾米丽的面，承认自己差点把他们都害死，这对平奇来说不又是一次大祸临头吗？况且他还想着有朝一日能当上舰长呢！现在谁还敢让他当这个舰长？……一切都玩儿完了，他的美梦也破碎啦！……难道就真的没有挽回的余地了吗？……

“这是您干的好事！原来是您的手笔！”他突然听到了灿德尔的声音，他已经站在驾驶舱的门口了。平奇连头都不敢转一下。他只能像个吊死鬼一样最后蹬了两下腿。

“作为对您的惩罚，就该让您这样吊两天，好好长长记性！”灿德尔大声吼道，“您为什么不顾我的严格命令乱动操纵杆？从此以后您休想再踏进驾驶舱一步！”说完，灿德尔毫不客气地揪住平奇的衣领，把他那轻飘飘的身体像扔皮球似的扔出了驾驶舱。

第十二章 “开足马力”飞往金星

“出什么事啦？”平奇跑到公共舱里大喊了一声。

“出了一件差点要了我们命的事。”斯托尔迈尔回答道，“但没人真正知道到底是什么原因，也不知道始作俑者是谁。而事实就是，在火箭的外壳上，在火箭和温室的管道的连接处破了一道大口子，空气从那里泄漏啦。要不是灿德尔采取了紧急措施，关闭了隔离舱，再过几秒咱们就都变成冰棍儿了。”

“但这一切究竟是怎么发生的啊？”平奇装出一副无辜的样子问道。

“您刚才在哪儿呀？”斯托尔迈尔死死地盯着平奇问道。

“我……在洗手间……”

“嗯，行吧，我们以后会弄清楚这到底是怎么一回事的。这一切都是因为火箭突然改变了运动轨迹，结果产生了巨大的冲力，火箭整个儿翻了个跟头。灿德尔认为我们的温室已经完蛋啦。如果火箭和温室之间的输气管道连接处裂开口子，那就意味着输气管接口处脱节了。难道就只是输气管出了问题吗？我们现在得去火箭的表面勘察一下受损情况，说不定我们的庄稼也都毁于一旦啦……”

过了半小时，灿德尔、汉斯、温克勒、斯托尔迈尔、马歇和布洛顿都来到了火箭表面。

温室的景象惨不忍睹。那根长达500米的主管道只连着一头，朝一边歪着。太空的寒气侵入了温室，瞬间就把里面的植物统统摧毁了，果实消失得无影无踪。草莓、土豆、覆盆子显然是不堪内部气体压力的重负，像一颗颗小子弹一样炸开了。植物的叶子和茎干全都碳化了，轻轻一碰就碎成了粉末。

所有人日夜期盼的收成就这么一下子全完蛋了。不过能不能采取一些补救措施，或者修一修温室呢？

检查的结果让所有人大失所望。温室的一部分——足足有100米长——已经断开并且飞走了。玻璃也都碎成了渣。温室倒是可以裁短一部分，就是没有东西能替代玻璃。没有了玻璃也就意味着无法采集太阳能，而太阳能正是温室的生命之源。

大家个个都像霜打的茄子一样返回了公共舱。火箭上的所有居民立即召开了一次紧急会议，所有人都得参加。因为这个问题至关重要，牵涉他们每个人的切身利益。

不过从根本上说这不能算是一个会议，没有一个人敢提出摆脱困境的想法和计划。这样的时机和形势造就了灿德尔无可置疑的权威。大家对他的“独裁”已经没有任何意见了，都眼巴巴地看着他，期待着他能说点什么。他的发言也很简短：“现在用不着深思熟虑啦，我们的储藏室也撑不了多久了，更不可能靠着‘蓝标罐头’活下去。我们现在只有一条出路，那就是‘开足马力’飞向金星，在那里着陆。”

“不过到底是什么问题引发了这场事故？”斯托尔迈尔问道。

“咱们的当务之急是避免这场事故将会带来的灾难性后果。”灿德尔回答道，“现在还不是兴师问罪的时候。”

平奇感激地看着灿德尔，自己也长舒了一口气：这位工程师果然比他想象中的要好多啦。

现在又有新的事情得忙活啦。灿德尔把自己关进驾驶舱里埋头进行计算，温克勒和汉斯也在协助他测量和观察天体的亮度。

客舱里一片沸腾，就像远航的轮船在航程结束的时候终于看到了海港一样。“诺亚方舟”马上就要停靠在金星这个海港上了。大家都把地球抛在脑后了，更何况跟它的联系早就中断了。

灿德尔不想让旅客们再受一遍由于改变飞行速度而带来的痛苦，因此他没有让火箭减速或停下来，而是保持原速绕了一个大大的半圈。

星际航行中最关键、最危险的时刻——着陆——即将来临，灿德尔将火箭的飞行速度慢慢降到每秒 11 到 12 千米，从火箭上看，金星就像在太空中的一只闪耀着巨大光芒的大球。“诺亚方舟”沿着一条抛物线接近金星，又飞行了几个“小时”，火箭开始绕着金星按照椭圆形轨道运行，离它时近时远。根据灿德尔的计算，整个降落过程将会持续一个地球日。当第一次沿椭圆形轨道绕过金星时，火箭非常接近金星，进入了它的平流层，然后又立即远离金星。当火箭位于椭圆形轨道长半轴的另一端时，它与离金星最近点的距离将近2.5万千米。第一次完整的椭圆形轨道绕行持续的时间将近地球上的10个小时，还没进入缓冲箱的旅行者们都能看到这一奇观：金星先是越来越大，几乎遮住了窗户外面的全部视野，然后又开始慢慢变小，当火箭再次飞过椭圆形轨道的最远点时，金星又再次增大。火箭又一次进入了金星的平流层，紧接着又飞到了1.2万千米之外。第二次绕行耗时约5个小时。火箭每完成一次新的绕行，椭圆形轨道的长半轴的长度都会缩短，轨道形状逐渐接近圆形。火箭飞完第5个椭圆形轨道，绕行时长缩短为1小时10分钟。接下来火箭将进行最后一次绕行，沿距金星表面75千米的低空圆形轨道飞行，随后再沿轨道切线方向，斜穿金星的大气层，直到降落在金星表面，这一段飞行路径长约3500千米，整个降落过程需要半个多小时。火箭上的乘客都被安置进了缓冲箱里，灿德尔、温克勒和汉斯在火箭前舱和后舱的控制室里各司其职。

每当火箭冲进金星的高层大气时，都会感觉到明显的颠簸。大气层减缓了飞行速度。

当“诺亚方舟”最后一次扎进金星厚厚的大气层，沿着切线穿过这层盔甲，降落到金星表面时，火箭的速度接近于飞行炮弹的速度。

灿德尔有两种方法在着陆前进一步降低火箭的速度：一是打开巨大的降落伞；二是启动火箭的喷嘴，将它们对准金星表面，喷射的反作用力会把火箭向后推，从而减慢下降速度。

除此之外，还可以打一套“组合拳”，用火箭上的发动机来进行制动，不过这一方式需要高超的操控技巧。而灿德尔早就习惯应对那些最为困难的挑战了，于是他决定利用喷嘴来让火箭降落。

在火箭降落之前需要进行极为复杂的计算。灿德尔打起了十足的精神进行计算，算了一遍又一遍，然后再检验计算的结果，他还从来没有这样认真过。现在不得不铤而走险了，金星上厚厚的云层会让所有定位仪器都纷纷失灵，所以必须在没有定位的情况下通过其他仪器和精确的计算来控制下降。在下降之前，火箭上的窗户都用密封网死死地罩着，因为谁也说不准火箭的哪边会先“触地”。在计时器和速度表的指示下，灿德尔需要在特定时间内提高或降低发动机的工作强度。

灿德尔的计算里有一个未知的值，或者可以说是一个很模糊的值，那就是金星大气密度的值，如果这个解决了，他就能高枕无忧地等待火箭顺利降落了。制动力取决于大气密度的大小，这个数值又给其他两个力的计算带来了不确定性。

灿德尔对于地球大气密度与金星大气密度的相对关系略

知一二，他知道金星的大气密度几乎是地球的两倍。大气密度随海拔的变化也必须以地球上的大气密度变化为参照进行估算。

灿德尔躺在自己的缓冲箱里，这最关键的几分钟对他来说简直是前所未有的煎熬，每一秒都关乎所有乘客的生死。

在电灯泡的照耀下，灿德尔可以清楚地看到计时器和黑板上的图表。时间一秒一秒地过去，火箭冲入大气层，沿着切线向下飞行。重力也明显增大了，这证明“诺亚方舟”已经进入了大气层。

秒针有节奏地走着，灿德尔不时地按下操纵杆。

即使是躺在这个装满水的箱子里，他也能感受到火箭通过喷嘴的反作用力在与引力进行一场十分剧烈的斗争。灿德尔从力学公式和数学符号中感受到了这种斗争。喷嘴像小火山一样轰鸣着，喷射出一束束火焰，灿德尔能清楚地想象到这将是怎样的场景。尽管火箭的外壁很厚，“诺亚方舟”内的空气也很稀薄，但这隆隆的轰鸣声还是低沉地渗透进了缓冲箱：金星的浓密大气层并不像空洞的宇宙空间那样能“吞噬”所有声音。

终于到了最折磨人的时候了。37 分钟很快就会过去，马上能感到冲击啦……37 分零 1 秒、2 秒、3 秒……没有发生冲击……大气层的密度比预估的还要大，得让发动机降低一下功率啦。

整整 38 分钟过去了……火箭可能正在海洋上空下降……又

过了几秒钟……传来一阵轻微的撞击。突然间人们感到一阵猛烈的撞击，令人头晕目眩。计时器和灯泡也不知道掉到哪里去了。又是一阵撞击……火箭猛地向侧边倾斜，最后完全停下来了。

“诺亚方舟”已经降落在新世界的大地上——“革命逃亡者”们的终点站……

第三部分
新世界

第一章 金星接待客人

灿德尔躺在缓冲箱里，他能感觉到自己的体温正在逐渐上升。

“这样下去人都要被煮熟啦。”他心里想，“震动不会再发生了，是时候出去啦。”

灿德尔小心翼翼地爬出箱子，脱下宇航服。一股热气迎面扑来，简直像是从烧红的火炉里喷出来的一样。汗水淌满了脑门、脸颊，流到了眼睛里……还得把头盔再戴到脑袋上。

“这是我的疏忽，应该在降落前把制冷设备开得足一点儿……”

他把冷气机开到最大，温度降了一点儿，但还是热。温度计显示火箭内温度达到了 43 摄氏度。

“可以想象得到乘客们的感觉如何……”灿德尔又把防水服

脱了下来。

汉斯一边把汗水从自己热得通红的脸上擦掉，一边走了进来。

“呼，这简直是瑞典汗蒸房啊！”他惊呼道，“我已经把咱们的乘客从箱子里面弄出来啦。这些人身上都馊了。欣顿女士简直都变成果子羹啦，连话都说不出来了，嗓子里嘶嘶响，活像一根虹吸管；男爵的嗓子哑了；托尔迈尔气气喘吁吁的；德尔科罗脸上擦的什么胭脂水粉也都让汗水给冲没啦。”

过了几分钟，所有乘客都到公共舱里集合了——他们个个面红耳赤、满身大汗、疲惫不堪。德尔科罗掏出自己那面从不离身的镜子，瞧了瞧，然后尖叫起来：一道道黑黢黢的汗水从眉毛和睫毛那儿顺着脸颊往下淌，嘴巴上的口红把下巴染得通红。汉斯一个没忍住，哈哈大笑起来。

“干吗要挑这样热的一个星球着陆？”欣顿夫人十分恼火地抱怨道。星际航行期间，就连这位夫人在天文学方面也取得了一些进展；她学会了通过唯一的标志——“有尾巴还是没有尾巴”——来区分行星和彗星。

“我可是提前跟您打过招呼了，我要的是像里维埃拉那样的气候。可这个星球上的气候都快赶上阿尔及利亚了。”

“您这就不对啦，夫人，”灿德尔说，“飞船外面有可能非常寒冷。”

“如此说来，您是打算把我们像小龙虾一样煮熟喽？”斯托尔迈尔愤怒地问道。他看起来还真像一只被煮熟的小龙虾，脸色通红，眼睛瞪得凸起。灿德尔咧嘴一笑。

“当然不是，只不过是因为火箭外壳与大气层摩擦导致温度升高了而已。”

“但……但是，咱们离开地球的时候不也与大……大气层发生摩……摩擦了吗？”

“您说得没错，男爵。但当时的温度可没这么高，金星的大气层密度比地球的大多了。您可别忘了，咱们这是第一次飞到这里呀，下次我们就知道该怎么办啦……”

“还有下一次呢！”欣顿夫人打断了灿德尔的话，“还叫我们再遭一遍这样的罪？想想都害怕！”

“现在是 32 摄氏度，”温克勒瞥了一眼温度计说道，“温度下降得很快。”

灿德尔忧心忡忡地摇了摇头。温度下降得过于快了，火箭外面一定很冷。

“那就赶紧把门打开吧，也给咱们的‘诺亚方舟’通通风！”主教摸着自己的光头说道。

“这是自然，”灿德尔若有所思地回答道，“汉斯，温克勒，咱们走吧。”

“让我也跟你们一块儿去，兴许我能派上用场呢。”平奇又开始献殷勤了。

“等用得着您的时候我自然会告诉您的。”灿德尔的回答让平奇愣在了原地。自打那次不成功的驾驶火箭试验后，平奇就开始害怕灿德尔。

温克勒、汉斯和灿德尔穿过走廊，走到外门所在的隔离舱前。灿德尔小心翼翼地关闭并锁上了通往走廊的门，对自己的两个助手说道："情况非常不妙。根据舱内的高温来判断，火箭外壳可能已经熔化了。这样一来，门槽可能也保不住了。要是咱们开不了门，就得被活活憋死。我们的氧气已经所剩无几了……"

"我们一定能打开。"温克勒镇定自若地回答道，"万一要是打不开门或者舷窗，咱们就用钻头、气焊在墙上开个窟窿……"

"那会给火箭带来致命的破坏。"灿德尔补充道，"咱们未必有足够的材料和工具把这个窟窿填上，这样飞回去太冒险了。"

"在金星上当俘虏总比在火箭里憋死得好。"汉斯说道。

"必须排除咱们眼下的危险。"

"您没说错，温克勒。您说的也对，汉斯。我十分赞同你们的观点。但在消除眼下的危险的同时，咱们会不会又碰到另一个危险？火箭外面会有什么在等着我们呢？"灿德尔用手狠狠拍了一下凹下去的内壁，"说不定那些断言金星上没有氧气的科学家是对的。"

"待在这里我们必死无疑，到外面可能还有一线生机，就算是有 1% 的机会……"

"还有什么可谈的？"汉斯打断了温克勒的话，"这间舱室现在密封得严严实实。我们必须身先士卒，亲自去检验一下金星上的空气。要是这里的空气能够置人于死地，那就让我们的乘客比我们多活几分钟……坦白说，我一点儿也不喜欢这些丧气话。所有这些问题，我们在地球上就应该考虑清楚，在踏上火箭之前就得全部想好。我建议马上开始行动。”汉斯毅然决然地打开门，向储藏室走去。

储藏室里黑洞洞的一片。汉斯打开灯……看到了斯托尔迈尔，他身上沉重的氧气罐把他的腰都压弯了。

汉斯明白了：斯托尔迈尔这是想把氧气瓶偷偷搬到自己的房里。

“把氧气瓶搁那儿！”汉斯一边喊道，一边挡住了出口。

斯托尔迈尔脸上的尴尬瞬间转变成了愤怒。

“别多管闲事！”他粗鲁地回答道。

“我命令您把氧气瓶放下！”

“狗崽子！”斯托尔迈尔怒吼道，“这里我说了算，你算个什么东西。给我滚一边去。”

斯托尔迈尔把氧气罐从肩上卸下来，斜着抱在怀里，像抱着攻城锤一样向汉斯冲去。汉斯先是岿然不动，但在最后时刻蹿到了一边。斯托尔迈尔扑了个空，连人带罐地摔倒在地，号叫着骂了几句就开始往起爬。汉斯朝他的背上猛扑过去。斯托尔迈尔突然敏捷地翻身站起，也冲向汉斯，他张开又粗又短的手指，显然是想勒死汉斯。汉斯当然没让他近身，又一下子蹦到旁边，从架子上抄起一把大锤子，这家伙足以把斯托尔迈尔的脑袋砸个稀巴烂。

“简直是蛇蝎心肠！”斯托尔迈尔喘着粗气，手指还在指指点点，但身体却僵在原地一动不动。

“您在里面啊，芬格尔先生！一切顺利吗？您在这里做什么呀？”平奇站在门口，他那张尖嘴猴腮的脸不停地晃来晃去，活像一只对着空气东闻西嗅的狗。

“我自然是来拿工具的，至于斯托尔迈尔先生来这儿有何贵干，您倒是可以问问。”汉斯说道。

斯托尔迈尔朝汉斯甩出一个怒不可遏的眼神，迈着沉重的步伐离开了战场，粗鲁地一把推开了这位不请自来的目击者。

汉斯冷笑了一声，收拾好工具来到走廊上，然后锁上了储藏室的门。平奇揉了揉自己的肩膀，一脸疑惑地望着斯托尔迈尔渐行渐远的身影。

“平奇先生，看您这架势是想要去帮我们开门？”

“非常乐意效劳。”

“不过我得提前跟您打声招呼：我们要把通向走廊的门锁得牢牢的。金星上的空气可能会要了你们的命……”

“这都是小事。我担心的是，外面的空气一定很冷，我这又出了一身汗，弄不好大概要感冒……”平奇点头哈腰地往后退去，背朝汉斯走开了。

“你怎么这么久才回来？”温克勒问道。

汉斯随口讲了一下刚刚在储藏室里发生的意外，就开始处理门锁。

“先等一下，”灿德尔停了下来，“我建议咱们戴上氧气面罩，把小羊羔牵到这里来。让羊羔第一个试试这里的空气。”

“我看这是多此一举。”汉斯反驳道，“就算小羊呼吸到有毒气体死了，那也不会改变咱们的处境。”他一边说着就开始拧门上的螺栓——一个，两个，三个，无论哪个都拧不开。温克勒用钳手钳动着门环。

“没反应。很明显是熔化了……咱们再试试火箭另一边的那扇门吧。”

汉斯回到走廊上，又碰到了平奇。平奇像刺猬一样缩成一团，脸色铁青。

“我敲门了，”平奇语气急促地说道，“只不过您没听见。欣顿夫人很担心，她已经冻僵了。难道您自己感觉不到气温掉得厉害吗？现在才 7 摄氏度哇。刚刚还热得像烈焰熊熊的地狱呢。感冒、伤风、肺炎都得来啦……大伙儿都穿上了皮袄，把帽子盖得严严实实的。”

“您怎么就没想到把冷气机关了，再把电炉子打开呢！”

“话是没错，只不过……”平奇犹豫了一下，“不是不准我碰设备吗……”

冷气机都被关上了，电炉子也都打开了，温度慢慢上升到了 12 摄氏度。

第二扇门也根本不听使唤，跟第一扇门一样。

“现在得去试试舷窗啦。”

灿德尔、汉斯和温克勒从一个舱室走到另一个舱室，挨个儿地拧螺丝和螺母，但都无功而返。平奇始终跟在他们后面，不停地出着各种不着边际的主意，直到汉斯把他打发走才作罢。但不一会儿，平奇又冒出来了，身上穿着皮袄，脑袋上戴着皮帽子，手上套着手套，脚上还穿着皮靴。

“现在都已经零下几度啦，难道你们感觉不到吗？我们大伙儿都被冻僵啦。是不是电炉子出毛病啦？就连这里的空气好像也越来越少了，这是怎么一回事呀，灿德尔先生？就算当个冻死鬼也比活活憋死强啊，人家都说冻死没那么痛苦……请您快去看看火炉吧，灿德尔先生。”

布洛顿也来了，他穿着皮袄，戴着帽子。

“情况怎么样？”他问道，“真是奇了怪了！金星分明比地球离太阳更近，而咱们还会在这里挨冻。据说物体在金星上要比在地球上轻一些，我倒是觉得自己身上有个千斤顶，完全提不起劲儿来……”

“这是因为您的身体在路上被失重的状态宠坏啦，肌肉都弱化啦。不过没事，它们还能强壮起来！至于您说的疲倦嘛，这可能是缺氧导致的。汉斯，你去查查炉子，顺道再补充点儿氧气……不过得省着点儿添啊！”灿德尔低声补充道。

平奇简直是危言耸听：温度并没有继续下降，但也没有上升，虽然电炉子运转正常。汉斯把一罐新氧气瓶的阀门稍微打开了一点儿，然后穿上皮袄，戴上帽子：“要是打开了舷窗，这身装备也没法抵挡那些能要人命的气体，不过御寒倒还是可以的。”他说完，便回到了灿德尔和温克勒那里。

“咱们的氧气只够用五六个小时啦。”他说道，“在这段时间里咱们无论如何都得逃出去。”

工作很艰难。时间一个钟头接一个钟头地过去了，但连一个窗框都没有弄开。

乘客们也渐渐意识到事态的严重性。平奇对此可谓是功不可没，他四处散播恐慌，描述着人在窒息或者冻死时的惨象。温克勒碰巧路过公共舱，听到了这些唯恐天下不乱的言论，把平奇叫到走廊，二话没说，一把掐住他的后脖颈，把他提溜到一间舱室里，转身把门锁了起来。但这颗谣言的种子已经在乘客们的心里生根发芽、开花结果了：德尔科罗和埃伦歇斯底里地哭喊着，男人们不顾体面地狂吠乱叫，把一切都归咎于灿德尔和布尔什维克。捷克尔急忙拿着酒精、缬草酊和溴剂在病人之间来回忙活。

“你们可是男子汉！你们应该采取点什么行动！”欣顿夫人嗓子沙哑地咆哮道，她几乎要失声了。

大家又七嘴八舌地吵吵起来。最后大家终于有了决议，男爵、主教和布洛顿在斯托尔迈尔的带领下，朝着灿德尔、温克勒和汉斯干活的舱室走去。

一看这几位代表的脸色就知道准没好事。在这种时刻，就算最沉得住气的头脑也会丧失理智，指不定会做出什么疯狂的举动来。这几个家伙没准儿都偷偷藏了一把左轮手枪。这帮家伙个个都自私自利到了极点，只要干掉别人能让自己再苟延残喘上几个小时，他们连眼皮都不会眨一下。

汉斯一下子就看透了他们葫芦里卖的是什么药，突然吹起了尖锐的口哨。

走廊里传来了急促的脚步声。代表们转过身来，看到两个儿乎要被他们忘掉的人：厨师雅克和玛丽。雅克、玛丽和汉斯对视了一眼，默不作声地站在那里，似乎只等着汉斯发出信号。参加飞行的人分成了彼此仇恨的两个阵营。可以说是五五开！但斯托尔迈尔这边却陷入了困境，一旦发生冲突，他们就得腹背受敌。最糟糕的是，斯托尔迈尔没能打得“敌人们”一个措手不及。汉斯脸上露出气定神闲的微笑，手上时不时挥舞着斯托尔迈尔已经见识过的那把大锤子。

“先生们，你们到这儿有何贵干？”灿德尔尖锐地问道，“有话就直说，别忘了多耽误我们 1 分钟，你们就有可能付出生命的代价。”

“既然如此，咱们就换个时间下次再谈，等你们不太忙的时候。”斯托尔迈尔堂而皇之地说道，准备撤军。

“等等。我建议诸位各回各舱，我们现在要去公共舱干活了，必须清场。”汉斯说道，“玛丽、雅克，送我们的乘客出去吧。”

斯托尔迈尔的同伙儿们面面相觑。在他们投降之后，胜利者又提出了新的条件：解散军队。有什么办法，只能听他们的了。斯托尔迈尔转过身，动作夸张地向汉斯鞠了一躬，但斯托尔迈尔的眼神却掷地有声地传达着一个信息：“这笔账，咱们早晚都得算！”

当他们都离开后，温克勒笑着拍了拍汉斯的肩膀说：“你这口哨的办法倒是不错，很有远见。”

“公共舱的事解决得也不错。”灿德尔补充道，“现在有必要对乘客们进行隔离。他们待在一块儿准没什么好事。”

“我已经把平奇送去隔离啦。”温克勒说道。

“我还纳闷儿呢，斯托尔迈尔怎么没把自己的虾兵蟹将也带来！”汉斯说道。

“可惜斯托尔迈尔没有发表自己的意见。我倒是想听听他们能给我们下什么最后通牒。咱们去公共舱吧。”

公共舱已经空出来了，乘客们都钻回自己的老窝去了。

“我这儿倒有个主意，”汉斯说，“就算我们能拧下舷窗的窗框，也会遇到另一个麻烦：窗户上的防护百叶窗想必也已经和凹槽熔化在一起，没法打开了。防护板并不是很厚，我们又有备用的防护板和玻璃，所以我建议打碎舷窗玻璃，在窗户上打个窟窿出来。这样既不会对火箭造成太大损伤，咱们也能逃出去。”

大家一致通过了这个计划，接着就开始干活了。他们费了好大的劲才从里面把厚重结实的玻璃敲碎。

防护罩就更够他们忙活一阵了，还得在舷窗周围钻上许多小孔才成。

灿德尔和温克勒学着汉斯的样子穿得暖和一些，关上通往走廊的密封门，开始钻洞。

飞船已经降落在金星上好几个钟头了，也许是缺氧的缘故，谁也没想到要吃东西。大家身上的疲劳感却越来越严重，头晕目眩，耳朵嗡嗡作响，脑袋也不由得开始胡思乱想。

乘客们刚才闹腾了一阵，现在都没了精神，个个都像秋后的蚂蚱一样昏昏沉沉，脑袋耷拉在肩膀上，两只胳膊瘫软无力。每个人都对周围的一切无动于衷……只有捷克尔大夫的妻子和孩子在自己的房间里感觉良好：汉斯设法在她们的房间里放了一个“应急储备”的氧气瓶，在这里的人们呼吸更顺畅。捷克尔本人则在忙着照料病人。

在公共舱里，电动钻头发出嗡嗡的响声。突然钻头钻空了，第一个洞打通了。汉斯取出钻头，把鼻子凑到洞口，吸了一口气……灿德尔和温克勒屏住呼吸，观察着他的反应。

“怎么样？”灿德尔忍不住问道。

“什么感觉也没有。机舱里面的空气密度大、温度高，它们会先跑到火箭外面去。为了通风，我们至少得打两个洞。暂时感觉外面的空气很冷，而且还有股硫黄味。”汉斯报告说。

当钻开第二个洞时，他们都感觉到一股冰冷的硫黄蒸气气流从孔里钻了进来。汉斯、温克勒和灿德尔吸着这口空气，激动不安地互相看着彼此。空气是不太好闻，但也没感到自己有什么不舒服的地方。

汉斯突然走到氧气瓶前，关上了阀门。

“你这是在干吗？”温克勒问道。

“咱们现在呼吸的空气混着舱里的氧气，得呼吸呼吸纯粹的金星大气。”

他们每钻一个新洞，机舱里就变得更冷一些，硫黄味也越来越浓。

大家的呼吸变得越来越急促，脑袋也越来越晕。

“氧气肯定是有的，只不过含量不多。”灿德尔说道，“不过我们不应该由此判定金星上的空气全是这样的成分。我们兴许是降落在山顶上呢。”

电铃令人不安地响了起来，温克勒赶紧去开门，惊慌失措的玛丽走了进来。

“斯托尔迈尔正在发疯呢。”她说道，“他挨个儿舱室地窜，嘴里大喊大叫，说你们把自己锁在外面，就是为了独占通风口，让其他乘客们活活憋死。”

“真是个白痴！”汉斯惊呼道，“要知道你玛丽，还有雅克都和他们在一块儿呢，我们总不会想把你们俩也憋死吧？是谁把他放出来啦？”

“是大夫坚持要打开舱室的门，他想给斯托尔迈尔做个检查，然后他就跑出去了。你们这儿怎么一股硫黄味儿？”

“金星上喷的就是这个味儿的香水。”汉斯回答说。

捷克尔跑了进来。

“氧气！快给我氧气！乘客们快要憋死啦，夫人……”他突然剧烈地咳嗽起来，“这是什么气体？”

“大夫，您赶紧去吩咐所有人尽快戴上防毒面罩。”灿德尔说，“您、玛丽和雅克去办这件事。玛丽，也给我们拿几副防毒面罩来。”

温克勒把最后几个洞也打完了。汉斯拿着大锤子忙活起来。

“我来试着把它给砸开。”他说着，把温克勒拉到一边。火箭里回荡着锤子的敲击声，让欣顿夫人觉得这是有人在往棺材板上钉钉子。

捷克尔在她身边急得直打转，劝她赶紧戴上面罩。老太婆还在耍她的脾气："我可不想戴这个猪拱嘴……戴上它叫我怎么吃饭呢？"

布洛顿和埃伦都已经戴上了防毒面罩，还在打着手势让她放心。直到被硫黄味呛得喘不过气来的时候，欣顿夫人才肯罢休，同意别人把她的脑袋套进防毒面罩里。

第二章　寒冬之苦

钢制的护板轰的一下掉了下去。凛冽的寒风从圆形的舷窗里灌了进来，刺穿了保暖的衣服。暴风雪下得就像瀑布一样，不一会儿就给飞船里的地板、桌子和椅子盖上了一层白色的雪毯。在舷窗边上，一个雪堆在人们眼皮底下拔地而起。窗外是深不可测的黑夜。汉斯关掉了舱室里的灯，等眼睛习惯了黑暗之后，就看到黑色窗洞的右边染上了一抹血红色，它时而与漆黑的夜色合而为一，时而像一团火光一样凸显出来。与此同时，舷窗的左下角也不时闪烁着这样的光。

汉斯、温克勒和灿德尔全副武装，准备走出火箭：他们拿来梯子、绳子、镐头、手电筒和便携式无线电话。以防万一，汉斯还揣了一把左轮手枪和一把猎刀。

他们放下梯子，把它立在雪堆里，汉斯头一个爬了出去。

外面的风把梯子刮倒了，汉斯一下子摔在松软的雪堆上，他费劲地从雪里爬出来，又把梯子立回原处。温克勒和灿德尔也都紧随其后爬下来了，向四周望了一眼。

他们身处一片活火山之间，到处都冒着熊熊的火焰，在厚厚的云层和白雪覆盖的悬崖上投下血红色的光芒。火山发出的火光在一望无垠的大地上熠熠生辉，就像帖木儿部落在草原上燃起的一团团篝火。一座座山峰直直地插入云层，而就连这些被云雾团团遮住的山峰也是活火山。火山锥旁边的云层活像一顶顶烧得通红的帽子，一根根火柱直冲云霄，浓浓的黑烟与云层交织在一起，令人窒息。

沉闷的轰鸣声和远处的轰隆隆回声此起彼伏，有时这些轰鸣声听起来像是在打雷。可是温度这么低，哪儿来的雷呢？……汉斯突然看到一个火山锥附近划过一道闪电。错不了，那一准儿是闪电和雷声。在那里，暴风雪没准儿已经变成倾盆大雨啦。

“科学家们估计得没错，金星上的确有两三万米高的山峰。”灿德尔说道，“火箭现在停在山地高原上，而这些矗立在高原地区脚下的山峰比我们地球上的珠穆朗玛峰整整高出两三倍。这就能解释为什么科学家们在进行光谱分析的时候并没有探测到金星上的氧气了：数不尽的火山喷发出的火山灰在这里积成了厚厚的云层，如同一副刀枪不入的铠甲，遮住了金星大气层的神秘。”

“我们降落的还真不是时候，地儿也不对。”温克勒说道，

“这儿到处都是火山，我们一不小心就掉进去啦，到时候再想出来可就不容易喽。不过这儿的积雪都堆到了几米厚，这倒是一个很好的缓冲垫。”

他们又顺着梯子爬回了火箭里。突然不知打哪儿灌进来一阵暖风。汉斯甚至难以相信这是真的，兴许是因为刚才一直在动才感觉到热吗？他把手套摘下来。不对，舱里的空气分明又湿又潮。这是打哪儿来的？难不成是火山喷出的火焰给它烤热啦？

火箭外壳上早就堆满了一层厚厚的雪，都结成了冰，得用冰镐把它砸开。外面的暴风雪、冰雹和倾盆大雨轮流交替，简直是你方唱罢我登场。接着，突然又上冻了。宇航服也冻得硬邦邦的，手脚一动就会嘎吱作响。这活儿干得十分艰难，氧气还不够用，他们只得歇一阵子，干一阵子。

就在他们不得不停下来歇口气的时候，突然刮起了一阵强风，一下子就把厚厚的云层都吹到一边去了。刹那间，满天繁星都露出头来。

“是月亮，快看啊，那儿有一个小月亮！”汉斯用戴着手套的手指着月亮惊呼道。没错，那是金星的一颗小卫星①，看起来还没一颗樱桃大呢。金星本来就不大，再加上它那层厚厚的大气层还散发着耀眼的光芒，所以地球上的天文学家才没有看见这颗卫星。

---

① 根据最新的科学研究显示，金星没有天然卫星。——原注

“咱们那个货真价实的月亮，还有咱们的地球在哪儿呢？”整个天空都撒满了闪闪发光的大星星，汉斯找不到地球和月亮，“灿德尔先生……它们在哪儿呢？”

灿德尔没在边上。

“灿德尔去取仪器了。”温克勒回答道，“诺，那儿想必就是地球啦。”

这颗蓝莹莹、颤巍巍的露珠就是地球？

汉斯头一次领会到那个朴实的真理，真是天外有天，“球外有球”，地球上的人也只是“天上的居民”罢了。他认识到了大和小总是相对而言的。在宇宙这个无底洞里，地球只不过是一颗名不见经传的小星星，只不过是一粒沙子，和“芸芸众星”没有区别。

灿德尔拿着天文仪器回来了，他赶忙进行观测，眼看这边就要观测完毕了，那边的天空又被厚厚的乌云遮得严严实实。

火箭外壳上的冰都被砸掉了，那场景简直是不忍直视！明光锃亮的表面怎么就成了这副模样！就像得了麻风病的人一样，外表坑坑洼洼、斑斑点点，这些都是燃烧和冰冻留下的痕迹。谢天谢地，火箭没有大的损伤。等快要忙完的时候，灿德尔、温克勒和汉斯个个都累得头晕眼花、步履蹒跚。

但是他们顾不上休息，他们要把雪从公共舱里弄出去，做一个临时的窗框，再在门上安一台通风机和净化硫黄蒸气的过滤机，最后还得安一台压缩机，工作多了去了。星际飞船上甚至宣布了全员紧急集合的号令。

这一回，乘客们倒没有提出抗议就乖乖去干活了。

直到工作全部结束，飞船能正常供应空气之后，他们才跑回自己的舱室躺下休息。

等大家喝茶的时候，灿德尔做了一个报告。他通过天文观测和自己的计算，确定火箭降落在了金星赤道附近。

听众们都感到万分震惊。

“赤道上会有严寒，下暴风雪，还有极夜现象？……”

“这个赤道的冬夜得持续多长时间啊？”

“瞧瞧咱们挑的这地儿，真是没话说！”

“这里的冬天马上就要过去了，用不了几天就能迎来春天啦。”灿德尔宽慰大家说。

“赤道上竟然有冬天！”

“为什么这里的气候和地球赤道上的相差十万八千里？”

“这与自转轴相对于轨道平面的倾斜角有关。”灿德尔回答道，“金星的自转轴向轨道平面倾斜的角度比地球更大，它几乎是完全倒立在轨道平面上。”

对于乘客们来说，郁郁寡欢又极尽折磨的日子到了。也不知是因为烦闷，还是因为又回到了重力世界，这些逃难者们都犯起老毛病来了。男爵的胃痛又犯了，斯托尔迈尔的心脏出了毛病，全身还软塌塌的，欣顿夫人的肝也“诉起苦来”。布洛顿和平奇一块儿喝起了白兰地。捷克尔竭尽全力履行着自己大夫的职责，但病人们却怨声载道，始终不见好转：可能是因为他们的口粮打了折扣，再加上火箭里的温度太低。

只有汉斯、温克勒、灿德尔、玛丽和雅克没有觉得烦闷。

着陆时的撞击给火箭上精密复杂的机械装置造成了不少小损伤，必须对它们进行修理。无线电台也给灿德尔带来了不少麻烦，他一直都修不好接收器。这些小磕小碰很快就都被修理好了，连接收器好像也完全正常了，只不过与地球的联系始终都没有建立起来。

汉斯只要一空下来就会去学习。他对于返回地球这件事自始至终都没产生过怀疑，还准备当星际飞船的舰长。温克勒和灿德尔在这方面给了他很大帮助。

“等咱们往回飞的时候，火箭就交给您来驾驶啦。”灿德尔说道。

汉斯对此简直是念念不忘，甚至经常梦见自己驾驶飞船在太空遨游。

经过两个星期的不懈努力，火箭的两扇外门和舷窗上的防护罩终于被打开了，但火箭里的气氛仍旧没有欢快起来。窗外还是乌漆墨黑的一片，时不时闪着血红色的光。

德尔科罗用手指头揉着自己的太阳穴，在公共舱里踱来踱去，这里又成了这帮乘客聚集的地方。欣顿夫人脸色阴沉，坐在自己那把王座一样的圈椅里一言不发。

“这简直太可怕啦！”德尔科罗说道，活像一位戏剧演员，“这样的寒冷，永无止境的黑暗……都要叫人发疯啦……”

“简直和度假村里一样枯燥乏味……”埃伦黯然地回应道，她就坐在自己姑妈身边。

“在度假村？哦，只要现在能去度假村，我可以倾尽自己的所有！”德尔科罗悲痛地哭喊道，“尼斯、芒通、比亚里茨、利多……这些地方简直就是天堂！是童话里才有的美梦……”

“恐怕成了失失……失乐园……”男爵满脸忧郁地插了一嘴。

“都是该死的机器吞噬了天堂。”施尼列尔喊道。

“你们快瞧！那里有个玫红色的光斑！”艾米丽指着天花板惊呼道。

“这是火山喷发的反光……”

“不对，不对，是太阳，这分明是太阳光。”

所有人都朝窗户跟前跑去。在漆黑的山峰之间，一缕微红的阳光从云层间狭窄的缝隙中破空而出，完全跟地球上的阳光一模一样。乘客们歇斯底里地狂欢起来。

德尔科罗把胳膊伸向窗户，大声喊道：“太阳，是太阳……”

光束突然一下子熄灭了，而德尔科罗像个石头人一样呆呆地站在那里，胳膊向前伸着，就这样保持了好几分钟。

“让我们感恩造物主吧！”传来了主教的声音，“寒冬就要结束，咱们的苦难也要到头啦。”

“到了夏天，造物主指不定还给我们留了哪些苦难呢。”斯托尔迈尔回答道。

第三章 “创世之初”

“说不定创世之初的地球也是这副模样。”主教站在舷窗边说道。

“这会儿上帝还没来得及把土地和水分开呢。”欣顿插了一嘴。

春天来得异常迅速。白昼已至，但还是看不见太阳。浓密厚重的白雾像棉花团一样遮住了远方，连最近处的几座山峰也看不见了，雨幡洞云每隔一小时就会倾泻下滔天洪水。火光一样的闪电在天地之间织出一条条蓝色的大网，即使隔着星际飞船厚厚的外壳，也能听到沉闷的雷鸣声。塌方和地震让火箭抖个不停。借着偶尔乍现的光亮，人们可以看到积雪正以惊人的速度融化，黢黑的山坡也裸露出来。

一条河从火箭跟前流过，河水汹涌澎湃，带着无数的冰块和巨石顺流而下，河水迅速涨了起来，深褐色的滚滚巨浪已经扑到了舷窗下面。

灿德尔下令关上安全防护罩，因为水流斜着朝火箭冲来，顺流而下的石块可能会把窗户玻璃打碎，但这还不是最主要的危险。

“一旦河水把上面的舷窗淹没，连接外面空气的通道就会被阻断。”他对温克勒和汉斯说道。

从飞船上撤离？想都不用想了！

“咱们应该做一根通气管，再把它安装在更高处。”

“做倒是不难做，材料也有，但只怕是安装起来难。”温克勒摇着头说，“只要咱们一出去，就会像苍蝇一样被水流冲得无影无踪……可不管怎么着，咱们还是死马当作活马医吧。”

“只不过，这根管子经不经受得住这头洪水猛兽？”汉斯问道，“至于安装嘛，不用出去也能安装，况且咱们也出不去：只有船尾有个舷窗还没被淹。等咱们把管子做好，它恐怕早就被淹了。”

“那您有什么主意呢？”灿德尔问道。

“咱们就在火箭里等着。”

“可是火箭会被完全淹没。”

“淹就淹。到时候咱们把飞船变成‘鹦鹉螺’号，然后就待在水下等着水退去。”

“那我们岂不是会被憋死！”

“咱们这一路上不也没被憋死。”

“是没憋死，那是因为我们有储备的氧气。”

“谁告诉您咱们现在就没有氧气储备了？”汉斯反问一声，哈哈大笑起来，“我要是连这点先见之明都没有，就甭想当一个好舰长啦。我早就利用金星大气制备好了氧气，氧气罐一个个都装得满满当当，都够咱们返航用的啦。”

灿德尔摇了摇头：“是啊，汉斯，您倒是给我上了一节关于未雨绸缪的课。谁又能料到这里的春天来得如此迅猛，就连山里的季节性河流都能决堤而出把咱们给淹喽！”

“我也没料到。”汉斯开诚布公地承认说，“我储备氧气是因为斯托尔迈尔偷氧气罐那件事让我触动很深。我想我们现在只需要一根测水位的细管，然后把它往外面一伸就行了，这样咱们就能知道洪水什么时候消退，什么时候能打开舷窗啦。我这就去把管子拿过来。”

汉斯说罢便走开了。

乘客们对他们遇到了什么样的新危险一无所知。

汉斯、温克勒和灿德尔整整一晚上都守在那根管子旁。

到了凌晨两点，水开始从管子里流出来。这意味着河水的水位至少已经升高到距离火箭顶部1米高的位置了。

“要是没有新的氧气贮备，这会儿火箭里恐怕又得乱成一锅粥啦。火箭就像是一艘已经沉到底再也浮不上去的潜水艇。好在一切都平安无事，咱们的乘客们也都安生地入睡啦。”温克勒说道。

“这是怎么啦？地板好像在晃动？”汉斯问道。

“没准儿又地震了。”灿德尔说道，“金星的大地还在呼吸呢。”

“不，这不是地震。咱们感觉到的不仅是震动，还有平稳的摇摆。是不是火箭漂上去啦？”

缓慢的晃动变成了真正的摇摆，不时还伴随着撞击感。火箭转动起来，地板一会儿从脚下抽走，一会儿又顶了上来。

“大自然发疯啦。”汉斯紧张地说道，“得多大的力量才能把火箭冲走呀？！”

“这是要把咱们带到哪里去？说不定是个无底洞呢……”

“要是给我们冲到海里也还行。从平流层那么高的地方砸到石头上可不好受……”

乘客们醒了，大家都没来得及穿好衣服就跑到了走廊上。

“发生什么事了？”

“我们又飞起来啦。”

“往哪儿飞呀？是回地球吗？”

一个猛烈的撞击把所有人都放倒在地，顿时响起一片鬼哭狼嚎声。

“请大家立刻躺到缓冲箱里去！”灿德尔命令道。这一次大家都乖乖服从了他的命令。

令人煎熬的几分钟过去了。火箭没有再发生另外的撞击，连颠簸也平息了下来。火箭可能被卡在了石头缝里，也可能是被甩到了岸上……

汉斯头一个从箱子里爬了出来，赶忙去查看管子。水不流了，火箭也一动不动。他又铤而走险，跑去打开了公共舱的舷窗。

一缕明亮刺眼的阳光射了进来，把火箭的舱壁、汉斯的脸和手照得亮堂堂的。

“真见鬼，这太阳亮得和探照灯一样！”汉斯眯着眼睛喜出望外地喊道，“瞧瞧外面这天！比地球上的天空蓝多了，就是稍微暗一点儿而已，大概是有火山灰的缘故。太阳和这里的景色都显得黄里透红，是不是也是火山灰造成的？”

汉斯忽然唱起歌来，把这个喜讯传递给大家：“都起来吧，快复活吧，你们这些躺在棺材里面的人！金星上的太阳在向你们问好呢……你们这些从地球上来的败类！”他小声嘀咕着后半句。

火箭里的温度迅速升高。

这对斯托尔迈尔来说也的确是个大喜的日子，他甚至还给汉斯一个慈祥的微笑。

他们都挤在舷窗边。一片群山环绕的石头平原展现在他们面前，无数条溪流纵横交错，朝四面八方流去。就在几个钟头前，这片平原上还肆虐着能把沉重的火箭像木头屑一样冲走的滔天洪水。平原四周围着一圈雪白的火山锥，那里没有植物，既看不见飞鸟，也看不见走兽……除了石头就是水……

汉斯让乘客们都离开公共舱，接着就打开了舷窗，手里还预备着防毒面罩以防万一。一股温暖潮湿的空气扑面而来。

“可以呼吸。”他转过身去，向灿德尔和温克勒说道，“连硫黄味儿也没那么重了，空气很浓稠，也许含氧量比地球上还要多呢[①]。人像喝了酒一样，光想笑。一准儿是这场春汛把咱们冲到了海拔更低、离火山更远的地方啦。”

汉斯爬到了打开的舷窗框上，把两条腿向外边伸去。

“窗户底下有一块大石头。”他报告说，“几乎是一个规则的椭球形，像一只底朝上的大艇。石头表面上一层一层地套着六边形花纹，像蜂巢一样。”

温克勒踩到一把椅子上，朝外面望了望。

“这怕是金星上哪块花岗岩矿的矿石吧。”汉斯继续说道，紧接着蹦到了石头上。

石头突然站起来，慢慢地向上爬了起来。

这可把汉斯吓坏了。

“石头还会爬！原来是一只金星大乌龟！我把它当成一块石头啦。”

凸起的龟壳下突然探出一个扁平的脑袋，上面长满了灰色的鳞片，有牛头那么大，脖子足足有大象腿那么粗。“乌龟”朝着一边爬去了。

“我可没有在开玩笑！”汉斯惊呼一声，然后跳到了满是石头的地面。他回头望了一眼，吃惊地大叫了一声。

“怎么啦，是不是又碰到新怪物啦？”温克勒问道。

汉斯摇了摇头，回答道：“简直是命悬一线。咱们的火箭就在悬崖边上，整个船头都悬在深不见底的深渊上。要是从十几

---

① 实际天文探查表明：金星大气是类地行星中最为浓厚的，云量极大，放电现象频繁，二氧化碳含量在97%以上，但氧气极少。——原注

千米高的地方掉下去，别说咱们了，就连火箭都会摔得粉身碎骨。不过这儿倒是一个完美的发射地点哪！前头没有山峰碍事，道路畅通无阻，信号灯也一览无余。现在起飞都行。您也下来吧，用不着害怕，‘乌龟’早就爬走啦。”

“爬走了一只，其他的都来啦。快瞧，多少‘石头’活过来了啦！”温克勒说。

这群笨拙的动物在平原上慢慢地爬着，也许它们刚刚从冬眠中苏醒过来。

“我想知道它们平日里吃什么，它们的食量肯定有大象那么大。可是周围只有光秃秃的石头。它们想必也没尝过人肉的味道，所以我想它们对我们来说一点儿也不危险。”

汉斯跑到一只“乌龟”跟前，它正伸着自己那又粗又长的脖子在石头间翻找着什么。

“瞧！这下它找到早餐啦。”

“乌龟”的面前躺着一块疙疙瘩瘩、浑身是洞的东西，像一块铁锈色的海绵，足有一床被子那么大，半米厚，边缘凹凸不平，破破烂烂。“乌龟”开始撕咬这床“被子”的边缘，贪婪地吞吃起来。汉斯跳到“被子”上，然后就被弹了起来，像是跳到了一个紧绷绷的弹簧垫子上一样。这只“乌龟”被吓了一大跳，赶忙向后退去，爬走了。

几分钟后，布洛顿、艾米丽、德尔科罗和平奇也加入了汉斯的行列。石头之间到处都是苔藓，有的只有枕头一般大，有的像一块巨大的地毯，还有的铺满了地面，简直像一座座小岛一样。是啊，这些食物足够乌龟们吃了。

火箭上的乘客们一扫之前的焦虑，沉浸在对阳光、空气、温暖、一望无垠的空间和自由自在的喜悦中。

而向来坐不住的汉斯已经对其他东西产生了兴趣。他在一条狭窄的石头缝里看到积雪已经被压瓷实了，里面还有很多通道。

“您在那儿聚精会神地盯着什么瞧呢？”捷克尔问道。太阳把他也勾出来啦。

“这里肯定是‘冰鼹鼠’的洞穴。”汉斯回答道，“冰层里都是通道、爬行道，还有隧道，您瞧见没？它们不可能是自然形成的，没准儿咱们还能在这儿碰到挖沟的师傅呢。”

没等多大会儿工夫，一只浑身漆黑、看起来像烙铁一样的小动物突然从冰底下冒了出来，它从花岗岩上跑过去，把自己那张尖脸朝着冰墙一下子扎了进去，似乎那根本不是什么冰，而是一团雾气。水从新钻开的洞口哗啦啦地流出来，很快就汇成了一个大水坑。

“得把这个小家伙抓住。”汉斯说道。

又一只这样的动物从冰层下面钻了出来，浑身湿漉漉、亮晶晶的，还冒着热气。汉斯一把抓住了它，但随即大叫了一声，又把它扔掉了。一眨眼的工夫，这个家伙就不知道逃哪去了。

“它咬您啦？”捷克尔问。

汉斯一声不吭地露出手掌，掌心和手指上都鼓起了大泡。

“咦……看着像是烫伤。”捷克尔说道。

“就是烫伤。”汉斯回答道，“那家伙简直像烧红的烙铁一样烫。”

“有意思！非常有意思！”捷克尔兴致勃勃地说道。

“一点儿意思都没有。”汉斯看着自己红肿的手掌反驳道，“现在好了，这两天又得打点这两只手啦。”

“走吧，我给您涂点烧伤药膏，再给您包扎一下……不过这还是很有意思的……我可不是说您的手啊。”捷克尔继续说道，“我在想……这怎么就不可能呢？毕竟地球上有些动物能够从冷血动物变成温血动物，保持37摄氏度左右的恒温。许多鸟类的体温甚至达到了40摄氏度。金星上的温度波动幅度要比地球上的大得多。这儿的一些动物在进化过程中显然已经发展出了提高温度的能力，体温也许可以达到70摄氏度……”

“这块‘烙铁’肯定得有100摄氏度啦！”

捷克尔咧嘴一笑。

“那这里的蛋白质也得有出色的抗热性才行。六七十摄氏度的高温足够让这些‘冰鼹鼠’变成活生生的热铁，这群家伙兴许在冬天也能在雪下搜寻苔藓和地衣充饥。有了这么高的体温，金星上难以置信的严寒对它们来说根本不足为惧，更何况冰层也能保护它们不受外界寒冷的侵袭。”

“它们在冰下面怎么呼吸呢？”

“‘冰鼹鼠’怎么呼吸？它们可以挖出通风通道来，就跟咱们地球上挖地洞的那些家伙一样。”捷克尔停下脚步，望着天空，“不过咱们该回去啦，您瞧瞧，黑云已经从山后头压过来啦……瞧它们跑得多快！那朵云把太阳都给挡住啦……真是怪事！您听见哗哗的就像在下大雨的声音了吗？可哪里有雨啊。这声音可真是怪了！难不成是冰雹云？”

那片云越来越近，沉闷的轰隆声和呼啸声也越来越大。接着，乱七八糟的噪声变成了噼里啪啦的节奏，像在打响板似的，还能听到阵阵时断时续的尖叫声和咕咕声，仿佛是一群巨大的蛤蟆在呱呱叫。

“这是鸟儿，是候鸟！”汉斯仔细瞧着这一团黑压压的东西惊呼道。

“没准儿是龙、蝙蝠……是翼龙呢……”

“还真没准儿，我看见它们翅膀上带蹼……尾巴上还有翎毛……”

“快瞧，它们爪子里抓着自己的雏鸟呢！”

“也有可能是它们的猎物呢……平奇先生！布洛顿！施尼列尔！……到这儿来！……”

到处都是鸟鸣声、咯咯声、隆隆声、尖叫声和噼啪声，乱糟糟地把人的声音都盖过去了。这群鸟儿越飞越低。汉斯的脸上已经感觉到了这些巨大的翅膀扇动带来的气流。

布洛顿、平奇、艾米丽和德尔科罗都着急忙慌地跑向火箭。

就在这个时候，主教提溜着法衣的衣摆从舷窗里爬了出来。欣顿夫人、斯托尔迈尔和埃伦透过舷窗欣赏着他那隆重的“下凡”仪式。主教决定像诺亚一样感谢上帝并“礼赞新的世界”。山后头不知道哪个地方下起雨来。一道在地球上从没见过的双层彩虹从远处山峰间横跨而过，颜色绚丽夺目。主教把它当成是上帝在天地之间留下的特殊征兆……

那群鸟儿还在不停地飞翔。

布洛顿、平奇、艾米丽和德尔科罗已经来到“诺亚方舟”跟前了。

汉斯感觉似乎有一个黑色的大捆包从天而降，落到了人群中间。“捆包”突然展开了几米长的翅膀，长长的爪子抓住了布洛顿。勋爵挥舞着两条胳膊，两条腿也在天上扑腾来扑腾去，跟着鸟儿一块儿飞走了。这一切都发生在刹那之间。由于鸟群发出的呼啸声和嘈杂声太大了，以至于几乎没有人听到主教的哀鸣，也没有人听到埃伦的尖叫声，布洛顿就在她的眼皮底下被掳走了。埃伦朝着越飞越远的未婚夫挥了挥手，然后就两眼一黑，倒地不起。韦勒主教张大嘴巴愣在原地，停止了祷告。彩虹也黯淡下来，天空乌云密布，震耳欲聋的雷声在峡谷中滚动。鸟群像一条黑乎乎的带子一样飞到云层上空，消失了。山谷上面只剩一只鸟在飞，身子被猎物坠得飞不到高处。一个人在它的爪下挣扎。

汉斯赶忙掏出手枪，但又不敢开枪，生怕打中布洛顿。

庄严的祈祷仪式也被彻底搞砸了。韦勒用手捂住脑袋，躲避着巨大的冰雹，哪里还顾得上什么体面，两只脚在长长的衣摆里打架，一路磕磕绊绊地跑到舷窗边。

所有人都回到了公共舱，被刚才发生的意外搞得垂头丧气。

美丽的金星女神接受了第一件活人祭品。

“要是这个祭品能抵掉咱们的罪过倒也还不错……”主教心里想，“但为什么偏偏是他呢？要是把这个不信神的汉斯抓去多好啊！”

“主啊，愿您怜悯新亡仆人的灵魂！”他大声念叨着。埃伦也哭了起来。欣顿夫人用蕾丝手帕擤了擤鼻涕。

“人还没死呢，不用急着给活人哭丧！”汉斯火冒三丈，“布洛顿勋爵是个小伙子，人家身强体壮，是个运动健将，还是个猎人。那只会飞的金星癞蛤蟆未必能伤得了他呢。它抓着那么重的东西不可能飞远。我建议咱们组织一个救援队，谁跟我一起去？”

灿德尔、艾米丽、平奇和捷克尔踊跃报名。

“就对付一只鸟而已，用不了那么多人手！我想大夫一个人就够啦，没准儿布洛顿需要他的救治呢。”汉斯说道。

“那您的手怎么办？”捷克尔问道，“至少得重新包扎一下。”

“来得及！快去取上您的急救箱，大夫，然后咱们就上路。别忘了带上几把手枪，再拿点面包干，咱们当早饭吃。”

第四章　寻找布洛顿

峡谷里，沿着已经干涸的“季节性”河流的河床显现出一条道来，有的沟里还有积雪，融化的积雪汇聚成一条条小溪穿过道路。

“这个地方简直糟糕透顶！”汉斯抱怨道，“要是从洞里钻出个什么怪物来，我们跑都没地儿跑……这该死的大雨浇个没完，还有雾……”

“风倒是暖乎乎的。看来咱们得习惯这里的雨水大雾啦。这地儿看起来就没有一天不下雨的。”大夫说道。

他们绕过陡峭的岩壁。风几乎刮得人站不住脚，雾也越来越稀了。一束明亮的彩色光束仿佛经过三棱镜的过滤，直冲人的眼睛射来。汉斯感到莫名其妙，不由得四下张望起来。太阳从瓦灰色的乌云之间探出头来。但这五彩缤纷的耀眼光芒并非出自太阳。好几座山的山脚仿佛烧了起来，喷发出红色、黄色、蓝色三色光芒。

“地上有彩虹？真是咄咄怪事！”汉斯惊叹道。

两个人走到了跟前。原来他们面前的在阳光下闪闪发光的都是宝石：祖母绿、黄宝石、紫水晶、钻石、红宝石……

捷克尔惊讶得屏住了呼吸。

“堆积如山，价值连城哪！”他大为震惊地喊道。

宝石成串地铺陈在花岗岩悬崖上，有的红如血露，有的青翠欲滴，有的蓝若碧空。再高一点儿的岩壁上都是大片大片的乳白色宝石，下边黑黢黢、闪着光的是山岩矿石，再往下又是一片片红色、黄色，还有绿色宝石。崖壁的边缘和尖端全是闪闪发光的巨大水晶。

汉斯放声大笑了起来。

“您这是怎么了？”捷克尔担心地问道，害怕眼前这个小伙子被这些只有童话里才会有的宝贝给冲昏头脑。

“我想起来一件好笑的事儿来啦。”汉斯回答道，“有一回我正好瞧见欣顿夫人在倒腾自己的钻石。她吓得大惊失色，赶忙用手捂着自己的宝贝，活像一只见了老鹰连忙捂住崽子的老母鸡。她揣着从地球带来的那几个小口袋，一路上对它们如数家珍、提心吊胆。我倒还真的想逗逗这个老太婆。”

汉斯挑了几块天然大宝石揣进兜里。

“咱们继续往前走吧！”

太阳已经落山。雾又浓了起来。

“布洛顿，布——洛——顿！”汉斯喊道。

“洛洛顿顿……”山间传来阵阵回响。

汉斯绊在一块石头上，栽了个跟头。

“真见鬼！”他趴在地上惊呼道，“这儿走两步路就是宝贝！”他爬起身走到捷克尔跟前，让他看看自己捡到的一块大狗头金。

“这得有足足3千克。虽然沉得不好拿，但我还是要带上它。”汉斯把金块塞进了包里，“咱们现在可发达啦，大夫！咱们包里满满当当的都是珍宝啊。布洛顿！布——洛——顿！”

“这么大的雾，稍不注意就得迷路哇。”捷克尔担心地说道。

“不会迷路的，我跟着指南针走呢。”

两旁的峭壁渐渐退去，峡谷终于到了尽头。他们两个人来到一片开阔的山间平地上，前头就是个大斜坡，根本看不清楚这块平地延伸到了哪里，只见雨幕一泻而下，蒸汽从下方蒸腾而上。

一阵强烈的热风吹过。汉斯回头望去，在高耸的悬崖之上，星际飞船的船头清晰可见。再往上看，是覆满积雪、直插云霄的山峰，浓烟滚滚的火山头如同鸟窝一样。雨幕和迷雾逐渐散去，下面出现一条湛蓝的海岸线，岸边立着一片黑压压的树林。

天空终于变得晴朗起来，汉斯看到山脚下有一个大海湾，其中嵌入一个半岛。山腰上矗立着高大的树木，它们光秃秃、干巴巴的，形似芦苇般瘦弱。树干一节节的，越往上越细，每一处关节上都长着非常整齐的树枝，直突突地往上翘。树枝的枝头像避雷针一样又分出几道细杈，细杈的尖端长满了簇簇针叶。

他们两个人对挂在一簇簇针叶旁边的果子产生了兴趣。根据汉斯的判断，这些果子像探测气球一样圆，个头也差不多大。有几颗果子已经落到了地上……

“咱们再走近一点儿。”汉斯继续说道，“布洛顿！布洛顿！”他扯开喉咙喊道。

突然发生了一件怪事：那几颗落在地上的果子像是被叫声吓到了似的，都朝上飞去，飞得比树还高，然后就被风吹到一边去了。一些挂在树枝上的果子也掉了下来。

“真是有趣。会飞的西瓜。”

他们朝着那棵树走去。又有几颗果子从树枝上掉了下来，然后随风飘走了。

“这些气泡肯定是让我们给吓破了胆。”捷克尔说，“这些家伙肯定不是什么果子，而是一种活物。”

“那咱们就打下一只来瞧瞧。”

汉斯瞄准了一只，开了一枪。“西瓜”就像小孩子玩的被戳破的气球一样一下子蔫巴下来了，接着掉到了地上。

皱巴巴的球壳上吊着一根和鹅颈一样不太长的细脖颈，脖子上是一个圆圆的脑袋，脑袋上长着和注射器的针头一样细细尖尖的喙。捷克尔掏出自己的小刀把它剖开。在球壳的内部，他发现了心脏、食道和装满松果、松针的胃，还有肠子。

“肾脏、肝和脾倒是没找着。”捷克尔一边在球体内部翻找，一边说道，“真是一只奇鸟。”他笑着说道，“既然能飞，我们当然得称之为鸟啦。不过它发明的这种空中飞行方式多么奇特啊！显然，它的身体产生了一种比空气还轻的气体，这些鸟简直是气球鸟，不知道它们能不能控制自己的飞行？”

汉斯又吓跑了几只“气球”，然后聚精会神地观察着它们怎么飞。这几只气球鸟一直随风飘荡，它们一会儿和云肩并肩，一会儿又掉到低空，最后终于搭上了一股气流，开始随着气流向一片远离他们这两个陌生访客的巨大“木贼林”飞去。

“毫无疑问，这些气球鸟可以调节自己的飞行高度。金星空气里有很多不同方向的气流，这些鸟不费吹灰之力就能搭上顺风车，因此它们只需要一个能控制垂直方向的飞行器官就足够了。它们可能通过释放部分气体来降低高度，然后再通过某种特殊的器官重新产生新的气体，来提升高度。”

它们排放的是什么气体呢？捷克尔掀开这只“气泡”的褶皱，凑近闻了闻。他立即剧烈地咳嗽起来，接着又是不停转动身体，又是狂叫，蹦了几下后就倒在了地上。

汉斯赶快跑过去帮忙。

大夫的脸已经变成淡紫色，他的嘴边沾满了淡紫色的沫子，眼睛直愣愣地瞪着，瞳孔都放大了。

莫非是中毒啦？……汉斯从大夫的随身药包里掏出酒精，去揉搓他那已经发紫的太阳穴。几分钟过去了，捷克尔还是一动不动地躺着。他脸上的淡紫色开始变成黄色，汉斯也不知道这是好还是坏。又过了半个钟头，在汉斯已经对捷克尔能起死回生这件事不抱任何希望的时候，他突然醒了过来，而且一个鲤鱼打挺就跳了起来，那张微微发黄的脸也慢慢正常起来。

“您这是出什么事啦？”汉斯问道。

大夫的手脚还在一个劲儿地哆嗦。他咬着牙喊了一声：“我得振作起来！”

终于，他成功地把这阵痉挛止住了。

“您也别问我啦！这种恶心的东西……地球上还真没有这么恶心的东西。”

他们默不作声地朝前走去。捷克尔开始没完没了地打起了喷嚏。两个人只得停下脚步。每打一个喷嚏，大夫的身子就痉挛一次，直到鼻子里流出血来，捷克尔才完全清醒过来。

一大片石头地上长着茂盛的植物。它们的叶子宽 30 厘米，逐渐向末端收缩，长度为 15 米，从根部向四周呈规则的放射状星星图案展开。从“星星”的中心拔地而起一根高大的树干，树冠上是一个“四角状吊灯”，每个角的末端都长着几个长椭圆形的暗红色疙瘩。叶子表面也都覆盖着密密麻麻的小疙瘩。

“和章鱼触手上的吸盘差不多。”汉斯边说边往叶片丛里走去。他的背不小心碰到了一片叶子，树尖一下子从后面扒住他的身体，把刚刚捕到的猎物卷起来。汉斯边转边喊，手脚乱蹬地在空中扑腾，最后滚到这棵植物的中间去了。汉斯扑腾的时候碰到了旁边的植物，它们也立刻蜷缩成了一个喇叭。其他叶子也都慢慢卷了起来了。“星星”变成了一个线团一样的东西。

“赶紧……用刀把它割喽！”汉斯喘着粗气喊道。植物像一条巨大的蟒蛇一样缠绕着他的身体。

捷克尔赶紧掏出猎刀，跑到植物跟前，开始割它的叶子。

“当心……您自己别也被缠住喽！”汉斯喊道。他的脸因充血而变得通红。

刀子很难割动叶子的表皮。捷克尔在汉斯旁边急得直跺脚。

“您的手在哆嗦……把刀给我！”汉斯嘶哑地喊道。

捷克尔把刀递给了他。汉斯一刀划过去，树叶嘎吱作响。血一样鲜红的汁液溅了汉斯和捷克尔一身。这只可怕的触手终于被切下来了。

汉斯跟叶子一块儿掉了下来。捷克尔像滚木桶一样把汉斯从植物上推开。

汉斯想把叶子抻开，但它就是不松开。随着红色的汁液慢慢淌出来，叶子的弹性有所减弱，汉斯才得以脱身。

他的身边汇聚了一大摊汁水，汁水变黑后迅速凝结成固体。

汉斯深深地呼了一口气。

“我得谢谢您，大夫！我还以为那条‘章鱼’要把我的肋骨都勒断呢。金星这是给咱们每个人都备了一份大礼。在这里得加倍小心，指不定前方还会碰到什么危险呢。”

汉斯踢了那片发黑的树叶一脚。

“这些肉食植物和地球上的捕蝇草是一个道理。不过咱们该回去了，天马上就要黑了，得赶到峡谷，到了那儿就不会迷路啦。布洛顿！布洛顿！……”

根本没有人回应。

“难不成他真的死了？”汉斯惊呼道。

好巧不巧，捷克尔在回去的路上发现了几根羽毛和几块黑皮，兴许是那条“翼龙”翅膀上的。还在石头缝里发现了血迹。

“那头该死的飞龙不会在这儿把布洛顿给吃掉了吧？”

“那骨头在哪儿呢？”捷克尔问道。

“那头长着翅膀的河马恐怕是吃人不吐骨头的……”

第五章　穴居人

汉斯和捷克尔赶在晚饭前回来了，晚上就吃些饼干。

“唉，我们连布洛顿勋爵的影子都没有看到。”捷克尔伤感地说道，他没提自己在路上发现羽毛和血迹的事，怕布洛顿的未婚妻太过伤心。埃伦的那双眼睛本来就哭得红彤彤的了。

晚餐结束时，灿德尔也发话了。他说飞船上储备的食物已经快耗尽了，一天也不能再耽误啦，得马不停蹄地到山谷里开荒种地，储备好过冬吃的东西。

“那这……这段时间咱们吃……吃什么呢？”

“只有去打打猎，捕捕鱼啦……”

“一想到这里有那些会飞的大爬虫我就倒胃口。”斯托尔迈尔说道。

“金星上不可能没有咱们能吃的动物、鱼和植物。您觉得呢，大夫？”灿德尔问道。

“要我说，别管是哪儿的植物和动物都是一团面揉出来的。都少不了蛋白质、脂肪和碳水化合物……只不过可能夹杂着点咱们不知道的有害杂质。地球上不也有能毒死人的植物。咱们在这儿得小心再小心。”捷克尔继续说道，尽管他禁止汉斯提他们碰到气球鸟的事，但他自己还是忍不住把他们的奇遇一股脑儿都讲出来了。听众的脸上满是恐惧、惊慌和厌恶。

“那咱们怎……怎么知道，什么东西能……能吃，什么东西连……连闻闻都不能闻？”男爵问道。

捷克尔无奈地耸了耸肩。

“那原始初民是怎么学会区分可食用植物和有毒植物的呢？当然是靠经验。也只有靠经验啦。”

“以自己的生命为代价吗？”

“不错，许多人因此丧命。要是现在我有个设备齐全的化学实验室的话……”

“前……前前途还真是一片光明！想……想去拔根葱吧，它能立刻把你卷起来；闻闻肉新不新鲜吧，鼻子还没凑近就死翘翘啦。”

“我是绝对不会踏出飞船半步的！”欣顿夫人掷地有声地说道。

“咱们在飞船里就能打猎钓鱼，干吗非要搬到山谷里去？您说是不是这个理，男爵？”斯托尔迈尔拍了拍马歇的肩头。

男爵对这种故作亲昵的举动感到厌恶，微微打了个寒战。

“当然。我们都是一把老骨头啦。欣顿夫人、斯托尔迈尔先生，加上我自己、教授，还有主教大人，总之……嗯……嗯……”

灿德尔抓住了他停顿的时机。

“不可能的事。”他打断了男爵推脱的言辞，“有劳动能力的人都得去海边山谷的田里干活，没人会把饭送到你们嘴边。”

“可是我有女仆玛丽啊。”

“我也有雅克呢。”

“在这儿，在金星上，没有什么‘你的仆人’‘我的仆人’这一说，我们得跟严酷又陌生的大自然斗个你死我活。我们必须群策群力，组建一个战无不胜的劳动集体。”

“公……公……公社？”

“叫什么都无所谓，男爵。”

“我不……不不同意。”

“我绝不会放玛丽走的！”

“我要去！”施尼列尔教授大喊一声，“并且我们都应该去。到田间土地劳作，在大自然怀抱中生活，在温驯的动物和植物之间……”

“好一群温顺的动物和植……植……”

“……耕种田地，收割庄稼，放牧，吃着大地结出来的果实。再也没有什么机器，没有什么工人问题，更没有什么革命。”

“我就是不去……去。”

“我也拒绝。”欣顿夫人随声附和道。

“这可真是一群蠢货！”温克勒轻声对汉斯说。

“瞧着吧，到时候他们自己上赶着就去了。‘不劳动者不得食’。并且，我这儿还有一招妙计，一准儿能把这帮家伙赶去干活。”汉斯低声回答道。

在大家吵成一团的时候，汉斯掏出一颗大钻石，假装不经意地在欣顿眼前的桌子上滚着玩。

“您这是从哪儿弄来的？”她怀疑地问道，语气立刻就不对了。

“半道儿上捡的，欣顿女士。”

“钻石可不会被扔在半道儿上。”

“没准儿是哪个金……金星女人掉的呢？”男爵嘲弄地问道。

“兴许吧。”汉斯回答道，“不过这些金星女人看来还真是个个都粗心大意，我们一路上总能碰见这样的宝石。怎么，要不要欣赏欣赏？”汉斯把手伸进兜里，掏出一大捧大颗的宝石，接着又从急救箱里拿出一大块狗头金，随手往桌子上一扔。“它们就像鹅卵石一样，遍地都是。”

“金子！钻石！金刚石！翡翠！”欣顿夫人惊呼道，把整个身体都压在桌子上，伸长了手去够那对儿宝石。

斯托尔迈尔的脸涨得通红，男爵的脸色苍白，主教的一双眼睛里闪烁着贪婪的光芒。一双双颤颤巍巍的手都朝着珠宝伸过去：斯托尔迈尔那双粗厚的、长满红毛的手，男爵那双青筋暴起的手，主教那双浮肿的手，还有德尔科罗那双手指细长、留着粉红色指甲的手……粗的、细的、红的、白的手指都缠成一团颤抖的毛线啦。乘客们喘着粗气，费力地扒拉着这堆宝石，还不忘把别人贪婪的“爪子”推到一边。

“钻石！一颗就有 60 克拉！”

“这颗 80 克拉！”

“把它给我！”

“别抢啊！”

“我不过看看而已！”

“还有这块！瞧瞧多漂亮啊！”

“值 5 万英镑！”

“100 万才够！”

欣顿夫人的左手紧紧攥着一颗最为纯净无瑕的钻石。就连埃伦也忘记了悲伤，着了魔似的看着这突如其来的财富。

宝石很快就被众人一抢而空。为了争夺那块狗头金，这伙人竟然吵得不可开交，都快要打起来了。

汉斯哈哈大笑起来。

“我说各位，别那么贪心啊。”他说道，“我可以向你们打包票，各位都能装上一袋这样的宝石和黄金。只不过我怀疑这些玻璃珠是否真的让你们大发一笔。”

“这可不是什么玻璃珠，年轻人！”欣顿夫人言辞犀利地坚持道，她并不理解汉斯的意思。她依旧活在地球的价值观里。

“您到底是在哪里找到的？”斯托尔迈尔问道，他把那块狗头金塞到夹克衫的衣襟里，紧紧地兜在肚子前。

“我不是已经告诉过您了吗：在路上，在去海湾的路上。要是我们搬到那儿的话……”

“当然得搬！”

“而且越快越好！欣顿夫人，您说呢？好一个金星！好一个奇妙的星球！她真担得起美神的名字。不，就冲这，咱们这一趟就没白来。真见鬼，咱们会跟克罗伊斯一样富得流油。不，比克罗伊斯还富！克罗伊斯跟我们比起来都得算穷人……”

“可我们明天就没有吃的啦，克罗伊斯先生们。”灿德尔把这群发热的头脑拉回了悲惨的现实。

“打倒黄金！打倒珠宝！”施尼列尔突然喊道，“这就是货币！是投机倒把之母！是你死我活的斗争！是流血！”接着，他又谈起了自己的田园牧歌，“但我反对公社，反对把人都聚在一块儿。”

“那我们就分成英国、法国和德国。”斯托尔迈尔说道。“嗯，这倒真不赖！”他开始在心里计算起将来这些国家的人口。英国包含他本人、欣顿、埃伦、韦勒、平奇和玛丽……只可惜布洛顿死了，不然他就能代表英格兰军队，封他个军事大臣当当，英国总人数有6人。德国有捷克尔一家三口，施尼列尔和他闺女、灿德尔、温科勒、芬格尔，8个人，比英格兰人多。但他们又算得了什么呢？德国将会因为阶级对立而被削弱。法国有马歇、德尔科罗，还有雅克，这就算是殖民地吧，法国将退居二流国家。“金矿将归英国，也就是归我所有。一个女人和一个倾家荡产的男爵能成得了什么气候！”

“是的，这主意还真不赖。”斯托尔迈尔已经把心里话大声说出来了，“‘统治吧！不列颠！’‘上帝保佑国王！’我想这一定得是一位英明的国王……”

“没准儿是一位英明的女王呢。”欣顿夫人从她那王座般的椅子上威严地反驳道。“我也得把金矿弄到手！”她心里想。

“这得由投票决定！”斯托尔迈尔回答道。他开始预估自己的胜算：“谁会投我的票：我肯定投自己啦，再加上平奇那一票——我得吓唬吓唬他，实在不行就赏个大臣给他当当……嗯……就这么多啦。投欣顿的人：韦勒当然不用说，埃伦，还得做做玛丽的工作……幸好布洛顿没啦……她可千万别当上女王啊！不，还是不投票得好，干脆就用拿破仑的办法，豁出去啦。”

“这些‘国家大事’，”灿德尔不无讽刺地说道，“我们暂时放到一边。收拾收拾准备上路吧，多余的东西一件也不要带。记住喽，金星上没有‘你的仆人’‘我的仆人’这一说。明天天一亮就出发。”

“那您呢？”

“我得留在火箭里，我还指望着能跟地球建立联系呢。”

新一轮的出门前的准备开始啦，大家又重新挑选物品。欣顿夫人这次仍旧没有放弃自己的麂皮口袋，更何况现在这个宝库里又添了两枚钻石。

黎明时分，钟声敲响。这场“民族大迁徙”开始啦。

热辣辣的雨滴猛烈地落下，打得人脸发疼。四周到处弥漫着蒸汽、浓烟和大雾。云层里雷声滚滚，火山也隆隆作响，地下的火山势力蠢蠢欲动，使得整个地面都在颤抖呻吟。真令人毛骨悚然……

欣顿夫人倚着主教的手臂艰难前行，脚底下湿漉漉的石头地一个劲儿地打滑。主教的长袍和欣顿夫人宽大的连衣裙下摆不时缠在脚上，勾到尖锐的石头上。一股股热腾腾的水流顺着脸上、背上和胸前哗哗往下流。但欣顿夫人的脸上仍是一副义无反顾奔赴刀山火海的坚毅神情。

“哦，我的上帝啊！我还从来没有想到过……”

“求求您！停一停吧。”主教一边说着，一边呼哧呼哧地喘着粗气。

他把自己和欣顿夫人的两个包袱往水洼里一扔，将长袍的下摆撩到腰上，打了个结。欣顿夫人把头扭到一边，她感到非常难堪。主教竟然光着两条腿！这都不是雅观不雅观的事了，简直有违天理。

“夫人，我劝您也这么干。”

“跟您学？”欣顿不满地嚷嚷道。

“没错，学我这样。在这儿也顾不得什么礼节不礼节的了。咱们两个已经落后大部队啦，眼瞅着就得迷路。他们都看不见咱们啦。”

“不，不。咱们走吧。”欣顿夫人坚定地回答道。主教呼哧呼哧地把两个包袱捡起来。两个人又磕磕绊绊地往前走去。

“喂，喂，主教！欣顿！”

是谁这么无理！这声音听起来是斯托尔迈尔的那个厨师。欣顿一不小心踩到裙摆上，栽了个跟头。韦勒费了老大的劲儿才把她笨重的身子搀扶起来。

主教精疲力竭，怒气冲冲，厉声喝道："我早就跟您说了，都怪您咱们才落下的。"

"瞧瞧咱们的主教大人！瞧瞧金星都把人变成什么样啦！"

欣顿夫人又憋屈又累，既感到了侮辱，还觉得恼怒，眼泪都要流出来了。她的马车呢，她那些训练有素，只要使一个眼色就能猜透她心意的仆人们哪去啦？……

"你们倒是快点走啊，要不我们就不等你们啦！"斯托尔迈尔又叫嚷起来。

欣顿夫人叹了口气。这一路还真是悲惨至极。

汉斯打头阵，仔细端详着地面。他们之前就是在这个地方撞上那几根毛和那摊血的，现在什么痕迹也看不到了，早被雨给冲得一干二净了。

这儿是个宝石矿区，看来得在这儿停一阵喽。

"快扶扶我站站起来呀。我栽栽倒了，像是躺躺在一堆钻钻石上呢……直扎的慌……"雾里传来了男爵的声音。

"嗬！找着了！就是金沙！啊呸呸！真叫人目眩神迷啊！"斯托尔迈尔咆哮道。

欣顿夫人感觉到身上不知从哪儿来的一股劲，她再也顾不上什么体面啦，把连衣裙一掀，拽着主教就往前跑。

"再快点！冲啊！"她气喘吁吁地说道，"不然咱们就什么也捞不到啦。”

男爵、斯托尔迈尔、韦勒、平奇和德尔科罗，每个人都解开自己的包袱，开始往里面塞宝石，衣服被扔得到处都是。他们还从来没有这样暴富过，手那么扒拉一下，价值几十万英镑的财宝就来啦，这就是这帮人现在的感觉。几百万几百万英镑的家当就这样源源不断地涌入了他们的口袋。

汉斯靠在悬崖的斜坡上休息，笑眯眯地看着眼前这一幕。他站起来吹了一声口哨：是时候继续上路啦。

这些“百万富翁”用力一甩，把麻袋扛到背上。重得不得了！大家开始朝前走去。肩上的宝石压得他们喘不过气，个个哼哼唧唧、气喘吁吁，但谁也舍不得扔掉。

雾气渐渐变得稀薄，下方露出了黑乎乎的海湾。

突然，脚下的地面震了一下。大家都跌倒在地，包袱里的宝贝也撒得到处都是。地底下传来的隆隆声越来越近，逐渐变成了滚滚雷鸣，突然猛烈地释放了出来。悬崖上的石头四处乱蹦。右边的浓雾被染成血红一片，火光猛地爆发出来，闪得人睁不开眼睛。一团团黑烟往上升起，周围被遮得严严实实。一条条闪电把这片混沌未开的土地犁了个遍，灰烬和石头子哗啦啦地掉落到人们头上。到悬崖下面去躲躲？可悬崖就像发疟疾的人一样颤颤巍巍地抖个不停，眼瞅着就得塌下来。汉斯想维持一下秩序，可没人听得见他在喊什么。旅客们终于舍得把包袱扔掉啦，像一群发了疯的家畜般冲下陡坡。右边一条火河从崖壁里奔腾而出，把周围照得通红。汉斯身边只剩下温克勒、玛丽和雅克，他们 4 人把包袱裹在头上，拔腿就跑。

那几股破土而出的神秘力量终于消停下来了。大地还在颤动，但剧烈的震动再也没有出现，只是硫黄蒸气呛得人喘不上气来。好在峡谷到头了，外面是一片开阔的山谷，缓缓延伸至山脚。这里总是刮着大风，把大雾、硫黄蒸气和灰烬刮走了。人们的呼吸也变得顺畅起来了。

很快其他人也都过来会合了，一个都不少，都没缺胳膊少腿，只不过身上都有擦伤。

那个延伸到海湾的狭窄半岛已经能看得清清楚楚啦。半岛是从一面陡峭的悬崖脚下的红沙地延伸出来的，那里常年经受风吹雨打，峭壁上理应会有许多洞穴，汉斯带领着那些受尽折磨的旅伴们往那里走去。

飞鸟走兽该躲的躲，该藏的藏，十分惧怕这几股汹涌澎湃的力量。就连“木贼树”上的“气球鸟”也不知道跑哪儿去了。

海岸就在跟前啦。半岛的左边大浪滔天，海浪足有几层楼房那么高。地球上可看不到这么大的浪，只有这里非同寻常的力量才能掀起如此大浪。每隔 20 秒，就有一条长达数千米的潮水拍到半岛上。那种狂暴的声音有节奏地消散在空气中，就连大地和悬崖也为之颤抖。

一条黑色的小溪挡住了他们的去路，散发出一股熟悉的气味。没错，一准儿是石油！金星上蕴藏着多少燃料、多少能量啊！那些山间瀑布、惊涛骇浪、刮不尽的大风、流成河的石油……肯定还有煤。等地球上的能源储量耗尽的时候，就该来开发金星上的宝藏啦……

半岛的左边是滔天的拍岸巨浪，右边则是风平浪静的一片小湾，周围长满了大树，看上去有点像印度和南美洲的红树林，它们一般生长在洪水泛滥的地方。这些树的气根长得非常大，树干、树枝和这些气根比起来简直就像是侏儒。树木就是这样适应吹过山谷的强风的：把劈叉的树根远远地伸到水中，像爪子一样，深深地插进淤泥里。

和侏儒一般高的根状树冠上长满了弯弯曲曲的树枝，枝头上仿佛挂满了串串流苏。汉斯心想，只需经过这些盘根错节的气根，不费吹灰之力就能越过这片他心里称之为“太平湾”的水域。

三四米高的沼泽植物从密密麻麻的气根之间和岸边露出头来，它们的茎就像一个个大问号。对于好奇的地球人来说，金星上遍地都是这样的问号……

半岛上有一片足够他们开荒播种的空地，上面布满了褐绿色的草。就是土壤分布不太平均：有的地方是沼泽，有的地方是沙丘，还有的地方露出来花岗岩矿石，不过也有肥沃的黑土地。

夕阳从层层乌云中探出头来，照亮了这群站在略微发红的岩石前的人们。

这帮梦想着成为新世界国王的“百万富翁”们，这会儿看上去可真够惨的！

别看欣顿夫人在地球上威风凛凛，现在还不是掖着湿漉漉的裙子，两条腿又脏又肿还发红，随地一坐，一头灰发像鸡窝一样乱糟糟的，活脱脱一个在市场上吆喝的女贩。主教大人则像从伦敦的贫民窟直接飞过来的叫花子。男爵也跟他一样。

“咱们得考虑考虑在哪儿过夜了，公民们，就挑一个山洞吧。”汉斯说道。

“穴穴……穴居……穴居人！咱们落……落到这般田地啦！”

他们朝一个山洞里看了看。洞内潮湿异常，水声潺潺。这个不行！另一个洞里倒是干燥点，就是太小了。第三个眼看就要塌了，上头还悬着一整块被地下水侵蚀得不成样子的湿漉漉的砂岩。第四个洞穴还不错，里头宽敞又坚固，很适合居住。洞内还延伸出几条侧洞、凹室和通道。

“咱们得研究研究这些通道，里面说不定住着些什么玩意儿呢。”汉斯说道，“温克勒，把灯打开，咱们看看去。”

灯光刚一照进洞里，就看到一个酷似地球上的蜈蚣的东西窸窸窣窣地从里面跑了出来。这个家伙几乎是白色的，有电线杆那么粗。那只巨型“蜈蚣”以极快的速度嗖一下就穿过了大洞，消失在侧面的通道里，它后面还跟着十几只 5 米长的“幼仔”。女人们尖叫了一声，然后跑得离洞穴远远的。手电筒的光照在一只“蟑螂”身上，它长着毛茸茸的棕色爪子，全身有两米长。它扭动着半米长的触须，用两只苹果般大小的黑眼睛盯着汉斯，还吱吱叫着。温克勒捅了汉斯一下。

“我们还是走吧？我看金星上没一个洞和窟窿是空出来的。”

洞穴里一片漆黑，犄角旮旯里到处都有东西在蠕动，发出窸窸窣窣的声音。

小石块纷纷落下来。从侧边的山洞里传来声音，好像有马在咳嗽，牛在叹气。

“没错，”汉斯赞同道，“看来第一天晚上我们只能在雨中度过啦。虽然艰难，但至少能保障安全。明天我们就把这些长着那么多脚的住户都给赶出去。”

好在晚上异常安静，只有远处的海浪在不停地低语。天气闷热到令人窒息，空气浓厚而沉重，简直让人喘不过气来，只感觉头昏脑涨。火山的火焰还在闪烁。真是一个燥热的、深红的夜晚……

汉斯睡得很浅，竖着耳朵，不放过任何风吹草动。原始人的古老本能在他脑子里觉醒了，要知道，无数的危险在晚上盯着他们……汉斯半闭着的眼睛忽然看到了一道光。他微微睁开眼皮……几颗耀眼的亮球在空中闪过。黑洞洞的天空中生出来越来越多的火球，有的和苹果一般大，有的和西瓜一般大。一个个火球都静悄悄地飘在天上，时而上升，时而下降。

突然间，一个火球炸开了，发出震耳欲聋的爆裂声。所有人都被惊醒了，尖叫起来。那些亮闪闪的火球还在继续飞舞，似乎有一双隐形的手在把它们抛来抛去。

“这是什么玩意儿？”

“看来是球状闪电。”捷克尔说道，“这里的空气中充满了电荷。”

沙粒发出干燥的噼啪声，仿佛是在流动，但实际上它们在那里一动不动。从枪管里也噼里啪啦地迸出蓝色的小火星来。就像在冷却后饱含湿气的空气中会凝结出水蒸气一样，在这种饱含电荷的大气层中会释放出火星和球形闪电。汉斯举起手，把手指头分开，指尖也开始冒出一道道小火光。这种场景非常漂亮，但也着实吓人！连人们的头发也纷纷直立起来，发出细微的噼啪声，仿佛有人在用一把无形的橡胶梳子给他们梳理头发。

一股股烧得通红的岩浆在山间流淌。岩浆慢慢冷却下来，燃烧着暗淡的深红色火焰。

成群的大虫子在空中悄无声息地飞来飞去。在它们上方，同样无声地盘旋着夜间的掠食者，像是被风卷起的黑色幕布，或许是本地的“蝙蝠”。这里的一切都是如此陌生，如此奇异，奇特的景象令这些外来之客饱受惊吓。

山里面传来一声喊叫，好像是有人在叫喊。海湾那边的树林里也传来一声兽吼，与刚才的声音遥相呼应……

球状闪电消失不见了，黑压压的昆虫和鸟群也都飞走了，天亮了……

男爵叹了口气，欣顿夫人也跟着叹了口气，斯托尔迈尔大声地打了个哈欠。睡意已经完全消失了，现在大家谁都睡不着了……汉斯和温克勒两个人在低声交谈，商量着怎么把洞穴里那帮“不洁者”驱赶走。

天一亮，他们便开始行动了。

他们把各个小洞穴的入口、裂缝和窟窿都堵上了，把那些爬虫都困在里面，又开始用烟熏赶出旁边大洞里的生物。他们在主洞穴的中央挖了一个大坑，往里面灌满石油，再点上火。乘客们也都提前收到了通知，爬到更高的悬崖上去：这些被“扫地出门”的爬虫马上就要从各个缝隙里爬出来啦。

果不其然，它们还真都爬出来了。有个头和成年绵羊一样大的蟑螂，有顶着和蛇一样扁平脑袋、挥舞着大钳子的蜈蚣，有后背高高隆起的蜘蛛，有四足跳跃的生物，还有身体通透、像琥珀一样黄澄澄的、长着鱼眼睛的蛇……

这些大爬虫都从洞里爬出来了，四散着奔向隔壁的洞穴，跟在后面爬出来的就是个头小一些的生物：个头和兔子一般大的灰蓝色潮虫；像车轮一样滚成一团前行的红色蠕虫；长着大脸的“鱼”用鳍状肢体拖着身子，像海狮般扭动着前进……这支队伍像是半夜在噩梦中梦见的那样，源源不断涌出来，没完没了。大自然的创造力是何等强大！经过了多少次尝试，多少次实验！在寻找最佳、最适应生存形态的过程中，这种想象力真可谓取之不尽、取之不竭……

旅客们坐在石头上，屏住呼吸，一动不动。这到底是些什么东西啊？是在做梦，还是精神错乱出现幻觉啦？

雷雨已经过去，白天早已来临。空气中的电荷已经释放完毕。

直到中午，这支爬虫大队才算全部撤离完毕。石油也燃烧光了，坑里偶尔冒出几丝烟雾。温克勒、汉斯、捷克尔和平奇小心翼翼地钻进洞里。洞里到处都是爬虫和昆虫的尸体，有些还在扭来扭去，抽搐着身子，摆动着胡须，爪子蹬来蹬去，有一只蜘蛛的腿竟然比人的腿还长。

这可不是什么好活，他们还是勉强把洞穴打扫干净了，尸体都被拖到了远处，坑也填上了。现在洞穴里可以居住啦。

但女人们不干了。

“哪怕是睡在外头挨雨浇，也比睡在洞里强。到了晚上，等你在那儿睡着了，又会有爬虫跑进来。”

“它们爬不进来的。”汉斯安慰道，“我们围着洞穴挖上一些坑，再往里面灌满石油，到了晚上就给它点着了。所有的爬虫都怕火，到时候它们根本不敢靠近半步。”

她们还是不愿意进来。然而到了夜里，外头果真下起了大雨，她们只得乖乖钻进了洞里。

住的问题解决了，接下来就该考虑吃的问题啦。已经没东西可吃了，得到岸边去寻找食物。

“拍岸浪可真大，”捷克尔说道，“肯定会把好多鱼和贝类冲到岸上，咱们肯定能找到一些能吃的东西。”

平奇做了几根钓鱼竿。

平奇、汉斯、温克勒和捷克尔去外面打猎捕鱼，女人们则被指派去用柔软的苔藓和地衣来搭床铺被。这些植物在山坡上多的是，它们富有弹性、软和和、暖乎乎的，一点儿也不比羽毛褥子差。而且只要稍微一撕就从地上掀起来了，只不过边缘不太齐整，需要把周围一圈割下来，再堆堆塑塑，一床被褥就制作好了。斯托尔迈尔和韦勒留下来给她们打下手，同时还得负起守卫的职责，为此还给他们配了刀枪。

平奇做的鱼竿在钓鱼时根本没有派上用场，岸上的鱼类、甲壳类和软体动物要多少有多少。要干的事只有一桩，那就是挑出来还没有变质的。这里的鱼虾腐烂速度非常快，腐烂的腥臭味早在离着海岸线还有 1 千米的时候就扑鼻而来。一群群没有翅膀、模样和企鹅差不多的鸟沿着海岸徘徊。要是离远了看，没准儿还真能把它们误当作人类呢——它们长得不比人矮，走起路来也是有模有样，大摇大摆，还一个劲儿地叫叫嚷嚷。汉斯注意到，这些鸟也不吃腐肉，它们净挑新鲜的、还在活蹦乱跳的鱼吃，它们非常温驯，一点儿也不怕人。人们都走到“企鹅”跟前，用手轻轻地抚摸它们。这些鸟对人类充满了好奇。很快，鸟和人就像逛市场一样走到了一块儿，摩肩接踵，互相挤来挤去。

拍岸浪像一堵墙，在岸边的崖石上撞得粉碎。大海也被这堵墙遮得严严实实的，只是偶尔在浪尖露出个不知道是什么“龙”的大脑袋。

腥臭味简直熏得人喘不过气来。

瞧，一个足有小船那么大的扁扁的贝壳被冲上了岸。这贝壳太大了，他们拖不回去。又冲上来一个跟茶盘差不多大小，他们合力把它拖到一边去。一条巨大的甲胄鱼差点把平奇砸个跟头，这家伙还在痉挛般地做着最后的挣扎，大家想把它拖走。这条鱼肯定是新鲜的，只是个头太大了，足足有 200 千克重……不行，根本搬不动……只能再挑一条小点的了。温克勒和汉斯把鱼扛到背上，平奇和捷克尔抬起了那只“牡蛎”。

“今天中午有鲟鱼和牡蛎吃喽。”汉斯走到离洞穴不远处大声喊道，“快去起火烧水。”

他们把锅架到了“煤油炉”——一个熊熊燃烧着的石油坑上。水都已经烧开了，那几个“大厨”还在忙活着准备食材呢：那只“牡蛎”死活不愿意张开壳，它的两扇壳紧闭着，汉斯用斧子砸都砸不开；而那条甲胄鱼的外壳别提有多厚了，没有人能把它劈开。于是他们决定用开水浇“牡蛎”。这一招儿果然奏效：它那两扇壳终于打开了，里头露出了非常鲜嫩的淡粉色的肉。

斯托尔迈尔把那条“鲟鱼”肚皮朝上地放在地上，像个饿死鬼一样抡着斧头一通狂劈。甲胄鱼肚子那里的鱼鳞更小，斯托尔迈尔估摸着从这儿下手应该不难砍开。他还真没估计错，果然把这条鱼开膛破肚了。他小心翼翼地闻了闻，没什么问题，就是一股鱼应该有的鱼腥味。

“咱们得把鱼肉切成小块。”

“牡蛎怎么处理？”男爵问道。

“正煮着呢。您还没吃过煮牡蛎吧，男爵？”

“要要是来点醋醋……醋就就就更好啦。”

“再撒点胡椒粉，加上月桂叶，再配上一瓶葡萄酒，还真是那么回事呢！美酒配牡蛎。唉，只可惜没有就是没有啊，男爵。”

大锅里飘出一阵阵诱人的香味。当汉斯把肉盛在扁平的、闪闪发光的贝壳上时，众人面面相觑，不敢下筷。

“请……请快尝尝吧！”马歇殷勤地说道。

“男爵，您是我们中间的长者，品尝第一道菜的殊荣当然是非您莫属啦。”斯托尔迈尔答道。

“您的意思是，最年长的人应该比大家先断气气……气？”

接着大家就七嘴八舌地争论起来了。

“说到底这不是蘑菇，这是鱼，还是新鲜的鱼呢。”汉斯给自己打了打气，然后第一个抓了一块鱼肉放进嘴里。大家都瞪着他，就像是在看一个服毒的人似的。汉斯不紧不慢地咀嚼着。

“好好……好吃吗？”

“好吃极啦！”汉斯答道，腮帮子里都是肉。

男爵早就已经饿得前胸贴后背了，可他还是忍住了：要知道毒性可能不会马上发作。不过，当汉斯把第二块诱人的鱼肉塞进嘴里时，男爵实在是忍不住了，便拿起一小块放到嘴里，接着动手是主教、斯托尔迈尔和其他所有人。很快，这帮人就像穴居人一样狼吞虎咽起来。牡蛎的肉非常嫩滑，味道也极为鲜美。

吃饱喝足后，旅客们士气大振。至少整个夏天都不愁吃喝啦。

“咱们得学会晒鱼干，还得学会做熏鱼，这样冬天的食物储备就不愁啦。”汉斯说道，“也得给灿德尔备些鱼干。我今天先给他送几条新鲜的过去。”

汉斯割下一大块鱼肉，就沿着山路往火箭的方向走去。

他第二天傍晚赶回来的时候，人伙儿都已经睡着啦。

第六章　主教另择新主

第二天清晨大家醒来时，发现自己被茫茫的白雾笼罩着。

“闻起来一股香水味！”德尔科罗惊呼道，她深吸了一口气，说道，“您是不是喷香水了，埃伦？”

“我没有香水……”

“那是您喷的吗，艾米丽？……哪来这么大一股香水味？”

一阵风掀开了大雾的帏幔，昨天还是灰头土脸的半岛，现在已经容光焕发，鲜艳夺目啦。

“是花的香味。对啦，肯定是花朵散发出来的香气。这些花朵一夜之间就长大开花了，这难道不是一件奇事吗？”

“在这儿就像在温室里一样，有什么好奇怪的。”

“奇怪的倒是另外一件事。”汉斯若有所思地说道，“咱们地球上的科学家估计金星现在还处在石炭纪，可这里却开了这么多的花。”

“科学家也可能会出错，”捷克尔说道，“就算金星比地球的年龄小，这里的进化速度却未必会比地球慢。咱们已经见识到许多能归到石炭纪的动植物啦。虽然金星上的石炭纪还没过去，但是进化已经走到了前头，要知道从一个纪到另一个纪不是突然就转换了的，这些木贼树、翼龙、甲胄鱼等其他石炭纪的代表还要跟超前进化的动植物们一块儿生存几千年呢。”

“是呀，现在春天正在势头上，我们一天都不能白白浪费。从山洞到咱们未来的种植园距离太远，我看农忙的时候我们得先搬到半岛上去，在那儿搭建几间棚子。咱们吃完午饭就动身。”

汉斯朝着太平湾走去，一来那里离雷鸣般轰隆隆的拍岸浪稍微远点，二来也闻不到海兽们腐烂变质的恶臭味。

他前脚刚到，后脚那帮“乘客”就为了抢占最好的地皮吵吵起来了。每个人都盯上了海岸旁边那片肥沃的淤泥地。此外，在这儿的花岗岩矿石上还有一个天然的蓄水池，里面总是积攒着雨水，想必是不缺淡水的。

男爵和斯托尔迈尔吵得不可开交。看来金星上的第一场战争就要爆发了。汉斯和温克勒不得不出面化解这场冲突。可一波未平一波又起，越来越多的冲突接踵而至。斯托尔迈尔和韦勒吵了起来，平奇又和男爵打起来了……每个人都想着能少干活，多收获。

“这帮家伙们吵个没完没了，我简直受够了。”汉斯对温克勒说，“得想个一劳永逸的法子把他们治好喽。”

“您几个不是抱怨我专制独裁吗？”他对“乘客”们说道，“得嘞，您几个爱怎么过就怎么过吧，但别再指望我们会帮你们，我们的储备和收成你们更甭想分到一分一毫。温克勒、玛丽、雅克！咱们另起灶炉去。走！”

欣顿夫人和男爵表示抗议，说汉斯把他们的仆人给拐走了。但金星上已经没有什么仆人和主人一说了。

“乘客”们稍稍沮丧了一阵，但没过多久就平和下来了：这里的吃喝要多少有多少，温度也适宜，还想要什么呢？现在唯一要干的就是把棚子给搭起来，好歹晚上能遮遮雨不是？

斯托尔迈尔不屑地把汉斯那伙人叫作“庶民”。

这帮“乘客”们远远地看着“庶民”们搭棚子，开始有样学样，居然也马马虎虎地搭起了自家的棚子。然后他们就朝“庶民”讨种子，因为他们自个儿的早就被吃光啦。

只有施尼列尔一个人留了种子，他在新世界开始新生活的夙愿终于实现啦，他开始打起十二分精神来操持家业。可第一天他就明白了，要他发明一个哲学体系可比挖地要轻松得多，这才干了一个钟头，他就哎呀呀地呻吟起来，想睡又睡不着，只能躺着冥思。他的哲学体系肯定出错了，可他怎么也找不着解决方法。直到第二天天亮，他才后知后觉：要想在新世界幸福地生活，他还少了……奴隶，会替他打点好一切的奴隶，这样他就能高枕无忧地沉浸在高深的哲学思考里啦。唉，都怪汉斯彻底把他的哲学体系搞砸了。

清晨，哲学家愁容满面地吩咐自己的女儿：“去把种子拿到太阳底下晒干，用石头把它碾碎，再烤几张饼子来吃。”

“那到了秋天咱们吃什么呢，爸爸？”她问道。

“瞧瞧天上的鸟儿吧，它们既不播种，也不收割，到时候还是能把谷物收进粮仓。今天就甭操心明天啦。”他这样回答道。

就连韦勒主教也想不出比这更妙的答复啦。

施尼列尔设想的那种“农民”彼此之间老死不相往来的独立“农场”也没戏了，现实生活迫使人们自己就走上了人口集中的道路：就连以马歇和斯托尔迈尔为代表的“世敌”英法两国也挤在同一个草棚里，欣顿夫人和埃伦住在一起，施尼列尔自然是和自己的闺女一块儿住，汉斯、温克勒和雅克住一块儿，玛丽住在中间的小棚子里。“乘客”和“庶民”各自有各自的村落，两个村落的棚子挨得很近。

汉斯、温克勒、玛丽和雅克冒着风雨在干活，中午顶着大太阳也干活，忙得一刻不歇：他们翻耕这片沃土，用木栅栏把自己的棚子围住，防止野兽、爬虫和昆虫这些不速之客的入侵。

汉斯突然想到一个好主意：把那群“企鹅”驯养成家畜。他把两只“企鹅”套到一架自制的犁上——其实就是一节形状奇特的树根。没承想，这两个家伙又有力气又听话，还真帮了他们大忙。

“乘客”里面的女同胞们要比男同胞们能干得多。欣顿夫人和埃伦之前十指不沾阳春水，所以她们在干这些活的时候最为艰难。好在埃伦慢慢适应下来了。女同胞们每天得把鱼和“牡蛎”

弄回来，还得做饭、洗衣，这些衣服渐渐都变成破布烂衫了。

为了给捷克尔的孩子做衣服，汉斯征用了韦勒的长袍。没了法衣，主教也就变成红尘中人啦。他脱掉的不只是长袍，还有他那神职带来的最后一点儿权势，他再也不跟欣顿夫人谈论什么拯救灵魂了，还总是逃避她责怪的眼神。

终于有一天，欣顿忍不住说道：“我可认不出您啦，我的老朋友。我觉得您已经把上帝给抛到九霄云外去了。”

“我一点儿也不老。”他捻着自己留长的胡子说道，“至于上帝嘛，每个星球上的神都不一样。”

“兴许还是个女神呢？”欣顿恶毒地问道。

“您说得一点儿没错。金星维纳斯不就是爱之女神嘛。”

“所以您就全心全意地为她效劳啦……”

在和韦勒扯了几句亵渎神明的话之后，欣顿也终于明白了，上帝已经永远失去了主教，而主教也丢掉了上帝，至于她自己，欣顿，则失去了一个朋友……

平奇终日围着艾米丽打转。斯托尔迈尔经常用耐人寻味的目光打量玛丽，可玛丽根本就不搭理他。欣顿夫人想和埃伦倒倒自己心里的苦水，可就连自己的这个侄女也变了，说话夹枪带棒，况且她可没那个闲工夫了，她的纤纤玉指因为长时间干活已经变得粗糙不堪，她现在看谁都有气。

斯托尔迈尔和马歇总是幻想着能回地球去，他们两个人经常在一起窃窃私语，每天早上都要往山里跑。

有一天，汉斯像往常一样去看望灿德尔，碰巧在山里隔着大雾听到了男爵和斯托尔迈尔的谈话。这两个家伙说他们一定会衣锦还乡，回到地球上。

汉斯一下子就明白了，马歇和斯托尔迈尔每天到山里是为了收集黄金和宝石，然后再将它们存放起来，这些宝贝肯定就藏在离火箭不远的某个地方。

汉斯和灿德尔见面之后互相交换了消息。

"岸边水分多，温度够，二氧化碳含量充足，土壤也出奇的肥沃。"汉斯跟灿德尔讲道，"它们简直创造了奇迹。蔬菜就像发酵后膨胀了一样，个头别提多大啦。土豆和大甜瓜的个头一样，大白菜长得比人还高，小麦长成了一片片的竹子林。别看这儿的夏天不长，却能收获三四茬作物。还能做熏鱼，晒鱼干。咱们的粮食储备足够过冬，甚至连返航都不用愁啦……无线电怎么样了，还是没声音吗？"

"没有。"灿德尔悲伤地回答道，"地球上有可能接收到了咱们的无线电信号，但是我听不到任何回答。"

一天夜里，发生了一件令人不快的事情。从太平湾里爬上来一堆长得像胶冻一样的不成形的生物，看起来就像一群巨大的变形虫，就连它们的动作也像极了变形虫：这些凝胶状的胶冻块里长出来一些凸起，"变形虫"就用这些玩意儿当腿……一团团胶冻时而伸展成一条蠕虫，时而又变成不可名状的一团。这是一群滑溜溜、冷冰冰、没长嘴、没有眼、没有骨头的生物。

一块这样的活面团悄悄地溜进了女人们的棚子，把那儿闹得鸡飞狗跳。它倒不伤人，只不过碰了欣顿夫人一下，那又凉又黏的感觉就把她吓个半死。

这件事不由得让他们想到，没准儿太平湾里还栖息着更危险的生物。

温克勒建议大家到那些水上植物的气根上去搭棚子。

“那边都是现成的木桩子，”他说，“咱们只用搭个台子，再往上头盖个屋顶就成了。”

这个想法得到了大家的赞同。于是，他们立刻开始往树上搬。

男爵嘟囔道：“我我……我们们这是是在退退化。先是从星际飞船的船舱钻进山洞里，现在又从洞里爬到树上啦……是不是马上就得赤身裸体，用四……四……”

“……用四肢在地上爬！”不耐烦的斯托尔迈尔替他说完，“您肯定得心应手，男爵。”

欣顿夫人日夜担惊受怕：“暴风雨可别把我们连人带棚地刮进太平湾里，那儿的鳄鱼准得把我们大卸八块。”

汉斯时常望着海湾另一边的那片森林。通过盘根错节的树根，很容易就能爬到那边，在森林里没准儿能找到可以食用的果子，兴许还能碰到鸟类呢。“田地”里的工作现在也闲下来了，草已经除过了，何不来一次探险活动呢？

第二天，汉斯、温克勒、捷克尔、艾米丽和她的“影子”平奇带着步枪、手枪和刀子，像他们远古的类人猿祖先一样，开始沿着气根和树枝攀爬。

谁都没有料到这次冒险之旅将会给他们带来怎样的奇遇。

第七章 “捉迷藏”

“看哪，这里就处于石炭纪。”捷克尔说道，“这不就是一棵鳞木[①]啦？它有八九十米高哩。你们瞧，在十几米高的地方，树干一分为二，每个分枝又一分为二，如此反复，一次又一次地分叉。树顶上还长着球果，树枝上也长满了长长的针叶。瞧，这儿还有巨大的蕨类植物……还有木贼树……”

“没错，旁边的这些好像是棕榈树，这就不是石炭纪的植物啦。这些棕榈树上还结了果子，要是能尝一尝就好了，只可惜够不着。它们长在那么高的地方，树干也特别长。”

“瞧，这儿有一颗果子掉到草里了！”艾米丽惊呼道，“外头的壳都砸裂了，也是，毕竟是从那么高的地方落下来的。瓤儿

① 鳞木是地球的石炭纪时期一种巨大的古代蕨类植物。——原注

像白面一样。闻起来还真不错，要不要尝尝？唔……一股香草甜味……还面乎乎的……真好吃！这还冒油呢……”

每个人都尝了尝。

“味道真是好极啦。”

“肯定也富含营养。‘上等面粉，老少咸宜’。”平奇来了一句俏皮话。

“真是个大发现。就冲这个咱们这一趟就没有白爬。天天吃鱼早就腻了，现在咱们又能吃上上好的面粉啦。”

“我都能想到用它烤出来的饼得多美味。”艾米丽满心欢喜地憧憬道。

早上，他们美美地享用了一顿“椰子果”大餐。吃饱喝足后，旅行者们小心翼翼地朝着森林深处出发了。似暗非暗的光线，万籁俱寂的环境，只有风从松针间吹过时发出的沙沙声。这里的植物绿得发黑，还微微有些泛红。

“真是怪事，为什么金星上有这么多棕色和深红色的植物？”汉斯说道。

“金星上的大气层很厚，云彩也多，于是太阳光谱的一部分光波会被阻拦在外，这种现象类似于阳光在穿过地球深海时随深度增加而被层层过滤的过程。或许这就是金星上树叶颜色偏红的原因。不过，这也只是我的推测。”捷克尔解释道。

蕨类植物脚下长着一些“蘑菇”。

“把五六个大面包摞在一块儿，就能像一个金星蘑菇那么大啦。”平奇说道，“这些蘑菇没准儿是可以食用的，但最好还是离它们远点儿吧。为了知道哪些蘑菇能吃，哪些不能吃，我们的祖先以身试险，有多少人因为它们遭受折磨，丢掉性命啊！”

他们的脚下到处都是水汪汪的，得找个稍微干燥点的地方。汉斯注意到一个直径两米，几乎呈圆形的水坑。再过10米开外又是一个这样的坑。前头一个接着一个。

“不知道的还以为林子周围这片地被炸弹轰炸过呢。”

“而且瞄得异常精准。”有过炮兵经验的温克勒说道，“你们瞧，这些坑之间的间距都一样。”

“这意味着什么呢？”汉斯问道，“您是说这些坑有可能是人工挖出来的？说不定是用来抓捕野兽的陷阱？可是谁能挖出来呢？金星上未必有这么聪明的生物和原始人。”

“我估计这些都是脚印，”温克勒回答道，“一头巨大动物的脚印。”

“脚印？要是每一步都能迈出十来米，那这动物得是什么样子啊！”艾米丽十分恐惧地盯着这些脚印说道，“我可不想碰到这头怪物。咱们的枪在这儿都是些过家家的玩具，在这里打猎得用大炮才行。”

他们来到一片空地上，一场雨顿时倾盆而下，大雾就像一张白色幕布似的遮住了他们的视线。

“大家彼此靠近点儿！”汉斯喊道。

他们小心翼翼地走着，一边侧耳倾听，一边环顾四周。雾里时不时冒出来一两棵大树的黑色轮廓。

在已经听得耳熟的风声、雨声和雷声中，忽然又混入了一种新的声音，这种令人不解的声音令他们毛骨悚然。

“听声音还以为这儿附近有个机车库呢。仿佛有几十台机车在喷气。”平奇兴奋地小声说道，“听，鸣笛啦，列车还有 5 分钟就要出发了……”

“嘘……”汉斯提醒他。

右前方的白雾开始变暗。一片阴影越来越浓，慢慢勾勒出一栋房屋的轮廓，刹那间，从“三层楼”的高度探出一个巨大的狰狞脑袋来，足足有一辆车那么大，和脑袋比起来，上边的眼睛就显得太小了。

突然，一声枪响传来。原来又是平奇突发奇想的行为，他想在艾米丽面前出风头，也体验一把当水牛比尔——那个无畏的猎人的感觉。

一声巨吼呼啸而过，像一阵龙卷风席卷了整个森林，远洋轮船最响亮的汽笛声在它面前不过和蚊子的嗡嗡声一样。大地在颤抖，树木哗啦啦地响了起来。这声音把他们的胆子都吓破了，个个都跪倒在地，但很快又站了起来，此时一个黑乎乎的庞然大物从大雾里冲出，朝他们扑来。

周围又传来了此起彼伏的巨响，像极了在地狱里开演奏会，像炮击声一样震耳欲聋。这些动物似乎能发出致命的声波……

人们张着嘴巴，捂住耳朵，四散奔逃。

汉斯跌到了一个脚印坑里。坑很深，汉斯蹲了下来，水刚好没过他的耳朵。那只动物奔驰而过，一只脚重重地踏在坑边，没有发现他。有个什么东西打在了汉斯的脑袋上，原来是那个大家伙拖在地上的尾巴。汉斯把脑袋潜进水里。那条看不到尽头的尾巴又在汉斯所在的坑附近的草地上沙沙沙地摩擦了好一阵子。

这只巨大的活坦克终于开过去了。汉斯从坑里爬出来，抖了抖身上的水，又竖起耳朵听。

一场恐怖的捉迷藏游戏开始了。上帝保佑，千万别叫风把雾给吹散啦！

好在这些家伙们总是发出震耳欲聋的怒号，远远地就知道它们要来了，人们赶忙跑到一边。然而有时声音在森林中交错回响，很难判断是从哪儿传来的，他们得学会通过观察地面的颤动程度来进行判断。当人们在雾里猛然看到黑色的斑点时，就知道是它们来了。但有一点也救了人们：这群家伙十分笨拙，恐怕比美国最大的火车头还要重……要移动这样庞大的身子可没那么容易。有时候，这些家伙在雾里一个刹不住就撞到了树上，然后咔嚓一声，树也断成两截了。听声音，这群受惊的动物已经开始恢复平静，这场地狱演奏会也迎来了间歇。就在其中一个间歇时段，从远处传来了一声含混不清的人的叫喊声，听着既不像艾米丽的声音，也不像平奇和捷克尔的声音。接着，这群动物们又开始狂野地咆哮起来……

大家都筋疲力尽，累得瘫倒在地，还得积蓄最后一丝力气，一次又一次地逃离那群追兵。

在响声消停了很长一段时间后，又传来了一声孤零零的绵延不绝的声音，听起来像是反攻的信号，接着又陷入了一片寂静。之后很长一段时间里，人们的耳朵听不见任何声音，既听不到噪声，也听不到风声，更听不到远处海浪的隆隆声——他们的耳膜已经被严重震伤。

雾气弥漫……其余的人在哪呢？他们怎么样啦？他们之中有没有人被压扁或撕碎啊？……这种情况下甚至听不见他们临死前的惨叫……该如何是好？……往哪儿走？……

汉斯决定大喊一声："温克勒！艾米丽！平奇！"

没有人回应，就连那群动物也没有再叫唤。想来它们一定是消失了，好像融进了迷雾之中。

汉斯不停地呼喊着，越来越大声，越来越用力……兴许旅行者们都被震聋了，听不到他的声音了……那动物们呢？它们也许根本听不到人类的叫声？

"温克勒！温克勒！"

汉斯跟前突然冒出来一个黑影，他吓得往后一跳。

"是我。"温克勒的声音就像是从墙后面传来的一样。

耳朵渐渐恢复了听力，很快便传来了艾米丽细细的嗓音。一阵强风把浓雾之幕撕成碎片，现在雾气像低矮的云层一样悬在头顶上，空地上的情形清晰可见，汉斯环顾四周，一个人影也没有！

"就像是做了一场梦。"温克勒摇着脑袋说道。

艾米丽从一棵大蕨树的叶子下跑了出来。

"咱们三个人都完好无损。平奇到哪儿去啦？"

"在这儿呢。"突然从上面传来一个声音。汉斯和温克勒抬头望去，平奇正坐在高高的木贼树上，冲他们点头呢。他一定是害怕极了，才能顺着光滑的树干爬那么高。

“我喊您的时候怎么不吭一声呢？”汉斯问道。

“我得先等等看，万一那些怪物抢在我前头回应了呢。”平奇开始呼哧呼哧地喘着粗气往下爬。

“爬树倒是不难，”他说道，“树干上有这些大鳞片，总归是能下脚。不过话说回来，要是没有那群怪物吓唬我，也许我根本爬不上去，是它们帮了我的忙。”他倒是说了句老实话。

“咱们现在往哪儿走？”艾米丽问道。他们朝四周望了一圈。

“海浪声是从那边传来的，”汉斯说，“咱们就往那个方向去。”

他们迅速穿过空地，向森林深处走去。

第八章　六臂怪物的俘虏

一丛丛木贼树和蕨类愈来愈茂密，周围也越来越暗。许多个头不大的蜥蜴吓得四处逃窜，一条长得仿佛没有尽头的又粗又大的黑蛇爬向一旁。一只只巨无霸蜘蛛正忙着编捕兽网，那个头别提有多大啦。这些网还出奇得结实，非得用刀子才能割破。网上缠着几只个头和鹅一般大的肉肉的虫子，这些胖虫都在铆足了劲儿地挣扎扑腾，像小猪崽儿一样吱哇乱叫。

“这地方直叫人觉得自己就像那格列佛来到了巨人国。”艾米丽说道。她很高兴自己也跟来了，她的父亲此前有好长时间都不同意她来，德尔科罗和埃伦也磨了半天的嘴皮子劝阻她，但艾米丽还是铁了心要来。

身后忽然传来一阵嗥叫和模模糊糊的说话声，大家不知所措地停了下脚步。有人在追他们。只听见干枯的木贼树杈在密林中被踩得噼啪作响。平奇端起步枪，准备开火。

灰蒙蒙的森林雾气中，就在一片蕨草丛之中，约莫显出一个毛茸茸的巨人的轮廓。平奇朝它开了一枪。

“呃……啊……哦……”野人嘶哑地喊叫着，哀号了一声，然后消失在了森林中。

“我要把您的枪给没收喽！”汉斯怒气冲冲地对平奇吼道，“难道您又要像招惹怪物那样再招来一帮野人吗？”

“莫非这是个金星人？”艾米丽感到十分惊讶，“也就是说这里也有人？”

“你们最好还是谢谢我吧，”平奇替自己辩解道，“要不是我及时把领头的吓跑了，没准儿我们已经被一群金星人攻击了。现在它们都跑了，还不是被我那一枪给镇住了。”

“兴许平奇说得对。”大夫帮了平奇一嘴。

“谁能想到金星上会有人，而且更令人惊讶的是，他们的体形几乎跟地球人一样，只不过他们看起来毛茸茸的，个子也稍微高了一点儿。不过这倒可以理解，毕竟金星上的重力要比地球上小一点儿嘛。只可惜我没能仔细观察观察那个金星人，跟他认识一下一定很有趣。”

“等咱们到了这帮家伙的餐桌上的时候，您就可以跟他认识认识了。”温克勒说道。

“得快点从树林里走出去，大家加快些脚步。”

可加快脚步并不像说得那么容易，人们几乎每分钟都得停下脚步，不是得绕过藤蔓，就是得割开密密麻麻的蜘蛛网。

“这些动物可真够恶心的！”平奇满脸嫌弃地看着这些肥嘟嘟、毛茸茸的蜘蛛抱怨道，“这帮家伙大概不仅吃虫子，恐怕还会吃鸟和小兽。嗬，没准儿还不只是小兽呢。瞧它们的网，就是逮一头小牛犊也不在话下。”

穿过这片林间空地还相对轻松点。空地上长着许多树，棵棵枝繁叶茂，又大又粗，看起来和橡树长得差不多。“这就不是石炭纪时期的树了。”汉斯心里想。巨大的鸟巢挂在粗壮的枝丫之间，旁边还吊着许多像包袱一样的东西。“乘客”们一个个百思不得其解：难道是什么马蜂窝不成？

身后传来一阵声响，还有类似西班牙响板的低沉而悠长的呜噜声。他们四处张望了一下，在林子的边缘，也就是他们方才走出来的地方，冒出了一大片长着6条胳膊的野生动物，模样看起来像是猴子和袋鼠的混合体：它们既能用6条腿跑动，也能用4条腿奔跑，站立或者跳跃的时候用两条腿，坐起来的时候像袋鼠一样，中间的那对手臂一动不动地搭在毛茸茸的胸前，最上面的一对手臂则动个不停，似乎这些六臂怪物像哑巴一样通过手势来交谈，手一边比画着，嗓子眼儿里还不时地发出咕噜噜和呼呼的声音。在深陷的眼窝里，两个黑不溜秋的眼珠子朝外头凸出来。一个大大的蓝鼻子，像个梨似的挂在脸上……快逃！赶紧逃命吧！

他们跑到一片橡树林旁。几只六臂怪物突然从树枝上蹦到草丛里。前后左右都是这帮家伙，这下他们被围得死死的，简直是无路可逃，只能拼死突围。这回不单单是平奇，就连汉斯也扛起了步枪。六臂怪物们都坐到地上，像是被吓着了。它们怒气冲冲地转着那两颗黑眼珠子，梨形的蓝鼻子开始发红，迅速地鼓了起来。不出一会儿，“梨”就变成了一个比西瓜还大的圆球。只听见一阵嘶嘶啦啦的声音，像是一下子开动了100台送风机。这群怪物的鼻头像喷雾器一样不时滋出几股小水花。汉斯开了一枪。平奇大叫一声，接着就一头栽倒在地。汉斯闻到一股甜得让人发昏的气味，顿时感到头晕目眩，耳朵嗡嗡作响。他看到艾米丽和温克勒倒地之后，自己也晕了过去……

汉斯觉得自己正坐在剧烈摇晃的桅杆头上。他深吸一口气，睁开了眼睛，一阵湿漉漉的强风迎面吹来。汉斯的身子有规律地晃来晃去，这可不是什么梦……

汉斯试图回忆起到底发生了什么事……六臂怪物发动袭击，它们使用“毒气攻击”，最终自己不省人事。耳旁的树叶沙沙作响，他现在被吊在树上了。他想伸伸胳膊动动腿，可惜根本办不到，他好像被裹在了襁褓里，又像是被别人牢牢地五花大绑了起来。星星从乌云之间的缝隙中露出头来，也就是说现在是夜里？他昏过去的时候还是傍晚，正值太阳落山。眼睛渐渐习惯了周围的黑暗，汉斯瞧见身边摇晃着几个黑影，他喊了一声。

“是你吗，汉斯？”温克勒的声音被风声盖住了，听起来很微弱，“看来咱们这回是遇到大麻烦啦。我根本就动弹不得……”

“我也动不了。艾米丽和平奇呢？”

“就挂在我边上呢。他们两个也不回应我，不知道是还没醒，还是已经咽气啦。”

“那群六臂怪物去哪儿啦？”

“看不见啦。”

几分钟后，平奇和艾米丽也苏醒了过来。看来他们所中的毒气同时失效了。4个人沮丧地交谈了几句后，就尝试用各种办法挣脱束缚，但都是徒劳。他们现在只能稍微动动肩膀，蹬蹬腿。两条胳膊好像被粘到了身上，就连两条腿也长在了一块儿。

“感觉有人施了魔法，把我们都变成树啦。”艾米丽说道。她这次倒没有呻吟抱怨，也没有歇斯底里地发脾气。

天边黎明初现。借着一缕晨光，俘虏们看到了那些六臂怪物。它们有的用胳膊或是尾巴吊在树上，有的倚靠着树干站着，这些家伙就像雕像一样一动也不动。但是当第一缕阳光射到这些石头似的身体上时，它们就活过来啦。随着低沉的咕噜声和咔嗒声，数不清的六臂怪物开始朝它们的俘虏身边聚拢，吵吵闹闹地争抢着树枝上的位置，悬在俘虏们的脑袋上，向下窥视。显然它们都想看看这些从未见过的猎物。这些六臂怪物不断发出咔嗒声，不知道是用手指头，还是用舌头发出来的，嗓子眼儿里也发出咕噜声，6条胳膊还在不停地比画着。它们在树上又跳又爬，动作异乎寻常地麻利敏捷，可一旦到了地上，这群家伙们就偏向于用6条腿走路，或者干脆用两条腿蹦跶。

一只老白毛坐在俘虏们的旁边，看起来是它们的首领。老白毛叫了几声。几只六臂怪物马上就去执行它的命令。

“看来咱们的死期要到了，温克勒。”汉斯小声说道。

“是的，汉斯，咱们是插翅难逃啦。你瞧见没，咱们的衣服都在放光，这些六臂怪物肯定是往咱们身上涂满了某种黏性物质，所以咱们一个个才会变成大蚕蛹。它们指不定给咱们准备了什么大礼呢……”

汉斯观察着那几只跑去执行老白毛命令的六臂怪物。这几个家伙嗖的一下就蹿到了最高的枝头，那儿挂着一些不大的“包袱”。汉斯已经猜到了这些“包袱”是什么，这显然是六臂怪物挂在树上的食物储备。

那几只年轻的六臂怪物一把扯下几个“包袱”就往下爬。它们用两条胳膊拿着包袱，用剩下 4 条胳膊灵活地爬了下来。

老白毛接过了“包袱”，里头装着一只被胶涂抹过的黏糊糊的蜘蛛。它撕下一块蜘蛛肉，就往汉斯嘴边递。汉斯死活不肯张嘴，并厌恶地发出低沉的吼声。六臂怪物们咔嗒几声，咕噜了一阵，然后又上了另一道菜：一条事先被它们舔掉黏胶的蓝白相间的大肥虫。汉斯还是牙关紧闭，拒绝进食。老白毛却表现得极为耐心，继续把森林里的各种臭虫、蟑螂和巨大的蜻蜓拿到汉斯跟前招待他……

有几道“菜肴”甚至是活的。汉斯明白了，这些六臂怪物不是一捉到猎物就把它们宰了，而是让它们先活着，甚至还会喂养它们，所以那只老白毛才会耐着性子，竭力想搞清楚这些头一回落到它们手上的两条腿的稀罕生物吃些什么。老白毛喂了好长时间，最后终于认定这些俘虏不吃肉，于是又开始叽里呱啦起来。又过了几分钟，那几个忠心耿耿的仆人弄来了一个

“椰子果”。汉斯饿得肚子咕咕直叫，这顿早餐来得正是时候。况且无论他们的下场如何，总得填饱肚子才能维持体力啊。但汉斯还是犯了难：他是吃还是不吃呢？如果这群六臂怪物不吃死物，它们一旦确定“猎物”根本不肯吃东西，会不会趁着他们活着就吃了他们？于是汉斯下定决心，准备吃东西。当他张开嘴后，老白毛赞许地发出了咔嗒一声。其他六臂怪物迅速传递着这个新消息：“他们吃啦”。于是咔嗒声从一根树枝传到另一根树枝，从这棵树传到那棵树。

俘虏们被喂饱了。然而他们的境况并没有因此得到改善。

“它们就像喂将要在圣诞节吃的鹅一样，把咱们装在麻袋里喂肥啦。”艾米丽说道。

“嗬，上帝保佑，它们的圣诞节不要来得太快。”挂在树杈的平奇上说道。

把俘虏们喂饱后，六臂怪物顿时就对他们失去了兴趣，四散离去。捷克尔现在可以好好地观察这些奇怪的生物了：它们先是用“毒气攻击”的方式去捕猎，捉些昆虫、飞禽和爬虫；再用自己的长舌头给猎物们涂抹黏液，它们的“胶腺”肯定就在嘴里；最后再把这些活生生的猎物挂在树枝上……一天也就这样过去啦。

当太阳已经低垂在森林上空时，这帮六臂怪物开始坐立不安起来。它们匆匆地跑着、爬着、蹦着，大声地你呼我应，一个个都急着在天黑前钻进自己的编织窝里去。太阳一落山，六臂怪物们就马上入睡了，并且一直保持着固定的姿势，一动也不动。最让他们吃惊的是，所有六臂怪物同时以极快的速度入睡了，有几个家伙没来得及钻进窝里，就那么直愣愣地定在地上，几只爪子还朝上举着。太阳虽然已经下山，但空地上仍然弥漫着薄暮的微光。汉斯看到一只巨大的蜥蜴飞一般地穿过空地，跑到一个六臂怪物跟前，一口叼住它就往林子边上拖。这个六臂怪物没有发出任何叫声，甚至连动弹都不动弹一下，也没有其他同伴可以救它。显然，这种难以理解的深度沉睡就是这群六臂怪物在生存斗争中的致命弱点。怪不得它们得赶在太阳落山之前躲进窝里，也怪不得它们会住在树上。这也是头一个让俘虏们松口气的发现：他们现在可以放心，至少今天晚上他们不会被吃掉啦。

天色完全黑下来了。现在他们可以说话了，不用担心会吵醒那些六臂怪物。

“刀子在你身上吗？”温克勒问道。

“对，可它一点儿忙也帮不上啊，”汉斯回答道，“枪也指望不上，就扔在树旁边呢。要是斯托尔迈尔或韦勒，或者雅克能来救咱们就好了！但是他们也找不到咱们啊……我还是喊一嗓子碰碰运气吧……”

“雅克！雅克！斯托尔迈尔！……”

“啊！……啊！……啊！……”

“是回声。”

“不对，听着不像回声。”

“还骂我呢，您自己倒把林子里的野人都招来啦。”平奇抱怨地说，“我的腿和胳膊都麻了……全麻了……还真没说错。”他顿了顿继续说道，“快瞧，空地上有个人在跑。”

没错，黑压压的林子里有个黑影在移动，瞧着确实像是个人……

“唉依呀，耶呀耶！”

“喊的好像是‘是我，别开枪’。”平奇说道。

“您可真会猜！”

那个人噌的一下爬上树干，一把抓住了挂着汉斯的那根树杈。

“得嘞，这回两条腿的要把我们从六条胳膊的那里抢走啦！”平奇说道，“刚离虎口，又入狼窝。您好歹得给他一脚啊，汉斯。”

“我做不到。”

“唉喔啊！”

一张黑黢黢的、满是胡须的面孔朝汉斯靠过来，几乎是脸贴脸，都能听见野人呼哧呼哧的喘气声……厚厚的干裂的下唇……这个野人刚要说话，肿胀的舌头尖就从嘴里露了出来。汉斯瞪大眼睛，仔细辨认。这个金星上的野人好像有些面熟啊……

“这是布洛顿啊！”汉斯突然大声喊道。

“没错，没错，这是我！”布洛顿试着让自己听起来口齿清晰，但嘴里发出来的是一串元音。

汉斯简直不敢相信自己的眼睛，继续打量着这位不速之客：

布洛顿身上捆绑着树枝子和树叶子来遮羞……

“您这是从哪儿冒出来的？出什么事啦？您怎么话都说不利索啦？布洛顿，真的是您吗？”

“待会儿，待会儿。”话从他嘴里出来就成了“待喂，待喂”。

又听了几句话之后，汉斯就慢慢能听懂他说的是什么了。布洛顿以后会一字不差地把一切都讲给他听，当务之急是赶紧救人。刀子在哪儿呢？……布洛顿从刀鞘中取出汉斯的猎刀，开始小心翼翼地割开粘在汉斯身上的衣服。难不成是救星来了，还来得这么突然？

几分钟过后，就像艾米丽说的那样，所有的俘虏都“脱壳而出”了，他们飞快地从树上爬下来，抄起身边的枪，拔腿就跑。

在破晓之前，他们离这些六臂怪物越远越好。可大晚上在林子里奔跑也不是那么容易的事。

要不是布洛顿从天而降，这帮旅行者准没有好下场。布洛顿已经变成了一个地地道道的野人，他不费吹灰之力就能在密林里区分方位，不仅能绕开障碍，还能在沼泽地里找到小道。

布洛顿穿着树皮和树叶做的衣服，这些衣物能保护他免受针叶刺扎之苦，而这帮落难者的身上只剩破破烂烂的内衣了。好在六臂怪物不知道衣服是什么东西，要是它们把这帮难民的衣服扒了，再用黏合剂涂抹他们的身子，那他们恐怕就逃不了了。就连布洛顿也没法把刀柄从手上扯下来，因为那上头也有一层黏糊糊的玩意儿。

终于到了树林的尽头。已经能看得见海湾了，前头就是一片“红树林”丛，只要跑到那儿就行了……他们大步流星，沿着这片开阔地跑起来。

太阳升起来了。那些六臂怪物肯定睡醒了，还发现自己的俘虏已经逃之夭夭。没准儿它们已经追上来了……

“快点，再快点！”平奇一个劲儿地催促道。

突然，他们身后传来一阵不祥的咔嗒声和低沉的“呜噜噜……呜噜噜……”声。那群家伙追上来啦……

离水上树木的树根只剩几十步远啦。瞧，旅行者们已经在顺着树根爬啦，就连地球上的猴子也未必能爬得这么快。眨眼的工夫，他们就已经爬到太平湾中间了。六臂怪物们也追到了红树林，这帮家伙叽叽喳喳，顺着树根飞快地跑起来。所有人都明白：要想活命，就得赶紧跑到棚子那里。

“我们得和它们打上一仗了。”汉斯说道，“主要不能让它们近身，不然这群家伙又会放毒气，咱们又得失去意识，掉到水里去。”

枪声噼里啪啦地响起来，六臂怪物一个接着一个倒下，那些没中枪的还在穷追不舍。瞧啊，它们的“鼻子喷雾器”已经嘶嘶作响。幸运的是，这时候一阵大雨倾盆而下，阻止了毒气的扩散。枪声还在继续，又倒下一大批六臂怪物，剩下的家伙离他们越来越近。“营地”里也响起了枪声，韦勒、斯托尔迈尔、雅克和玛丽赶来增援了。火力越来越猛，六臂怪物们再也抵挡不住，只能仓皇而逃。

“就算那些‘椰子果’再好吃，”汉斯说道，“我们也得忍痛割爱，把这座空中桥梁给拆咯，免得那群六臂怪物卷土重来。”

他们砍断了一些气根，把横跨太平湾的桥梁给拆了。

第九章　野人勋爵的故事

当埃伦看到布洛顿的时候，她放声大叫起来。人们也说不清她这尖叫声里是喜悦多还是恐惧多。

“噢！亨利……”

变成野人的勋爵根本就没搭理埃伦和欣顿夫人，径直冲到盛着昨天的剩鱼的大锅前，伸手就把鱼从锅里捞出来，开始狼吞虎咽地吃起来，边嚼边哼哼。

“真的是您吗，亨利？……”

只听到一声沙哑的咕哝声，就算是回答了。欣顿夫人小声念叨起祷文来……

捷克尔大夫没少为布洛顿操心。勋爵的两片嘴唇不仅肿得厉害，还已经发黑了；下嘴唇也裂成了两瓣，成了“兔唇”；发肿的舌头上还有一处流血的伤口。捷克尔感到十分惊讶，他竟然没有出现血液感染。过了几天，在大夫的精湛医术的帮助下，布洛顿身上的肿消了，伤口也愈合了，连说话都利索起来了。他开始将自己的历险经历娓娓道来。

一只巨大的蝙蝠——“还好不是一只会飞的老虎”——用爪子抓住他，把他带到空中。瞧，肩膀和背上还留有印子呢……没错，他当时可真是吓坏了！但他这个狂热的猎人也不是吃素的，之前为了打猎满世界地跑。这种时候，人一定不能乱了阵脚，这才是最打紧的。“它飞着的时候没有办法吃掉我。趁它飞着的工夫，我还能好好考虑一下形势。”他是个沉重的猎物，那只怪鸟很快就掉队并开始下落。

“我们也看见了……”

为了躲避风雨，那群鸟像一条黑压压的带子一样飞到云层后面去了。那只抓着布洛顿的鸟还在山谷里飞。

布洛顿身上有一把刀，但是要把它从刀鞘里拔出来可不是那么容易的事：那只怪鸟的爪子紧紧抓住了他的膀子和胳膊。

布洛顿每动一下，鸟的爪子就会往他的肩膀和后背里扎得更深，他强忍着剧痛，腾出右手，从刀鞘里拔出刀来，捅进了怪鸟的肚子里。那只鸟发疯似的尖叫起来，但并没有松开它的爪子。“得亏它没松开，不然我早就摔得粉身碎骨了。我对此也早有准备，只要它的爪子有松开的迹象，我就一把抓住它的腿。”

这只怪鸟在飞行途中想用喙去琢布洛顿，虽然它的脖子很长，可喙还是够不着布洛顿。鸟身上的血还在流，看来起作用了。布洛顿从头到脚都沾满了鸟血，眼睛也被鸟血糊住了，这才是最糟糕的。他闭上眼睛，突然感觉到自己的脚撞在了一块石头上。那只怪鸟跌落到了一块石头地上，用身体压住了布洛顿，又挣扎了几下，把压在布洛顿身上的翅膀甩到了一边。一场倾盆而下的大雨瞬间就把他脸上的血迹冲刷得干干净净，布洛顿又能看见了。那只怪鸟已经没了力气，松开了爪子，布洛顿猛地用力就挣脱了出来，可肩膀上的一大块肉却被撕裂，留在了爪子里。与此同时，一只爪子还刺进了他的嘴唇，割破了他的舌头。布洛顿继续一刀一刀地捅着怪鸟，怪鸟疼得死去活来，自然顾不上猎物，它朝上扑腾了一下翅膀，重重地翻过崖壁，八成就在那里咽气了。

“这是我狩猎生涯里最有趣的一次经历。”布洛顿说道。

“是挺有意思，只不过这次的猎人不是您。”斯托尔迈尔说道，“接下来又发生了什么？”

“我当时不知怎么回事就躺进了一个浴缸大小的石头坑里，坑里滚烫的鸟血都要溢出来了。我以为自己要被活活煮死了。这缸血少说也得有 50 摄氏度，周围到处都是羽毛。”

“我见过这个地方！”汉斯惊呼道，“我们去找过您，只不过没找到。”

“我当时赶忙钻到一个山洞里去啦。”布洛顿回答道，“我得提一嘴，这只飞贼的翅膀上好像只有一层皮，只有尾巴长了羽毛。我还留了几根毛和从鸟翅膀扯下来的一块皮，可惜在流浪的时候都弄丢了。”

布洛顿在一块崖壁下稍作休息，调整了一下。他流了很多血，意识也很模糊，脑子都不太好使了。他没有顺着峡谷朝上去找飞船，反而一瘸一拐地向下走去，一直到了海湾，然后又往右拐，再然后……就在树林里迷了路。

他的衣服早就被撕成了碎片，可光着身子在树林里穿行也不方便：针叶和树刺会扎进肉里。他还得保证自己不被毒虫叮咬，于是就用树皮给自己做了身“衣服”穿上了。在树林里行走非常危险，于是布洛顿就爬上了一棵树。他饿了就吃“椰子果”，渴了就喝积在树叶、树洞和树冠中的雨水。他无论怎样都找不到通往飞船的路了。他呼喊求助了，可就是没人回应。

“我们那时也喊您来着，您也没有回应。”

他在林子里流浪的时候撞上了多少怪物，躲过了多少危险哪！……

他看见过许多高耸入云的森林，起初还以为是一座座被森林覆盖的高山。

“每棵树都有好几百米高，就连下面的草都和咱们地球上的树一样高。草丛上头是一片藤蔓网，藤蔓简直跟船桅一样粗。蘑菇的伞盖和教堂的圆顶一般大。整片林子就像一捆缠在一块儿的树皮，真是密不透风。这片林子分了好多层，每层都有自己的植物，层层都有不一样的动物世界。中间的几层简直是刀枪不入，雨也落不进去，太阳也照不进去，就连金星上的狂风也被挡在外头。里面昏天黑地，又没有一丁点声响，直叫人觉得是掉到深海里去了。偶尔才能听到两声和山崩一样的轰隆声，是一些腐朽的参天大树倒下了。这些‘中间楼层’里的鸟兽也是一点儿声音都没有。到了‘上层’就亮堂多了，生机勃勃的，也热闹得多。在花蕊里头睡觉那是相当舒服，就是有一股子直冲天灵盖的香味。那些个头最高的树上的叶子大得能盖住一栋房子。我经常跑到这座绿色摩天大楼的‘屋顶平台’上，踩着上头的树叶一路溜达闲逛，欣赏一下周围的风景。有些叶子上长满了一米长、一指粗的毛刺，我走在它们中间，就像走在草原上的针茅丛里一样。”

“那些飞鸟走兽、植物昆虫又是什么样的呢？”平奇好奇地问。

“这样的生物森林里到处都是，数不胜数。要不是亲眼所见，我很难相信生命力会如此强大。没错，金星是一颗年轻的星球，身上的能源还真是取之不尽，用之不竭。它浑身都流淌着生命的汁液，植物就像地下石油从井口里喷涌一样，到处破土而出。眨眼之间，新旧生死的交替就轮换了一圈。我是怎么在危机四伏的林子里活下来的，我自个儿现在都还纳闷着呢。土壤下，草地里，林子里，动物爬得到处都是。林子里头总是雾气蒙蒙、半亮不亮，只瞧见那些巨无霸虫子和爬虫爬成一锅粥，相互吞食。这群家伙的嘴就没有得闲的时候，简直就是一台绞肉机，一条生死传送带。在这片林子里，你得把地球上的大小概念丢到一边去，地球上所谓的巨蟒还不如这里的一条普通小蛇长，咱们的昆虫到了金星上就成了地地道道的微生物……有一次我不得不躲开一群蚂蚁而保命，好家伙，里头哪只不比我大?！还有一次，我跟一只苍蝇结结实实地干了一仗。老实说，我对付地球上体格最大的鹰都没这么费劲过。林子里的蟑螂和地球上最大的海龟一样大，简直可以给我当坐骑。鸟儿就更别提啦！你们是没瞧见它们是怎么打架的！简直就是两架战斗机在空中互相扫射。

“我还碰到了老熟人——‘蝙蝠’，它们生活在林子的最上头，足足占了几千公顷的地方。

“我没法把自己看到的东西一一道来，并且我看到的还只是金星上的一个小角落而已。”布洛顿说道。

“那您认为哪些动物最危险呢?”汉斯问道。

“当然是六臂怪物啦。”布洛顿回答道，“我把它们研究得明明白白，我觉得那帮家伙不是什么动物，而是金星上的‘人类’。至少是这个星球上进化程度最高的生物。如果说它们会在生存竞争中灭亡，也只能是那种莫名其妙的沉睡习惯拖了它们的后腿。不过话又说回来，没准儿它们还能在将来的进化过程中消除这个天生的弱点。”

“不管怎么说，还就是这个弱点让我们逃过一劫。”

布洛顿讲完了自己的经历，走出小棚，耷拉着腿坐在一根树杈上。埃伦就像一只灰色的猴子一样，小心翼翼地爬过树根，凑到他跟前。她放下了自尊，克服了心里的羞怯，然后对他说道：“噢，亨利！我遭了多大的罪啊，我是那么担心您，就这么等啊等……”

他瞧了她一眼，眼神比平常更为冷漠，答道：“您这是白遭罪啦！有些事情在地球上是好的，到了金星上就未必有益处。您回去吧，埃伦。请回吧。”他干巴巴地笑出了声。

这只脸色苍白的“小灰猴”还没弄明白他话中的含义，但心里非常清楚这种腔调是什么意思。她差点儿没一头栽进太平湾里，里头的金星鳄鱼和“变形虫”都挤成一锅粥啦。

而埃伦的这位前未婚夫凭借着在林子里练就的野兽般敏捷的身手，顺着气根网飞快地冲到岸上，来到玛丽洗衣服的水坑旁，他粗暴地把斯托尔迈尔往旁边一推，残缺的嘴唇上挂着微笑，凑到了玛丽跟前。

第十章　秋思

“地球上的秋天令人不悦，金星上的秋天简直让人害怕。就像住在莲蓬头底下一样。呸！一天 20 次，天气换着法儿地变，一会儿热得让人抓狂，一会儿又冻得叫人直哆嗦；这雨前一秒还热乎乎的，眨眼的工夫就变成冰雹了；别看现在一点儿风都没有，那龙卷风说来就来。还有这雾，这没完没了的雾。”坐在洞穴边的布洛顿说道。

“在地球上有的是地方能躲避秋天，比方说阿尔及利亚，还有尼斯。”德尔科罗说着叹了口气。“在地球上只要有钱，到哪儿都是四季如春。”

“现在金星上有的地方也是春天，只不过咱们到不了：铁路还没有铺设，疗养地也还没开发。”布洛顿嘲弄地回答道，“不过咱们倒是该考虑考虑怎么过冬了。”

让斯托尔迈尔大为不快的是，亨利勋爵没有经过任何选举和投票，就直接当上了“乘客”们的国王、领袖和独裁官。在林子里冒险一番后，这位野人勋爵就性情大变，变得粗鲁不堪，冥顽不灵，容不得别人半点顶撞，很快就把所有“乘客”治得服服帖帖，连斯托尔迈尔也不例外。当然，斯托尔迈尔也没有马上俯首称臣，而是布洛顿请他吃了几颗拳头以后，他这才乖乖认输，安生下来。

“乘客”们又搬回了洞穴，那里要稍微暖和点。“庶民”们依旧住在树上的棚子里，进行着田里的收尾工作。

“现在是时候考虑一下过冬的事，考虑一下未来了。咱们面前有三条路，第一是在飞船里过冬……”

“这是最好不过的啦。”欣顿夫人说道，她想起了自己那间舒适的舱室，还有她那把圈椅。

“那得芬格尔同志发话才行。”斯托尔迈尔狡黠地笑着说。

“咱们用不着搭理他。”布洛顿毫不在意地回答道。

“好样的，不过咱们一点儿过冬的东西也没备下，反倒是他们的收获……”

“够所有的人吃……第二条路就是在山洞里过冬。”

“这就差点儿了。”

“燃料够用，取暖也就不用发愁了。咱们还在半岛上找到了‘椰子果’。鱼、粮食、蔬菜这些也都不缺……”

“那也得芬格尔给咱们才行啊。”

“斯托尔迈尔先生！要是您再插嘴，我就得用这块石头敲打敲打您的脑袋啦。总之，第二条路就是在洞里凑合一冬天。第三条路就是‘去追夏天’。”

“同时让自己身陷各种险境……嗯嗯……我闭嘴。”

“这倒没错，是得冒各种生命危险。这当然是剑走偏锋的做法。去飞船上是最方便的。就先让这个汉斯和他那帮人像蚂蚁一样把粮食、‘椰子果’、鱼和蔬菜搬回飞船。到时候趁着汉斯不在，我们就冲进飞船，来个占山为王。”

“那恐怕得大打出手啦。”斯托尔迈尔说道。

“没错，是得打一仗，还得好好打一仗，而且越早越好。得早点结束才行，一山不容二虎。不是我们死，就是他们亡。”

“那您何必从六臂怪物手里救下汉斯和温克勒呢？”

“因为当时除了他们俩，还有别人呢。要不是汉斯和温克勒，恐怕其他人早就死在它们手上了。如今那几座‘桥’也被拆了，那群六臂怪物也过不了海湾了，咱们现在已经万事俱备，用不着那帮‘庶民’啦。要是他们不愿意乖乖服侍咱们，干脆一不做二不休，把他们都宰喽。”

“把‘庶民’们统统杀光？杀哪几个呢？”

“汉斯和温克勒。”

“雅克、玛丽，还有灿德尔留到最后杀？”

“咱们不单单要考虑冬天，还要为遥远的未来做好打算。除了汉斯和温克勒，其他人咱们都不用怕。灿德尔知识渊博，留着他有好处。就比如咱们的衣服都已经穿破了，必须开始建立纺织生产了……”

“只要不造机器就成！”施尼列尔尖叫道。

“咱们就把雅克当成奴隶……”

“那玛丽呢？”斯托尔迈尔问道。

“玛丽得给我当老婆。”布洛顿勋爵平静地回答道。

埃伦发出老鼠一样的尖叫。欣顿夫人摇了摇头，大声叹了口气。平奇不明所以地嘿嘿一笑，布洛顿给他使了个眼色，他立刻缩成一团，钻进山洞深处去了。

“也到了摒弃地球上的偏见的时候啦。咱们可能得在金星上生活一辈子，在这里和大自然进行极其艰巨的斗争。

“咱们不能削弱自己的力量，而是得吸收新力量。当然，不包括像汉斯那样的人。我们必须得娶妻生子，要健康的、有生存能力的妻子，不能让身体上不相称的婚配影响了后代的健康。我要讨玛丽当老婆。韦勒先生——将来也没有主教这一说了——好像对德尔科罗小姐有意思。至于您，斯托尔迈尔，您也是个身材高大的大丈夫，我看艾米丽和您正合适。”

“但是……”平奇大喊一声，喉咙都被呛到了。

“我可不打算嫁人。”艾米丽说道。

“在金星上嫁不嫁人可不是您的私事，这是社会责任。平奇先生可以和埃伦凑一对，尽管我怀疑他们两个未必能生出强壮的孩子来。男爵，如果您不嫌弃，也可以娶欣顿夫人为妻。”布洛顿一个劲儿地哈哈大笑起来。

所有人都瞠目结舌，四周顿时鸦雀无声。似乎只有韦勒一个人对自己被安排的命运感到很满意，他强忍着笑意，时不时地瞟一眼自己的“未婚妻”。

冰雹已经过去了，一阵强风吹散了浓雾，重新出现的太阳像夏天的骄阳一样炽热毒辣。半岛上的情况也能看得一清二楚，只见汉斯、温克勒、玛丽、雅克和已经投靠“庶民”的捷克尔一家在粮仓旁边忙活个不停。他们把粮食装进麻袋里，然后往背上一扛，朝着“诺亚方舟”走去。

“这些人天生就是干活的料。”布洛顿嘲笑着说。

“捷克尔也跟他们混在一块儿呢！”

“可能是为了孩子吧。”欣顿插了一嘴，毕竟大夫还要定期来给她看诊呢。

“快瞧！快瞧！那儿有支秋天的队伍！”艾米丽惊呼道。

一群群候鸟铺天盖地地飞过来了。在海湾对岸的林子边上，样子千奇百怪的游牧动物也已经成群结队地动身了。它们以惊人的速度移动着。看来，金星上独特的气候造就了这些季节性迁徙的“飞毛腿”。

“这些动物可真够奇怪的！”艾米丽继续说道，“从远处看，还以为是一群巨大的长腿在跑呢，还有点像人踩在高跷上。它们的两条腿又粗又长，一步就能跨过两层楼高的房子。不过身子倒没那么长，脑袋也小小的，还有一些‘不知道是手还是脚的小玩意儿’在前面晃来晃去呢……”

瞧瞧，那边还有一只既像骆驼又像大象的动物，身子两侧长着巨大的“驼峰”！八成是用来储存水和脂肪的，足够它这一路上用了。瞧它移动得多快呀！跑起来连脚都看不见。就是骑着快步马也追不上啊！

巨大的长蛇把身子卷成车轮在地上滚着，蓝莹莹的“尺蠖”们一步就能走出百米，千足虫像长长的特快列车一样奔驰而过。

一只半兽半鸟模样的怪物迈着两条纤细高挑的腿迅速奔跑，一双“机翼”般的翅膀都快让它飞起来了。一支长着短短的肉尾巴和貘脑袋的骑兵队超过了它，这些动物的蹄子都分成三瓣，也许它们是金星上马类的祖先吧……

一些黑乎乎的“包袱”超过了所有动物，但因为离得太远，根本就没办法辨别是些什么动物。它们蹦起来像跳蚤一样，一下就能蹦出几百米。

布洛顿双眼放光。瞧它们跑得多快啊！一只“蜈蚣”就足以容纳所有的“乘客”了……唉，只可惜没有匹配的套索，也没有足够强壮的手臂来驾驭这些数百马力的活机器……

“还真是一场秋季动物狂欢节。”德尔科罗说道，“这要是在巴黎，准得引起一阵轰动。”

一声震耳欲聋的爆炸声打断了他们欣赏“狂欢节”的兴致。岩壁都抖动了一下，石头纷纷滚落，一道道裂缝直奔洞穴而来。随着轰隆一声巨响，一根火柱冲天而起，一条条火河纷纷流进太平湾。

汉斯和他的同伴们扔掉麻袋，向山洞跑去。地震引起的大浪可能会淹没整个半岛。火山爆发持续了几个小时，如果不是像以前地震时一样刮起了一阵强风，他们可能早就被硫黄蒸气给熏死了。

整整一晚上都在地动山摇。火山喷发的轰隆声完全把雷声和拍岸浪的咆哮压了过去。

拂晓时分，熔岩已经开始凝固，但仍然散发着热气。汉斯和他的同伴们用苔藓做的帽子护住脑袋，一路跑到粮仓。一个小时过后，外面又变得天寒地冻。熔岩已经完全凝固，太平湾也不复存在了，周围的树也都被熔岩一扫而光。现在那群六臂怪物可以轻而易举地蹿到他们的“种植园”了。但林子里一片空荡，鸦雀无声。火山喷发的时候，飞禽走兽和六臂怪物们都不知道躲到哪儿去了。

金星这部分土地上的生命就这样停下了脚步。

寒冬已经悄然到来……

第十一章　“这里是地球！”

灿德尔养成了一个习惯，每天早饭过后都要尝试与地球建立无线电联系。他有条不紊地按照计划把各种长波、短波和超短波搭在一起试了个遍，但始终徒劳无功，太空中还是一片死寂。灿德尔对着收音机说个不停，有时甚至还朝着它怒吼：“喂！喂！这里是金星。灿德尔在讲话。”可就是没有任何回应。

收音机不时也会发出一些噼里啪啦和滋啦滋啦的声音，即使是大半夜，灿德尔也会马上从床上爬起来冲到收音机跟前。可除了噼里啪啦的声音，再听不到别的声音了，很有可能是充满电荷的金星大气层在放电。

整整一个多小时，灿德尔都在忙着调试收音机，最后还是无可奈何地站起身来。真是一点儿希望都没有。

突然，一阵噼啪和嘶嘶声响起，又传来一声清楚的锵锵声，听起来像是在说“喂”。灿德尔整个人仿佛触电般颤了一下，他紧紧地贴到收音机跟前，用颤抖的双手小心翼翼地开始调试，生怕又失去了联系。

“喂！喂！这里是火星。灿德尔，听到请回答！这里是火星！您能听到吗？灿德尔！喂！”

“喂！”灿德尔对着麦克风狂喊了一声，他自己都听不出是自己的声音了，“收到！收到！收到！我能听见！请问是谁在说话？”

自打离开地球后他从来没有这么激动过。

“怎么是‘火星’？这是哪个电台的名字吗？”

“当然不是，是货真价实的火星。就是天上那颗行星。”一个男低音回答道，“我是火星人克鲁克斯。”

灿德尔的额头上渗出了冷汗。他这是出现幻觉啦？是失心疯啦？还是有人在故弄玄虚呢？……

“请您严肃一点儿！”灿德尔吼了一嗓子。

这位素未谋面的对讲者显然是个性格开朗的人，听他的声音里还带着一丝笑意。

“火星人克鲁克斯可没跟您开玩笑。我是一艘星际飞船的舰长……”

“请问是谁的星际飞船呢？”

“会是谁的呢？反正肯定不是斯托尔迈尔城那帮人的。您可真是大大落后于形势啦，灿德尔！”又是一阵短促的笑声，“非常高兴您还活得好好的，而且身体也十分健康。我们本来已经对找到您不抱任何希望啦……”

“你们是谁？是火星人吗？……”

又传来一阵笑声。

“是地球人，灿德尔同志。3小时之前我在火星上登陆啦。不过要是我现在在火星上，那我肯定就是火星人，就跟您现在是金星人是一个道理。您应该是在金星上和我通话吧？我们是这么估计的。看来就用不着搜索火星啦。我是克鲁克斯，是地球派出的探险队队长，负责在太阳系内搜寻您。当然，如果有必要的话，我们还会飞出太阳系。”

灿德尔紧张不已，满头大汗，他的心脏怦怦直跳，根本听不到对方在说什么，生怕在自己了解到一切必要信息前联系就会中断。而这个克鲁克斯却说得如此轻飘飘，还嘻嘻哈哈的。

“您的飞船，灿德尔，一切正常吧？着陆时没有损坏吧？如果损坏了也没关系，我们可以来接您。”

“您听好喽！”灿德尔大喊了一声，然后沉默了片刻，连话都说不出来了。他有太多的东西要问，有太多的话想说，一时间竟然不知从何说起——“千万不要中断通信啊！”他大声地说出了自己心思。

“您别怕，现在断不了啦。”对话者笑着回答。

“那为什么地球沉默了这么久呢？通信在我们飞行的过程中就中断了。”

“联系中断是因为当时地球上根本就顾不上您这边。您在斯托尔迈尔城的基站被破坏了，普奇也死了。一场巨大的风暴席卷了地球，恐怕您在金星上也未必见识过。您以后会知道事情的原委的。当一切都平息之后，人们想起了您，想起了芬格尔和温克勒同志。他们都还好吧？……”

“都好，都好。”

“我们早就接收到了您的信号，也听见了您的声音。”

“然后你们没有答复？”

“没有答复。准确地说，我们回答了，但您没听见。”

“这是为什么？”

“难道您自己猜不出来吗？您还记得普奇费了多大工夫才让无线电波穿透电离层吗？他用电波‘钻透’了电离层，所以您才能在飞行中接收到无线电转播。可是您一旦落到金星上，一切就都完啦。金星上的电离层肯定不止一层，而是有十几层。金星的大气十分稠密，而且高度电离。我们发射了各种各样的‘无线核弹’，都穿不透金星的大气层。我们发射的无线电波也明显是被金星表面给反射回来了。”

“好吧！那你们是怎么攻克这个难题的啊？”

“就在不久前，我们还认为这个难题根本没办法解决，然而我们的一群年轻科学家成功攻克了它，正好就赶在我出发之前。在飞往火星的路上，我还没有机会试用一下这项新发明，等我一飞到火星，就立即‘改造’了无线电台，并成功联系上了您。您那边听得清楚吗？”

“完全能听见，就算有点瑕疵声，那也是因为我的收音机有点旧了，再加上金星大气层放电的缘故。您能听清楚我这边说话吗？”

“也有噼啪声。没错，您的无线电设备确实过时啦，灿德尔。”

“您的星际飞船是什么样的？发动机怎么样？速度快不快？”

“您什么都会知道的，您自己将来还要乘它飞行呢。您要是想看，现在也行。只可惜您的电视接收机八成也过时了，您仔细着点儿瞧。请看吧，我给您把灯光打上，火星上的太阳有点暗。”

灿德尔看到一个被探照灯照亮的人，那个人穿着闪亮的紧身宇航服，戴着氧气头盔，坐在一张小折叠桌旁的一把行军椅上。在他身后可以看到一艘形似鲶鱼的大型宇宙飞船。几束强光照亮了略微有些发红的沙漠，远处的水边是一丛丛黑乎乎的矮灌木。

克鲁克斯的头盔上有几根电线连接在沙地上一个装有天线的盒子上。显然，克鲁克斯的头盔里有一个麦克风。

“我看起来像个火星人吗？”克鲁克斯问道。

有两个人从星际飞船里走出来，来到了探照灯下，他们的宇航服也闪过一阵光芒，就像太阳光下的鱼鳞一样。

画面逐渐消失。克鲁克斯继续说道：“您得和我们探险队的领导说上两句。戈卢比是我们这儿最大的领导，他现在就在平流层站里呢。我通知他一下。我们还会跟您联系的，希望咱们很快就能见面。向您的同志们问好！”

无线电接收器沉默了下来。灿德尔几乎是满怀恐惧地盯着它：要是这家伙不响了怎么办？……

“喂！灿德尔！我是戈卢比！您好！很高兴听到您的声音！请您跟汉斯和温克勒商量一下，看看你们是坐自己的飞船返回地球，还是我们派克鲁克斯去接你们，他现在正在火星上待命。地球等待着你们回家。”

“地球上现在是什么情况呀？”

“等您回来就知道啦！世界共和国联盟已经成立啦。”

“您现在在哪儿呢？”

“我现在在一颗小型的人造卫星上，这是我们建造的一颗新的地球卫星。我们在这里研究各种宇宙射线，从事天文学方面的探索。这里也是发射星际飞船的地方……我等您的答复，灿德尔。”

无线电接收器再次陷入沉寂。灿德尔喘着粗气，勉强站了起来，这些消息让他感到十分震惊。

还没等汉斯回来，灿德尔就冲到火箭舱门处，连门都没关，帽子也没戴，就沿着石头峡谷向下跑去，全然不管那来势凶猛的雨水和冰雹。

灿德尔跑到山洞附近，在雨幕的笼罩下，他撞上了一个软乎乎的黑东西，传来了一声不满的“嚯”声。他赶忙向后一跳，朝四下张望了一圈，尽管他吃了一惊，但还是差点没笑出声来。

迎面而来的是一队黑不溜秋的“僧帽猴”，样貌十分滑稽。汉斯昂首挺胸地走在它们后头。每只“僧帽猴”的后背上都拴着一个麻袋，原来这是汉斯为了减轻劳动负担，尽快把食物运到火箭上想出来的招儿，把这些温顺又听话的“企鹅鸟”改造了一番。灿德尔朝汉斯大喊了一声：“地球回答啦！”只可惜大风把他的声音吹到了一边。布洛顿从洞里头朝外张望，隐隐约约听到灿德尔喊了声：“地球着火啦！”这话是什么意思？

“地球回答啦！”灿德尔这回喊得清清楚楚。汉斯喜出望外地跑到他跟前。灿德尔上气不接下气，三言两语就把自己和克鲁克斯，还有戈卢比的通话讲了一遍。布洛顿躲在一旁偷听。

汉斯突然嗖的一下从原地跑开，扭头就朝山上冲去，那架势就像金星上所有的野兽都跟在他屁股后头追赶似的。疲惫不堪的灿德尔追不上他了。被“牧羊人”抛下的“企鹅”们愣在原地跺脚，不明所以地呱呱叫。

温克勒赶来了。

“喔——喔！”他赶着这些长着羽毛的搬运工继续朝前走去。

汉斯跳过一个又一个水坑，磕磕绊绊地跑啊跑啊，他觉得自己的心脏马上就要炸开了。他一头栽进火箭，晕晕乎乎地躺了一会儿，清醒之后立即冲到无线电接收器跟前。

他跟火星、太空站，还有地球一一通了话！

多么令人惊叹的消息！多么宏伟的事业！地球上发生了多少翻天覆地的变化啊！

一幅幅画面在他面前的电视机屏幕上闪过，看得他凝神屏气……

一排排银光闪闪的火箭蓄势待发，就像马上要冲入云霄的鱼雷。

地球上空飘浮着一颗小型的人造月亮，人们在那里做着各种各样有趣的科学研究。

一座座浮城在各个大洋里乘风破浪，它们立在巨大的滚轴上，每座城市都能容纳成千上万的旅客。还有从事不同生产的海上漂浮工厂，它们直接从海洋里获取原材料。

在地球的暗面，也就是正值夜晚的半球，可以看到一条条闪闪发光的带子，那是地球平流层中飞机留下的痕迹……

一支支“破冰船”队伍沿着欧亚大陆的北岸行进，它们像金星上烧得通红的“熨斗”一样冲破一座座冰山……

从人造月亮所在的高空俯瞰，无数灯光——探照灯、灯火通明的工厂，就像太阳一样把极地和极地圈以内的西伯利亚映得闪闪发光。就连原始森林和冰冻荒原也闪烁着光芒，宛若繁星点点的夜空……

一列列直达列车跨越白令海峡大坝从欧洲向美洲疾驰……

几百万的工人大军驾驶着各种先进的机器，朝着格陵兰的冰原和非洲的热带丛林进军，他们一边改善气候，一边不断为人类开辟新的栖息地……

人们把南极冰层炸开，从南极这个宝库里挖掘出了难以计数的宝藏……

巨大的“高架桥”在300米高的桁架上绵延数千千米，汉斯还不知道它们用途呢……

在阿特拉斯的山脉里，在帕米尔高原上和科迪勒拉山脉间，处处可见高耸入云的“人造气旋”管道，它们可以对天然的风能加以利用……

一座座人造浮动航空港像棋子一样散落在大西洋和太平洋各处……

希比内山和乌拉尔山区的很多山峰像是融掉了一半，还有的山峰则完全消失不见了。一座座人造山脉及山一样高的屏障在平原上拔地而起，保护田野和花园免受狂风侵袭。一条条改道的河流和新开凿的运河共同编织成了一张阡陌纵横的银色大网，整个地球都被它一网打尽……

地球上万象更新，就连地球人都面貌一新，他们个个精力十足、积极乐观、自由潇洒。

“他们什么时候做了这么多事？”汉斯摸不着头脑，“是地球上的时间真的向前推移了？还是当人类无穷的能量从战争和阶级斗争的桎梏中释放出来之后，‘时间相对性的社会法则’起了作用？”

……当然，他会乘着自己的火箭飞回地球，他将亲自驾驶它。他一定会通过重重考验，证明自己是一位出色的星际航行舰长。

哪些人会一起回去呢？灿德尔、芬格尔、温克勒、玛丽、雅克、捷克尔一家……施尼列尔和他的女儿没准儿也会回去。就让这位哲学家好好开开眼界，当机器不再被用来作恶时，它们能干出多大的成就来。至于剩下的人，他们都是一群废物，到了地球上也派不上用场。这群家伙不是想要一个新世界吗，那就让他们继续留在金星上吧，只要他们活得下去。

“就这样好啦，咱们很快就能见面！”

汉斯火急火燎地从飞船里跑出来，温克勒赶着那群“僧帽猴”走到火箭跟前。汉斯朝温克勒扑过去，发疯似的把他一把抱住。他简直欣喜若狂，然后又哈哈大笑着开始拥抱起“企鹅”们来，它们困惑地盯着他，嘴里呱呱叫着，它们对世界政治局势可是一窍不通。

“疯子！”温克勒说道，他差点儿没被勒死，“你这是发的什么疯啊？”

汉斯把两只手捂在胸前，然后又伸向天空，大喊一声：“地球！一个崭新的地球……”

第十二章　回故乡去！

一盏用岩壁坑装上石油、植物纤维做捻的油灯冒着黑烟，噼啪作响。颤颤巍巍的火苗透着红光，照亮了坐在苔藓垫上的三个人。一个人面色惨白，形容憔悴，眼袋都要垂到地上去了，脸上蓄着灰白的胡子；一个人长着一张方正结实的脸，留着红红的大胡子；还有一个人长着一张晒得黝黑的长方脸，有几分贵族气，只不过一头乱糟糟的头发都耷拉到了肩膀上，嘴边的髭毛和大胡子都黑糟糟的。他们身上都是破衣烂衫。这是三个野人？土匪？还是隐士？……

他们一位是法国证券交易所之王，马歇·德特朗男爵；一位是“马甲口袋里装着半个欧洲”的工厂主、地主、商人，斯托尔迈尔；一位是亨利·布洛顿勋爵——伊顿公学的毕业生、伦敦雄狮、贵族俱乐部成员、皮卡迪利的浪荡公子、运动员、未婚妻心目中的偶像……

从隔壁的女士洞穴里传来了欣顿夫人沉重的鼾声。

布洛顿一脸嫌弃地撇着嘴，不时地吐上两口唾沫，抽着自己用“金星烟草”卷成的雪茄。

“形势已经变啦。”他像个阴谋家一样低声说道，“我们必须得做出决定，是留在金星，还是回地球去……”

“如……如……如……如果他们带带上咱们的话……”

“现在咱们得自己解决这个问题，到时候再看看谁要飞走。唉，地球上算是彻底变天了，咱们恐怕是没什么好下场喽……”

斯托尔迈尔借着火光，还在鼓捣自己的宝石。

“没准儿这些家伙在那儿还有价值呢？”

“就算有，他们也得给您没收了不可。”

“这是自然的。”

“不过，他们是会把咱们宰了，还是放咱们一条生路？这倒是个问题。我估计不会杀，他们肯定饶咱们一命，然后由得咱们自生自灭。但无论如何，总比留在这儿要好。”

“就……就是说，您……您赞成回去？”

“没错，我赞成回地球去。”

布洛顿早就把一切都想好了，他是最不用担惊受怕的。密谋杀死汉斯和温克勒的事“他们”都还蒙在鼓里呢。难道不是他布洛顿把汉斯和温克勒从六臂怪物的手里救了出来吗？他还立了功呢。他以前在地球上不过是个毫无威胁、轻浮放荡的运动员，只要政治不触及他的利益，他就对政治没有兴趣。

斯托尔迈尔的处境就要严峻多了。

“杀不杀的，兴许他们也看人下菜碟呢？”他反驳道。

斯托尔迈尔脑子里已经想到了他们抵达地球的情景。第一枚从星际航行中返航的火箭当然会引起轰动，到处都是摄影、前来瞻仰飞船的人群、电视转播、杂志摄影……肯定会有人问：他们是谁？他们从哪里来？是些什么人？……斯托尔迈尔可能会被人认出来……

斯托尔迈尔甚至哆嗦了一下，又摇了摇脑袋：“我是不会飞的。您倒是没大碍，布洛顿，您和工人们没过节。男爵也一样，他成天出入高级的银行圈子，肯定也没人认识他。我这张脸是被他们记住啦，恐怕还记得很清楚。不行，我情愿跟那帮六臂怪物打交道。”

“该您发话了，男爵。”

马歇哼哼唧唧起来。地球上没人认识他这一点是不错，但银行家是个什么货色谁人不知呢……对于男爵来说，金星好像也要比地球安全，只要……

“只要没有那群六臂怪物？”布洛顿问道。

“只要人类永远不到这儿来。可他们早晚要飞来……”

“到时候汉斯那家伙肯定还要搬弄咱们的是非，”斯托尔迈尔插了一嘴，“结果咱们到哪儿都没有活路。”

不知道是偷听到了他们的谈话，还是在梦里发呓语，那位前主教突然喃喃地吟诵起一首赞美诗，说什么上帝发怒了，他们就是上天遁地也在劫难逃。

“审判前的最后一夜。”韦勒嘟囔了一句。

山洞里一片沉默。

“金星大着呢，”布洛顿继续说道，“要等他们占领整个金星，还不定得等到猴年马月呢。咱们躲进深山野岭里怎么样？”

“然后落到六臂怪物的魔掌里？”斯托尔迈尔喃喃道，“窟窿有的是，就是没处逃……要是没有汉斯和温克勒这两个该死的家伙，兴许咱们到了地球上还能周旋周旋，随便找个法子脱身呢。”

“嘘！……”

手电筒的亮光一闪。

汉斯、温克勒、雅克和玛丽全副武装地站在洞口前。

“请把捷克尔一家和施尼列尔叫醒！”汉斯说道。

“深更半夜有什么急事？”布洛顿用颤抖的声音问道。他没料到他们会采取如此果断的行动。

“我去叫，汉斯同志，我现在就去。”平奇开始手忙脚乱地殷勤起来。

原来他刚才一直在装睡，现在又殷勤地跑去执行命令，而且假装不经意地把大家都弄醒了。洞里顿时乱成一团。

布洛顿已经控制住了自己的情绪，他故作镇定地站起身来，往放着枪支的山洞角落瞥了一眼。

“请您坐回去，布洛顿！”汉斯朝他说道，接着就意味深长地摆弄了一下手里的手榴弹。布洛顿只得咬牙切齿地坐了下来。

大夫一家、施尼列尔、艾米丽既感到困惑，又惊恐不已，但都迅速穿好衣服，走出了洞穴。

“跟我们走！”

手电筒的亮光在石地上晃动，脚步声渐渐远去。

平奇悄悄从洞里溜出来，消失在了夜色中。

“第第……第一批拉出去枪毙的……”韦勒压着喉咙，像男爵一样结结巴巴地说道。

“第一批殉道者……上帝啊！我将我的灵魂托付到您的手中！”欣顿夫人哭泣道，“把他们枪毙后就轮到咱们了……”

真是好巧不巧，这时候传来一声枪声。女人们吓得纷纷歇斯底里地尖叫起来。突然又安静了一阵，不知道是哪个脚下的石头发出一阵沙沙声。平奇脸色惨白，怒不可遏地跑进洞里。

“混蛋！这个畜生想趁着天黑朝我放黑枪，得亏没打中。还能是谁干的？当然是汉斯，一准儿是这个家伙。我悄悄地跟在他们后头，想听听到底是怎么回事，然后偷听到……我听到汉斯跟那帮被带走的人说：‘不用害怕。我现在带你们去火箭，咱们这就飞回地球。’‘那其他人怎么办？’施尼列尔问道。‘其他人就留在金星上。’施尼列尔开始嚷嚷起来，说他也要留下来，‘要当庞贝毁灭时的最后一个哨兵’，文明早就死了，他不想再回到机器主宰的地球……艾米丽开始劝说父亲，施尼列尔好像动摇了。汉斯不知道又说了点什么，我想凑近点，想听听清楚，谁知道碰到了石头，弄出了响动。‘是谁来了？’汉斯叫道，‘我要开枪啦！’他当场就开了一枪，他这个仇我是记下了，迟早得找他算账。”

布洛顿突然蹦了起来，干净、利落、果断。他像是失心疯了。

“这儿是死路一条，那儿是死路一条，哪里都是死！咱们成了落在陷阱里的动物啦……这都是天注定的！得嘞！既然咱们得死，那他们也别想好过！”他说完就跑过去抄家伙。

“完啦，勋爵，”斯托尔迈尔愁眉苦脸地说道，“他们早就走远了，肯定会比咱们先到火箭。您的子弹根本就打不穿‘诺亚方舟’的外壳。星际飞船马上就要起飞，他们要飞走啦，飞走啦……噢，这群畜生！把咱们的身家抢去就算了，现在连咱们的性命都不放过……”

男爵像癫痫发作一样浑身抖个不停。他早就想说点什么，可是越激动越说不出话来，现在只能喘着气，一个劲儿地摇脑袋。

平奇忍不住了，两只手一把抓住他的腋窝，然后使劲儿摇起来，仿佛是想把鲠在他喉咙里的话给抖出来。这招儿还真管用，男爵连珠炮似的一口气说了出来：“用用用石石石头把喷喷喷嘴堵住！”

“太棒啦！这主意妙极啦！”布洛顿赞不绝口，“到时候准得爆炸，炸他们个粉身碎骨，连渣都不剩。给他们制造一场不幸的意外！不过咱们得快点。斯托尔迈尔！韦勒！平奇！……男爵就算了，他跟不上。咱们走！”

狂风吹得人直倒，连衣服都要被扯破了。冰冷的大雨夹杂着雪狠狠地抽在脸上、胸前和胳膊上。山洪发出怒吼，火山像血红色的火炬一样闪烁着不祥的光芒，大地颤动不止。石头从山上纷纷滚落，蹦过悬崖，发出铿锵的撞击声。他们跌跌撞撞地奔跑着，不时跌倒在地，把膝盖和手撞得血肉模糊，但根本感觉不到疼，爬起身又继续跑……只要能赶得上就行！

从山顶上已经能看到“诺亚方舟”了，飞船船头的1/3悬在陡直的悬崖上。

这倒是个理想的起飞平台，不过要爬上去也不简单。这里没有斯托尔迈尔城发射场那样的轨道……也没有牵引火箭。汉斯这一次不是打算驾驶飞船吗，他得一下子就把火箭的速度提升起来，至少得比飞船从地球上起飞时的速度大得多才行。兴许稍一颠簸，他们就会在减震器里死掉……没准儿火箭在重力的作用下会画出一条曲线，直勾勾地撞到山峰上，最后摔个粉身碎骨……但往喷嘴里塞满石头……更有效……这帮阴谋家一边在心里盘算着，一边朝火箭跑去。

火箭里所有的舷窗都灯火通明。在漆黑一片的夜里，它就像一艘被神迹扔到山顶上的轮船。

“瞧，现在咱们的飞船比任何时候都要像洪水过后矗立在亚拉腊山峰上的‘诺亚方舟’。”韦勒想到了熟悉的圣经画面，“唉，地球上的大洪水已经过去了，只可惜得救的不是虔诚的教徒，反倒是那群渎神的家伙……”

这群“虔诚的教徒”气喘吁吁地进行最后的攀爬，他们已经走过了布洛顿被怪鸟绑架的地方。

舷窗开始一个接着一个地熄灭，飞船准备起飞了，护板也都被拉下来了，人们大概都已经躺进了缓冲器……可千万别赶不上啊……

“快点！快点！”斯托尔迈尔催促道，从后面推了平奇一把。

“不行啦……心脏……”平奇上气不接下气地答道。他心里早就跟明镜似的，关闭舷窗意味着出发在即，现在去堵塞喷嘴岂不是去送死。要是火箭在这个节骨眼儿爆炸了怎么办？……于是平奇决定装病，他张大嘴巴大口呼吸，踉踉跄跄，把手紧紧地贴在胸前……

“我走不动了……噢！我的腿好像断了……心脏也……”

布洛顿弯下腰摸了摸平奇的腿。

“扯谎！”说着就掏出了左轮手枪，“你要是还不起来，我就当场毙了你！”

平奇哭嚎起来，只得站起身，又一瘸一拐地朝前走去。

快瞧，后面的喷嘴在这儿呢……一个巨大的、黑乎乎的、可怕的喇叭口……

“快去捡石头！快点！”布洛顿发号施令道。

一阵耀眼的光芒闪现，隆隆的轰鸣声传来，旋风卷起……

这群阴谋家的耳朵都被震聋了，眼睛也被照瞎了，然后都被抛到不同的方向，远远地落到了岩石上……

刹那间，一道火焰在山地上疯狂肆虐，如同太阳喷出的日珥，卷起一块块巨大的岩石，冰冷的水瞬间化成蒸汽。火箭抖动了一下，钢制的腹部在石床上摩擦，发出刺耳的轧轧声，突然猛地向前一冲，便腾空而起，只在身后留下一条火红的火焰尾巴。很快，那条尾巴消失了，火箭已经飞到了厚厚的云层后面，云层被照亮片刻后，很快就暗了下来。

汉斯坐在驾驶舱的舰长控制台前，一边观察着仪器，一边唱起了歌，他兴奋不已。舷窗外是灰暗的天空，那里散落着五彩斑斓的星斗。在遥远的宇宙深处，火星正在闪烁着红色的光芒。

克鲁克斯已经乘着自己的星际飞船从火星上起飞了，现在正在浩瀚的宇宙某处疾驰，朝地球飞去。在浩瀚的宇宙空间里，到哪儿去找火箭燃烧的尾迹呢。克鲁克斯和汉斯正在火热地聊着天，空间站的戈卢比在和汉斯通话，地球上的同志们也在和汉斯通话。

瞧，地球和它的忠实卫星月球一起，在一望无际的太空中闪闪发光。火箭以惊人的速度把空间抛在身后，可给人的感觉就像在原地踏步似的。汉斯迫不及待地操控着操纵杆，让火箭全速前进。

“来吧，飞得再快点！我们的同志，我们的祖国，我们的蓝色星球——万千星球中最美丽的星球在等着我们！这是我们的星球，这是我们的世界……”

汉斯情不自禁地放声高歌。